체코와
프라하
시간여행

체코와 프라하 시간여행

한 권으로 끝내는 체코&프라하 역사 문화 가이드

초 판 1쇄 2024년 07월 16일

지은이 홍성헌
펴낸이 류종렬

펴낸곳 미다스북스
본부장 임종익
편집장 이다경, 김가영
디자인 임인영, 윤가희
책임진행 이예나, 김요섭, 안채원

등록 2001년 3월 21일 제2001-000040호
주소 서울시 마포구 양화로 133 서교타워 711호
전화 02) 322-7802~3
팩스 02) 6007-1845
블로그 http://blog.naver.com/midasbooks
전자주소 midasbooks@hanmail.net
페이스북 https://www.facebook.com/midasbooks425
인스타그램 https://www.instagram.com/midasbooks

ISBN 979-11-6910-728-0 03810

값 22,000원

미다스북스는 다음세대에게 필요한 지혜와 교양을 생각합니다.

홍성현 지음

체코와
프라하
시간여행

Czech

&

Praha

미다스북스

Czech
& Praha

Czech
& Praha

아주 오래된 일이라 잘 기억이 나지는 않는다.

1997년 가을.

난 연극을 공부하기 위해 유학을 떠나기로 결심했고 어디로 갈지 고민을 하다가 체코라는 나라의 수도 프라하로 떠나기로 결심했다.

당시 주변에 있던 한 친구의 말, 흘러가듯 내뱉은 말에 난 홀리듯 빠져들었고 그렇게 쉽게 체코라는 나라를 선택해 버렸다.

인터넷도 없었고 체코와 프라하라는 곳에 대한 정보를 얻을 수 있는 채널도 제한적이었기 때문에 난 무척이나 빈궁하고 어설픈 정보만을 가지고 내 삶의 방향을 정해버렸다. 프라하, 체코라는 곳에 대한 환상, 신비감이 있었고 내가 가진 빈약한 정보를 토대로 한 신뢰가 생겼지만 지금 생각해보면 난 무모했다.

당시 내가 아르바이트를 하던 곳이 광화문 광장 쪽에 있었다. 함께 일하던 어떤 친구가 체코 이야기를 해주었고 관심이 생겨 알아보니 체코 대사관이 바로 광화문 쪽에 있다는 것을 알게 됐다. 아르바이트를 마치고 가볍게 들렀던 체코 대사관. (현재 체코 대사관은 다른 곳으로 확장 이전을 했고 당시 대사관으로 쓰이던 건물은 현재 체코 문화원으로 사용되고 있다.)

그곳엔 체코를 홍보하기 위해 만들어 놓은 브로슈어 홍보물들이 있었다.

세상에…….

브로슈어 사진 속에 담겨 있는 프라하의 모습은 내가 예상하던 구 공산권 동유럽 국가의 모습이 아니었다. 이건 무슨 영화 세트장이나 동화 속 나라도 아니고……. 정말 숨이 막힐 정도로 아름다운 풍경과 도시 건축물들…….

그때 이미 난 그곳으로 가야겠다는 결정을 했던 것 같다.

한국외대 체코어과를 통해 한국에 교환학생으로 와 있었던 프라하 까렐대학 한국학과 학생 슈뻬빤까를 알게 됐고 그 친구를 통해 체코어 교재를 받고 체코어 공부를 시작했다.

암튼 그렇게 유학 준비를 하고 프라하로 향했다.

프라하는… 청량하고 고즈넉했다.

사람들이 많이 모이는 곳도 눈에 띄었지만 그곳을 조금만 벗어나면 오랜 세월을 품은 도시의 모습이 무언가를 속삭이듯 신비한 모습으로 나를 맞아주었다.

체코는 위도상 우리나라보다 높은 곳에 위치해 있다 보니 여름과 겨울 일조량의 차이가 많이 난다. 그리고 유럽 대륙의 정가운데 위치한 내륙 국가여서 주변에는 바다가 없고 낮은 산들이 지리적 국경을 형성하고 있다. 체코라는 나라는 우리나라보다 역사가 짧지만 수도인 프라하의 역사는 서울보다 깊다. 오랜 역사의 흔적이 지금도 도시 곳곳에 남아 있는 것을 볼 수 있다.

지금은 유럽 도시들 중에서도 관광객들이 많이 찾는 도시로 손꼽히지만 1993년 서구에 개방되기 전까지는 국경의 담이 높았던 사회주의 국가였기 때문에 우리나라와의 교류도 거의 없었고 알려지지도 않았었다.

하지만 개방된 후 빠른 속도로 서구화되어갔고 지금은 서유럽의 유명 도시들과도 견줄 수 있는 관광지로 각광받고 있다.

천 년이 넘는 역사를 가진, 중세의 모습을 간직한 도시….

겉으로 보이는 모습만큼이나 풍성하고 깊이 있는 이야기들을 프라하는 가지고 있다.

공부를 하고 학위만 받으면 충분하다고 생각했다면 체코와 프라하에 대해서 깊이 탐구하려는 생각을 갖지 않았을지도 모르겠다.

그런데 하필 그때 우리나라는 IMF 위기를 맞았고 집안 형편도 넉넉하지 않아서 집으로부터의 원조를 기대할 수 없게 됐다. 몇 달 동안 극심한 재정적 위기를 겪어야 했고 어떤 돌파구를 찾아야 할 상황이 됐다.

죽으란 법은 없었는지…. 때마침 여행 가이드 일을 해보지 않겠냐는 제안을 받았다. 당연히 하겠다고 했다. 난 해외여행을 해본 경험이 없었기 때문에 가이드의 역할이 어떤 것인지 정확히 몰랐지만 오랜 역사와 문화를 가진 체코 프라하를 여행하러 온 사람들에게 재미있고 유익한 정보를 제공해야 할 거라는 원론적인 생각은 할 수 있었다.

부족한 정보지만 나름 공부를 하고 여행객들을 맞았다.

그렇게 여행가이드 일을 하면서 체코와 프라하에 대한 공부를 심도 있게 했다.

당시 여행가이드 일을 하던 한국인들이 체코 정부로부터의 자격증을 받기 위해 협의체를 만들고 공부하길 원했다. 당연히 나 역시도 그것에 찬성을 했고 체코의 가이드 양성 교육기관과 협의하여 한국인들을 위한 가이드 교육 과정을 만들었다.

가이드 교육을 받고자 하는 한국인들 중에는 나 같은 유학생도 있었지만 단순히 일을 하기 위해 체코로 날아온 사람들도 있었기 때문에 체코어를 전혀 모르는 사람들도 있었다.

그나마 체코어를 공부한 나와 다른 유학생 하나가 번갈아 가며 수업을 통역했고 수업을 받은 한국인들은 프라하 가이드 자격증을 딸 수 있었다.

체코인 선생님으로부터 듣는 체코와 프라하 이야기는 무척 재미있었다. 더욱이 프라하의 현장 곳곳을 다니면서 실제로 보면서 설명을 들을 때 내가 생활하며 살고 있는 이곳의 진짜 모습을 보게 되는 것 같았고 내 자신이 성숙해진다는 느낌마저 받았던 것 같다.

그러면서 하게 된 생각.

체코 프라하를 찾는 사람들이 나 같은 경험을 할 수 있었으면….

수많은 한국인들이 체코 프라하를 여행하기 위해 찾아오지만 얼마나 많은 사람들이 그 겉모습만이 아닌 속 깊은 이야기를 이해하고 돌아갈까….

가이드 일을 하면서 여행객들에게 최대한 많은 이야기를 들려주고 싶었지만 생각만큼 쉽지는 않았다. 특별히 역사와 문화에 깊은 관심을 갖는 사람들은 많지 않았고 그것을 설명해 줄 시간적, 공간적 제약도 있었다.

유학을 마치고 돌아와 이 이야기들을 정리해서 보다 많은 사람들에게 알려주고 싶다는 생각을 했다. 내가 살았던 곳 프라하, 그리고 체코의 몇 몇 장소….

프라하를 찾는 한국인들이 이 도시의 속 깊은 이야기를 듣고 세상을 보는 눈이 넓어지기를 바란다. 이 도시의 이야기가 단순한 흥밋거리가 아닌, 우리의 영혼을 성장시키는 양식이 되길 바라는 마음이다.

이제 그 이야기를 하나둘, 조금씩 풀어헤쳐 보려고 한다.

PART

1

프라하를
찾아온
당신에게

1

프라하를 둘러보기 전
알아야 할 것들

프라하라는 도시에 매력을 느끼시나요?

아마 체코, 프라하를 여행했던 주변인들로부터 프라하가 정말 아름답더라는 이야기를 들으셨겠죠. 볼 것도 많고, 물가도 비교적 싸고……. 어떤 사람들은 물건을 도둑맞거나 바가지 요금을 썼었다고 불평하기도 할 거고요.

평가야 모두 제각각이겠지만 프라하라는 도시가 정말 환상적으로 아름답고 보고 즐길 거리도 많다는 건 어느 정도 다들 동의할 거예요. 이 글을 읽는 여러분도 프라하에 대한 기대와 궁금함을 가지고 계시겠죠. 이 글을 읽는 여러분은 그래도 프라하를 알고 싶다는 생각을 가지셨겠지만 여행사 상품이나 배낭여행으로, 혹은 비즈니스를 목적으로 프라하를 왔던 많은 분들은 프라하의 겉모습만 대충 보거나 현지 가이드의 형식적인 설명만 듣고 돌아가는 경우가 많을 거예요. 저 역시 프라하에서 가이드 일을 했어요. 많은 여행객들을 만났고 그분들과 프라하를 함께 걸으며 이야기를 들려드렸죠. 하지만 아쉬움이 남았어요. 체코나 유럽에 대한 이해가 있는 분들은 다르겠지만 대부분은 유럽 역사와 문화에 다소 거리감을 느끼다 보니 저의 설명도 다소 낯설게 느껴졌을 거고 이야기를 듣더라도 금방 잊을 거라는 아쉬움이었죠. 그래서 좀 더 상세한 이야기들을 사람들이 더 오래 기억할 수 있도록 기록으로 남기기로 했어요. 프라하를 다녀갔던 분들이나 조만간 여행을 계획하고 계신 분들, 아니면 프라하라는 도시를 너무 좋아해서 그 속 이야기를 들여다보고 싶으신 분들에게 자세하고 정확한 정보를 전하고 싶은 마음이었죠. 그냥 '프라하 예쁘더라⋯⋯.'가 아니라 이 도시가 담고 있는 역사의 흔적들, 그 속에서 살았던 사람들의 속 깊은 이야기, 그런 것들을 통해서 우리의 내면과 인식이 좀 더 넓어지고 성숙해지길 바랐어요. 나의 이야기 중에도 부족하거나 부정확한 내용이 있을 수 있죠. 그런 것들은 앞으로도 계속 보충하고 고쳐나가야 할 거예요. 하지만 여러 기록이나 경험, 학교에서 배웠던 내용을 바탕으로 각색하지 않고 썼으니까 어느 정도는 정확한 내용이라고 생각하셔도 좋을 거예요.

2

체코, 프라하는
어떤 곳?

그럼 이제 프라하의 이야기를 들려드릴게요. 오기 전에 어느 정도 체코와 프라하에 대한 조사를 했겠지만 그래도 아주 간단하게나마 기본 정보를 들으시는 게 좋겠죠. 이미 알고 계시겠지만 프라하는 체코의 수도예요. 면적이 496㎢로 서울(605㎢)과 비교했을 때 큰 차이가 나지 않는 넓은 도시인데 인구가 128만이니까 인구밀도가 서울보다 훨씬 낮죠. 그래서인지 녹지가 도시 면적의 3분의 1 정도를 차지하고 있고 고층 건물이 눈에 띄지 않아요. 당연히 공기도 맑고 초록색 나무가 많이 보여서 풍경도 아름다워요.

체코의 정식 명칭은 체코 공화국(Czech Republic)이에요. 체코어로는 체스까 레뿌블리까(Česká Republika)라고 해요. 약칭으로는 체스꼬(Česko), 영어로는 체키아(Czechia)라고 하죠. 지금 젊은 세대는 잘 모를 수도 있는데 연세 드신 분들은 체코슬로바키아라는 이름을 많이 기억하고 있을 거예요. 지금은 분리된 독립 국가들인 체코와 슬로바키아는 1918년부터 1992

년까지 70년 넘게 한 나라였죠. 체코의 역사에 대해 자세히 설명할 기회가 있겠지만 큰 분쟁 없이 1993년 1월 1일자로 깨끗하게 갈라선 두 나라는 지금도 사이 좋은 이웃 나라로 잘 지내고 있어요. 이제는 구공산권, 혹은 동구권이라는 이미지가 많이 사라지긴 했지만 내가 처음 유학을 왔던 97년 당시만 해도 대다수 우리나라 사람들의 머릿속엔 '체코 = 체코슬로바키아 = 공산국가 = 어둡고 무서운 곳'이라는 인식이 있었어요. 이미 1989년에 공산정권이 무너지고 자유주의 정권이 들어서서 1992년부터 우리나라와 수교를 했는데도 말이죠. 설령 사회주의 국가였다고 하더라도 그렇게 위험한 곳은 아니었을 테지만 철저한 반공 교육을 받은 우리나라 사람들에겐 위험하고 무서운 곳이라는 선입견이 있었죠. 그게 얼마나 터무니없는 이미지였는지는 여행을 하다 보면 자연스럽게 느낄 수 있을 거예요.

아무튼 체코는 시장경제체제를 가지고 있는 자유주의 국가입니다. 우리나라처럼 대통령제를 채택하고 있는데 연임이 가능한 5년제이고 상, 하원으로 구성되어 있는 의회에서 선출하는 수상이 내각을 책임지고 있어요. 지금의 대통령은 4대 대통령으로 뻬뜨르 빠벨(Petr Pavel)이라는 분이고 체코군 참모총장을 지냈던 사람이에요. 사실 체코가 우리나라와 정치적인 이해관계가 깊은 나라는 아니기 때문에 이 나라의 정치가 우리에게 잘 알려져 있지는 않아요. 다만 역사적인 사건과 더불어서 우리에게 오래전부터 소개 된 인물이 있는데 바로 공산 정권 시절 체코슬로바키아의 서기장이었던 알렉산데르 두브첵(Alexander Dubček)이에요.

알렉산데르 두브첵

'프라하의 봄'이라는 말 들어봤죠?

1968년에 일어났던 체코슬로바키아의 민주화 운동을 일컫는 말이죠. 삼엄했던 냉전시대에 개혁파 정치인인 알렉산데르 두브첵이 서기장이 되면서 사회개혁이 일어났는데 이것을 위험하게 간주했던 소련이 체코 슬로바키아를 무력으로 침공함으로써 개혁이 좌절됐어요. 이 개혁이 진 행되었던 1968년 1월부터 7월까지의 기간을 프라하의 봄이라고 부르죠. 프라하의 봄이 좌절된 후 소위 정상화시기라는 퇴행기를 거쳐 1989년에 다시 한 번 혁명이 일어나는데 후에 사람들은 이 혁명이 희생자 없이 부 드럽게 진행되었다고 해서 벨벳혁명(싸메또바 레볼루쩨 Sametová revoluce)이라 고 불렀어요. 당시에 극작가로서 재야에서 이 혁명의 중추적인 역할을 했던 사람이 체코슬로바키아의 마지막 대통령이자 체코 공화국의 초대 대통령이 된 바쯜라프 하벨(Václav Havel)이죠. 서민적이고 지적인 이미지를 가졌던 하벨은 체코인들로부터 매우 사랑받는 정치인이었는데 우리 나라에도 이 분의 작품과 글이 많이 소개되어 있어요. 하벨은 체코와 슬로바키아가 분리된 1993년 1월에 신생 체코공화국의 대통령으로 선출돼서 10년 동안 대통령직을 수행하고 2003년 2월에 임기를 마쳤지요. 하벨은 대통령이 되기 전부터 작가로서 명성을 얻었던 분인데 에세이 「인간에 대한 예의」, 옥중서신인 「올가에게 보내는 편지」, 희곡 작품 「가든 파티」, 「청중」, 「탄원서」 등 우리에게도 몇 편의 작품이 소개되어 있어요.

바츨라프 하벨 대통령

하벨 이야기를 하다 보니 자연스럽게 체코 문학을 소개하게 됐네요. 대통령이었던 작가 하벨 외에도 몇 명의 유명한 체코 작가가 있어요. 아마 가장 익숙한 사람은 『참을 수 없는 존재의 가벼움』을 쓴 밀란 꾼데라(Milan Kundera)겠죠. 워낙 세계적으로 유명한 작가인데 꾼데라가 체코인인 줄 몰랐던 사람들도 많이 있을 거예요. 꾼데라 외에도 얀 네루다, 까렐 차뻭, 야로슬라브 하셱, 보제나 넴쪼바 등의 유명 작가들이 있는데 아직 우리에게 널리 알려진 작가들은 아니죠. 프라하에서 평생을 살았지만 체코 문학이 아닌 독일어 작품을 썼던 세계적인 작가가 또 있어요. 바로 프란츠 카프카죠. 카프카는 독일어를 쓰던 유대인이었어요. 「변신」, 「성」, 「소송」 등 독일 문학의 한 획을 그은 작품을 썼던 엄청난 작가가 독일이 아닌 체코 프라하에 살았다는 게 조금 이상하게 느껴질 수도 있을 거예요. 민족국가로서의 체코슬로바키아가 형성되기 전에 프라하에는 체코어를 쓰는 체코인들과 독일어를 쓰는 독일인들이 섞여 살았거든요. 카프카는 워낙 유명한 작가니까 여기서 따로 자세하게 소개하진 않을게요.

프란츠 카프카

체코인들은 체코어라는 그들만의 언어를 쓰는 슬라브인들이에요. 슬라브인들은 오랫동안 유라시아 대륙에 넓게 분포되어 살아 온 사람들인데 러시아, 우크라이나, 벨로루스, 폴란드, 체코, 슬로바키아 등등의 많은 나라의 주된 민족 구성을 이루고 있죠. 이들 나라 사람들이 모두 슬라브 어 계통의 자기 언어를 쓰고 있는데 서로 각각 다르긴 하지만 같은 뿌리를 둔 언어이기 때문에 상당히 유사한 점이 많아요. 체코어는 우리에겐 무척 낯선 언어인데 기본적으로 라틴 알파벳을 토대로 한 문자를 사용하고 있어서 발음하는 법만 간단히 익혀도 대충 비슷하게 소리 내서 읽는 데는 큰 문제가 없어요. 기본적인 인사말 몇 개, 숫자 읽는 법 정도는 알아두면 좋겠죠.

체코어가 슬라브어이고 러시아어와 같은 뿌리를 두고 있다고 했는데 두 언어가 표기될 때 쓰는 문자는 서로 달라요. 체코어는 라틴 알파벳을 토대로 한 문자를 쓰고 있는 반면 러시아어는 키릴 알파벳을 사용하고 있죠. 당연히 우리에겐 라틴 알파벳이 익숙하기 때문에 읽는 법을 배우기도 훨씬 쉬워요. 그런데 왜 같은 뿌리를 둔 두 나라의 말이 서로 다른 문자를 사용할까요? 간단히 얘기하자면 라틴 알파벳은 로마 가톨릭, 키릴 알파벳은 동방정교회라는 기독교 종파와 관련이 있어요. 그리스 지역에 세워졌던 동로마제국은 일찍부터 글라골 문자라는 알파벳을 사용했는데 거기서 발전된 것이 키릴 알파벳이라고 해요. 전통적으로 동방 교회의 전통을 유지해 왔던 동 슬라브 민족 국가들은 이 키릴 알파벳을 사용해 오고 있는 반면 로마 가톨릭의 전통을 흡수한 서 슬라브 민족의 국가들은 라틴 알파벳을 쓰게 된 것 같아요. 물론 세부적으로 들어가면 매우 복잡하고 애매한 역사가 숨어 있겠지만 대략 이 정도만 알고 있더라도 왜 서로 다른 문자를 쓰는지 이해할 수 있을 거예요.

다만 이 한 가지는 알아 둬야 해요. 러시아에서 쓰는 알파벳을 키릴문자라고 하는데 이 키릴이라는 것은 슬라브인들에게 기독교를 전해주었던 동로마 제국 선교사의 이름이라는 거예요. 보통 성 키릴로스, 성 찌릴 등으로 불리기도 하죠. 성 키릴로스는 슬라브 국가였던 대 모라비아 공국 군주의 요청으로 동로마제국으로부터 동생인 메토디우스와 함께 파견되어 온 학자였어요. 재미있는 것은 이들이 처음으로 기독교와 문자를 전해준 것이 체코의 전신인 모라비아 왕국과 보헤미아 공국이었는데 정치적인 이유로 이들이 쫓겨나면서 문자 역시 사용하지 않게 되었다는 점이죠. 아무튼 체코어 문자는 우리에게 익숙한 라틴 문자를 토대로 하고 있고 나로선 가뜩이나 어렵고 생소한 체코어를 배우는데 그나마 문자라도 익숙한 걸 쓰는 게 다행이라고 생각 돼요.

체코와 프라하의 지리적인 조건을 얘기해 볼까요?

체코는 유럽대륙의 거의 정 중앙에 위치하고 있는 나라인데 우리나라보다 위도상으로 높은 곳에 자리 잡고 있어요. 우리나라처럼 봄여름가을 겨울의 사계절이 뚜렷하게 나타나지만 바다와 떨어져 있는 내륙이라 여름이 건조하고 겨울이 습한 편이죠. 위도상으로 높이 있다 보니 여름과 겨울의 일조량 차이가 많이 나요. 여름철 해가 가장 길 때는 새벽에 해가 떠서 밤 10시가 다 될 때까지 해가 완전히 지지 않는 반면 겨울철 해가 짧아질 때는 아침 늦게 해가 떠서 오후 5시만 되도 어두워지는 현상이 있죠. 11월부터 2월까지의 겨울철을 제외하면 봄, 여름, 가을 날씨는 쾌적한 편이라 여행하기 좋은 조건을 가지고 있어요. 도시 곳곳에 큰 공원과 녹지가 많다 보니 초록 새싹이 돋는 봄이나 단풍이 든 가을 풍경은 고풍스러운 건물들과 어울려 정말 아름다운 풍경을 만들어내죠. 물론 하얀 눈으로 뒤덮인 프라하도 환상적이고요.

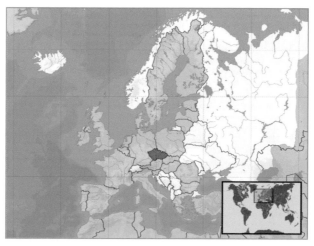

유럽 대륙 정 중앙에 위치하고 있는 체코

프라하에는 블따바(Vltava)라는 강이 흐르고 있어요. 서울의 한강은 동에서 서로 흐르지만 블따바 강은 남에서 북으로 흐르죠. 블따바라는 이름이 생소할 수도 있는데 독일인들은 이 강을 '몰다우'라고 불러요. 블따바 강은 프라하를 지나 프라하 북쪽에 있는 멜닉(Mělník)이라는 곳에서 라베 강과 만나요. 두 강은 하나의 강으로 합쳐져서 독일을 지나 북해로 빠져

나가죠. 라베 강 역시 독일 식으로는 엘베 강이라고 불리고요. 블따바 강
은 체코 남쪽에 있는 슈마바 산맥에서 발원해서 체코에 있는 또 하나의
유네스코 문화유산 도시인 체스끼 끄루믈로프(Český Krumlov)와 버드와이
저의 본고장 체스께 부데요비쩨(České Budějovice)를 거쳐 프라하로 흘러 들
어오죠. 체코의 대표적인 음악가 스메따나의 「나의 조국」이라는 교향시
2악장의 주제이기도 한 블따바 강에 대해서는 스메따나를 소개할 때 좀
더 자세하게 말씀드릴게요.

체코 남부에서 발원해서 프라하를 가로지르는 블따바 강

　프라하의 구 도시, 그러니까 역사지구라고 불리는 구역은 1992년에 유
네스코의 세계 문화유산으로 지정되었어요.
　단일한 건물 하나가 아니라 866헥타르에 이르는 지역 전체가 문화유
산으로 보호되고 있으니까 프라하가 얼마나 고풍스러운 도시인지 짐작

이 가죠? (여의도가 290헥타르라고 하니 여의도의 약 3배 정도 되는 면적이네요.) 유네스코가 문화유산으로 지정한 구역으로는 세계에서 가장 큰 규모예요. 도시 외곽에서 차를 타고 중심가로 이동하다 보면 도로 옆에 유네스코 마크가 붙어 있는 걸 볼 수 있는데 그 안쪽부터가 프라하 역사지구라는 뜻이죠. 대도시의 도심에서 볼 수 있는 고층빌딩들은 거의 찾아볼 수 없고 고딕, 르네상스, 바로크 양식 등의 옛 건물들이 도시를 구성하고 있어서 마치 시간을 거슬러 온 듯한 느낌을 받을 수 있어요.

프라하 시내에 붙어 있는 유네스코 마크

사실 체코의 역사는 유럽의 다른 나라들과 비교했을 때 그리 오래되지 않았어요. 로마제국이 유럽을 지배하던 당시에 이 지역은 로마 국경의 바깥에 있던 야만족의 땅이었거든요. 보헤미아라는 말 들어봤죠? 보헤미아 사람, 그러니까 보헤미안이란 말은 보통 집시, 떠돌이, 방랑자 등과 같은 의미로 쓰이는데 원래는 체코의 옛날 이름이에요.

그 옛날 로마인들은 이 지역에 살던 사람들을 보이족이라고 지칭했는데 보이족이 사는 땅이라는 의미로 보헤미아라고 불렀죠. 옛날에는 체코라는 말 대신 보헤미아라는 말이 훨씬 더 많이 쓰였어요. 보헤미안이 집시, 방랑자, 자유인 등의 말과 같은 의미로 사용된 것은 아마도 체코를 통해 서유럽으로 유입된 집시들이 많았기 때문이 아닐까 추정할 수 있어요. 아무튼 이 보헤미아라는 말은 지금도 체코를 지칭하는 또 다른 이름으로 사용되고 있죠. 자, 이제 그럼 본격적으로 프라하를 둘러볼까요?

3

프라하를 둘러보기 위한
적절한 코스

일반적으로 프라하는 걸어서 투어를 해요. 도시 중심부에 볼 만한 유적들이 밀집되어 있기 때문에 중간에 차량을 이용하는 것은 적절치 않죠. 물론 예를 들어 구도시 지역에 있다가 고지대인 스뜨라호프 수도원이나 프라하 성 쪽으로 올라간다면 걷기에 부담이 될 수도 있으니 그런 경우에 잠깐 차를 탈 수는 있겠죠. 그런 경우라도 관광버스나 택시보다는 저렴한 대중교통수단인 뜨람바이(전차)를 이용하실 것을 권해드리지만요.

프라하에 머무는 시간이 충분한 분들이라면 상관없겠지만 시간이 조금 부족하거나 주요 관광지를 빨리 둘러보고 싶으신 분들을 위해 대략적으로 코스 잡는 법을 알려드릴게요.

프라하는 크게 프라하 성이 위치한 블따바 강의 서쪽 고지대와 동쪽 시가지로 나눌 수 있어요. 서쪽에는 프라하 성을 비롯한 성 주변의 유적들, 그리고 동쪽에는 프라하의 구도시와 신도시, 유태인 지구 등이 있어요. 그리고 빼놓을 수 없는 곳, 까렐 다리가 블따바 강의 가운데 놓여 있어서 이 지역들을 연결해주고 있죠. 일반적으로는 강의 서쪽편 성지구(흐라드차니 Hradčany)로 올라가서 스뜨라호프 수도원에서 프라하 성으로 이어지는 길을 따라 그 주변 유적지들을 보고 프라하 성을 보고 난 다음 까렐 다리를 지나 구도시 광장, 그리고 그 옆의 유태인 지구나 신도시의 바쯜라프 광장 쪽으로 코스를 잡아요.

정리해 보면 다음과 같습니다.

스뜨라호프 수도원-체르닌 궁과 로레타-신세계-프라하 성-까렐 다리-구도시 광장-유태인 지구-스따보브스께 극장-화약문과 시민의 집-바쯜라프 광장 정도가 되겠죠.

비셰흐라드는 시내와는 다소 떨어져 있고 딱히 관광지라고 할 수는 있는 곳이 아니기 때문에 일반적으로 여행객들이 찾는 곳은 아니에요. 하지만 클래식 음악을 좋아하는 분들이라면 스메따나의 「나의 조국」 교향곡 1악장의 주제가 되는 곳이니 한 번쯤 가보는 것도 좋겠죠. 이 책도 이 순서대로 설명을 해놓았어요. 물론 중간 중간에 체코의 유명 인물들이나 독자들이 알아두면 좋겠다고 생각하는 역사적 사건들에 대한 설명도 끼워넣었고요. 그럼 이제부터 풀어나갈 프라하 유적지들의 설명을 잘 들어주시길 바라요. 실제로 이 책을 가지고 프라하를 찾는 분들이라면 바로 그 유적지 앞에서 이 설명을 읽고 확인하는 것도 좋겠죠. 자, 그럼 이제부터 프라하 투어를 시작하도록 하겠습니다.

PART

2

프라하
걷기

Czech&Praha

1

프라하 성
지구

스뜨라호프 수도원(Strahovský klášter)

스뜨라호프 수도원 전경

프라하 관광의 첫 번째 코스. 제일 처음 방문해 볼 곳은 스뜨라호프 수도원이에요. 이 곳을 첫 번째 장소로 선택한 것에 특별한 이유는 없어요. 이곳에서 시작해서 프라하 성을 거쳐 까렐 다리, 구도시 광장으로 이어지는 코스가 걸으며 관광하기 적당하고 효율적이기 때문이죠. 스뜨라호프 수도원이 언덕 위쪽에 자리 잡고 있기 때문에 지대가 낮은 방향으로 움직이는 것이 힘도 덜 들고 피곤을 막아주겠죠. 자동차로 이동하지 않는다면 전차를 타고 이동하는 것을 권해요. 전차, 체코어로는 뜨람바이(tramvaj)라고 하는데 22번이나 23번, 25번 전차를 타고 뽀호르젤레쯔(Pohořelec)라는 정류장에서 내리면 가까운 거리를 걸어서 수도원까지 갈 수 있어요.

낮고 짧은 오르막길을 살짝 걸어 올라가면 스뜨라호프 수도원의 정문에 다다르게 돼요. 수도원의 정문은 그리 웅장하거나 화려하게 만들어지지는 않았고 수도원 앞쪽 건물들과 담벼락 사이에 낮은 아치 형태로 만들어져 있어요. 정문의 꼭대기에는 사암으로 조각된 몇 개의 조각상들이 서 있는데 가운데 가장 크게 조각되어 있는 것이 성 노베르트의 조각상이에요. 로마의 대주교였던 분인데 지금 이 수도원이 소속되어 있어 있는 프레몽트레 수도회를 창시한 분이죠. 이분의 유해도 이곳에 안치되어 있어요.

정문을 지나면 아담하고 따뜻한 분위기의 수도원 경내 정원으로 들어가게 돼요. 정문에서 오른편 길로 들어서면 수도원 성당인 성모 마리아 승천 바실리카의 입구로 연결되고요. 지금도 이곳은 실제 수도원으로 기능을 하고 있기 때문에 애석하게도 이 성당은 일반인들에게 개방되어 있지는 않죠.

스뜨라호프 수도원의 성모승천 성당

수도원이 처음 이곳에 세워진 것이 1140년경이에요. 그 후 수백 년 동안 건물은 다시 지어지거나 증축되는 과정을 거쳤죠. 성당의 지금 모습은 17세기 후반과 18세기 바로크 시대에 개축된 모습이에요.

성당 입구를 마주하고 오른편을 보면 또 하나의 큰 건물이 세워져 있는데 이곳은 스뜨라호프 수도원의 도서관이죠. 약 20만 권의 서적이 보관되어 있고 3만여 점의 필사본을 가지고 있는 도서관이에요. 프레스코화로 도서관 내부가 장식되어 있는데 이곳은 세계에서 가장 아름다운 도서관으로 손꼽히고 있어요. 도서관은 그 일부가 개방되어 있으니 그 내부를 살짝 둘러보는 것도 좋을 거예요.

도서관 내부의 모습

성당과 도서관의 반대편에는 예전 양조장으로 쓰였던 건물이 서 있어요. 지금은 레스토랑으로 사용되고 있고요. 레스토랑 옆 작은 상점이 하나 있는데 이곳은 기념품을 판매하는 곳이에요. 단순히 프라하 관광 기념품이 아니라 수도원과 관계된 기념품들을 판매하고 있죠.

수도원 마당을 지나 뒤쪽 작은 문을 통과하면 전망대가 나와요. 수도원이 언덕 위쪽에 자리 잡고 있기 때문에 프라하 시내가 한눈에 들어오는 전망을 마주할 수 있어요. 왼편으로는 프라하 성의 비뜨 대성당도 보이고요. 그곳을 배경으로 사진 찍는 사람들이 많은데 한 가지 팁이 있어요. 오전에는 해가 도심 방향에서 비치기 때문에 도시를 배경으로 사진을 찍으면 역광이 되어서 사진이 잘 나오지 않으니까 가급적 오후에 사진을 찍어야 한다는 거죠. 방향을 틀면 상관없겠지만 여기까지 올라와서 프라하 도시 광경이 아닌 다른 것을 배경으로 사진을 찍을 사람은 없을 테니까 이 점을 유념하면 좋겠죠?

전망대 바로 위쪽에는 전망을 보며 식사할 수 있는 레스토랑이 있으니까 여기서 식사를 해도 좋을 거예요.

전망대에서 바라본 프라하 시내 풍경

체르닌 궁(Černínský palác)과
로레타(Pražská Loreta), 노비 스벳(Nový Svět)

스뜨라호프 수도원의 전망대를 내려와 왼편 도로로 들어서면 프라하 성으로 연결돼요. 이 지역은 프라하 역사지구 중에서 '프라하 성 지구'에 해당되는 곳이죠. 프라하 성 지구는 커다란 관공서나 문화재 건물들이 밀집되어 있어 프라하 시민들이 많이 거주하는 곳은 아니에요. 하지만 관광객들은 늘 북적이죠.

스뜨라호프 수도원을 나와 고풍스러운 길을 걷다 보면 왼편으로 체코 국기가 걸려 있는 웅장한 건물을 만나게 될 거예요. 체르닌 궁이라고 불리는 이 건물은 체코의 외무성으로 사용되고 있는 건물이죠. 건물의 폭이 150미터나 되는, 프라하에 있는 바로크 건물 중에서 가장 규모가 큰 건물이에요. 1669년부터 1682년까지 프란세스코 카라티(Francesco Caratti)라는 건축가에 의해 합스부르크 왕실의 외무관이었던 훔프레흐트 얀 체르닌(Humprecht Jan Černín) 공의 의뢰로 만들어졌죠. 물론 건축가 한 사람이 처음부터 끝까지 건축을 다 지휘했던 것은 아니고 건축가 프란세스코의 사후에 다른 여러 건축가가 참여했어요. 프라하 역시 유럽에서 일어났던 여러 사건들의 현장이었기 때문에 이 건물은 군인들의 막사로도 쓰였고 병원으로도 쓰였어요. 1930년을 전후해서 다시 건물이 정비되어 지금까지 외무성으로 사용되고 있죠.

체코 외무성 체르닌 궁

체르닌 궁은 현재 외무부 건물이어서 일반인들에게 개방되어 있지는 않아요. 뭐 당연하다고 생각할 수 있지만 현 대통령 집무실이 있는 프라하 성은 일부가 개방되어 있다는 점을 고려했을 때 꼭 당연하다고 생각할 수만은 없겠죠?

체르닌 궁의 맞은편엔 로레타 성당이 있어요.

로레타

성당이라고 말씀드렸지만 일반적인 의미의 성당은 아니에요. 물론 이 안에 채플도 있지만 성당이라고 규정할 수는 없죠. 사각의 회랑에는 주 탄생 교회와 음악을 연주하는 종들이 설치되어 있는 시계탑, 그리고 회 랑 안쪽 궁정에 성모 마리아의 집을 재현해 놓은 산타 카사가 있어요.

이 산타 카사는 로브코비츠 가문의 귀족부인의 후원으로 1630년경에 만들어졌어요. 그 후 50년이 지나 회랑이 만들어졌고 1700년대 초에 지 금의 로레타 앞부분과 종탑이 만들어졌죠. 이 시계 종탑은 그 음악소리 로 유명한데 페터 노이만(Peter Neumann)이라는 시계공에 의해 1694년에 서른 개의 크고 작은 종들로 만들어진 이 시계는 1695년 8월 15일 첫 연 주를 시작했다고 하네요.

회랑 안에는 예배용품을 갖춘 큰 전시실이 있는데 주로 성체현시대들 이 있어요. 이 성체현시대 중에서 가장 값비싼 것은 6222개의 다이아몬

드로 장식되어 있죠.

로레타에서 가장 주목할 만한 것은 바로 성모 마리아의 집 산타 카사예요. 처음 만들어질 때부터 로레타는 성지순례자들이 꼭 방문하는 곳이었고 그건 이 산타 카사 때문이었어요. 성모 마리아가 수태고지를 받은 집. 물론 그 집을 복제해서 만들어놓은 것이지만 가톨릭 신도들에게는 워낙 의미 있는 곳이기 때문에 이 집을 잘 보존하고 있어요. 산타 카사 외벽은 수태고지와 예수 탄생의 장면들을 묘사한 부조로 조각장식이 되어 있죠.

시간적 여유가 된다면 로레타의 내부 전시관과 예수탄생 채플, 이 산타 카사까지 둘러보고 나오면 좋을 거예요.

산타 카사

로레타를 다시 나와서 프라하 성으로 이동해 볼까요? 아, 그 전에 한 군데 더 둘러볼 곳이 있어요. 로레타 정문을 등지고 오른편으로 내려가면 한적한 골목길이 나오는데 일반적으로 관광객들은 잘 모르고 지나치는 곳, 노비 스벳(Nový Svět)이라는 구역이 나와요. 노비 스벳은 체코어로 '신세계', 즉 '새로운 세계'라는 뜻이죠.

노비 스벳(신세계)

14세기에 형성된 이 구역은 프라하 성에서 일했던 사람들이 모여 살던 구역이었어요. 작은 집들이 옹기종기 모여 있는 모습을 보면 상류층 귀족들이 살던 곳은 아니라는 걸 알 수 있죠. 주로 가난한 사람들이 모여 살았던 이 곳은 현재 작은 상점이나 소규모 갤러리 같은 것들이 있는 소박하고 조용한 곳이에요. 프라하 시민들이 실제로 거주하는 곳이기도 하고요.

체코 외무성 건물인 체르닌 궁과 순례지 로레타 옆에 파묻혀 있는 이 조용한 골목길을 둘러보고 나오면 다시 로레타 앞을 지나 프라하 성 광장으로 나오게 돼요.

2

프라하 성

프라하 성 광장과 정문

그리고 제1궁정

프라하 성 광장

자, 여기가 프라하 성 광장이에요. 이렇게 탁 트여 있어서 상당히 쾌적한 느낌을 주죠? 광장의 동쪽에는 프라하 성의 정문이 있고 그 옆으로 몇몇 웅장한 건물들이 서 있어요. 프라하 성 남쪽 정원 입구 옆에는 전망대가 있어서 프라하 시가지를 가깝게 내려다볼 수 있죠. 광장의 프라하 성 정문 맞은편엔 현재 체코 내무부로 쓰이고 있는 토스칸 궁이 있고 정문 옆에는 대주교 궁이 서 있어요.

프라하 성의 정문은 현재 넓은 광장과 맞닿아 있지만 옛날에는 지금의 위치보다 좀 더 뒤쪽에 있었고 그 앞은 깊은 해자로 둘러싸여 있었어요. 프라하 성이 직접적인 외적의 공격을 받을 필요가 없어진 이후에 그 해자를 메워서 성을 서쪽으로 확장시켰고 그 결과로 지금의 제1궁정이 만들어지게 됐죠.

단조로운 모양을 하고 있는 건물들로 에워싸인 제1궁정에서는 매일 12시에 대대적인 근위병 교대식이 열리고 또 간혹 외국의 국가 원수나 중요한 인물들이 왔을 때 환영식이 열리기도 해요. 제1궁정을 에워싼 건물들의 꼭대기에는 깃발들을 양 어깻죽지에 끼고 있는, 투구를 쓴 기사의 석상이 있고 한쪽 구석에는 알록달록한 체코 대통령 깃발도 게양되어 있어요.

체코 대통령기 – 아래에 있는 PRAVDA VÍÉZÍ(쁘라브다 비떼지)라는 말은 '진실은 승리
한다'라는 뜻, 보헤미아를 상징하는 사자 두 마리와 모라비아를 상
징하는 검은 독수리, 실레지아를 상징하는 알록달록한 독수리가 그
려져 있다.

  체코 대통령의 깃발에는 두 마리의 사자와 두 마리의 독수리가 있는
체코의 문장이 그려져 있고 그 아래 PRAVDA VÍTĚZÍ(진실은 승리한다)라는
문구가 적혀 있어요. 이 말은 체코슬로바키아의 초대 대통령이었던 또마
쉬 가릭 마사릭(Tomaš Garrigue Masaryk) 대통령의 삶의 모토였는데 이분의
동상이 프라하 성 정문 앞에 세워져 있죠.

체코슬로바키아의 초대 대통령 – 또마쉬 가릭 마사릭 대통령의 기념 동상

기사들이 양옆에 들고 있는 깃발들은 적군의 군단 깃발들이에요. 근대 이전까지는 군단의 깃발을 빼앗기는 것이 전투에서의 패배를 의미했죠. 그러니까 적군 군단에서 빼앗아 온 깃발을 들고 있는 이 병사들은 승리한 병사들이에요.

프라하 성의 정문 양옆에는 근위병들이 보초를 서고 있어요. 부동자세로 서 있는 이 병사들은 매시간 정각이 되면 각각 교대를 하죠. 규모가 큰 교대식은 아니지만 프라하 성 광장을 둘러보다가 정각이 되면 이 근위병들의 교대식을 잠시 지켜보는 것도 재미있을 거예요.

프라하 성의 정문

정문의 위쪽은 그릴 장식이 되어 있어요. 그릴 꼭대기에는 왕관이 장식되어 있고 독수리 장식도 되어 있고요. 그 아래를 자세히 보면 T, M, J 세 알파벳 글자가 새겨져 있는데 이건 당시 체코를 통치했던 합스부르크의 여제 마리아 테리지아와 그 아들 요제프 1세 황제의 머릿글자죠.

마띠아쉬 문

1궁정에서 2궁정으로 들어가는 통로는 '마띠아쉬 문(Matiašova Brana)'이라는 오래된 사암 문으로 장식되어 있어요. 로마의 개선문에서 힌트를얻어 제작된 이 문은 지금처럼 1궁정을 에워싼 건물들과 함께 지어진 문이 아니죠. 이 문은 그보다 훨씬 전인 1614년에 제작된 것인데 문의 정면에 새겨져 있는 라틴어 기록에 이 숫자가 적혀 있어요. D. MATTIAS.

EL ROM.IMP.S.AVG. HVNG. BOH. REX. 2C. FF.ANO.MDCXIV(마띠아스: 헝가리와 보헤미아의 왕이자 신성 로마 제국의 황제. 주의 해 1614년) 라틴어를 다 이해할 필요는 없지만 숫자 정도는 읽는 법을 배워도 좋을 것 같아요. ANO는 ANNO DOMINI의 약자로 '주의 해' 그러니까 기원후를 뜻하는 말이고(우리가 흔히 기원후를 표시할 때 A.D. 이 약자를 쓰죠) M은 millesimus, 즉 1000을 나타내는 숫자예요. D는 quingentesimus의 약자인데 500을 나타내고요, C는 centesimus로 100을, X는 decimus로 10, I는 primus로 1, V는 quintus로 5죠. 그래서 이 글자들을 조합하면 1000+500+100+10+4(I가 V 왼쪽에 있기 때문에 5-1=4) 즉, 1614가 되는 거예요. 좀 복잡해 보이지만 그렇게 어렵지 않으니까 읽는 법을 배워두면 다른 유적지에 적혀 있는 라틴어 글자로 연도를 가늠해 볼 수 있겠죠. 이 기록의 아래쪽에 나열되어 있는 작은 문장들은 합스부르크 가문이 당시 통치하던 나라들의 문장이에요.

그리고 마띠아쉬 문의 입구 양쪽에 멋진 깃봉 두 개가 세워져 있어요. 전나무를 깎아 만든 25미터 높이의 이 깃봉은 1920~1922년에 요집 쁠레츠닉(Josip Plečnik)이라는 사람의 디자인으로 제작된 것이었는데 원래 통나무로 만들어져 있던 것을 1962년에 다시 잘게 잘라 이어 붙였다는군요.

제2궁정

　문을 지나 건물의 안쪽으로 들어가면 건물 내부로 연결되는 계단들을 양쪽으로 볼 수 있어요. 1궁정을 등 뒤로하고 섰을 때 오른편에 있는 방은 로코코 시대의 장식들로 꾸며져 있는데 이 방의 계단을 통해 신 궁전의 2층으로 들어갈 수 있고 그곳에는 국가의 내빈들을 위해 마련된 숙소가 있대요. 왼쪽은 '기둥의 방'이라는 이름의 공간으로 1927~1931년에 꾸며진 곳이고요.

　제2궁정은 사실 그냥 보기에는 좀 밋밋한 감이 있어요. 그다지 특이한 건물도 없고 화려한 장식으로 꾸며져 있는 것도 아니거든요. 다만 단조로운 인상의 2궁정 가운데는 사암으로 제작된 분수대가 하나 있고 지금은 사용하지 않는 14미터 깊이의 깊은 우물, 그리고 성 십자가 채플이라는 작은 성당이 있죠.

제2궁정 분수대

　분수대는 네 명의 신들이 커다란 원판을 떠받들고 있는 모습으로 장식되어 있는데 이들은 그리스 신화에 나오는 인물들로 각각 사자 가죽을 쓰고 있는 헤라클래스, 물고기와 함께 있는 바다의 신 포세이돈, 헬멧을 쓰고 발목에 날개를 달고 있는 전령의 신 헤르메스, 망치와 머루를 들고 있는 불의 신 헤파이스토스예요.

　분수대가 제작된 해가 아래 표기되어 있는데 MDCLXXXVI(1686)라고 적혀 있는 것으로 보아 바로크 시대의 작품이라는 것을 알 수 있죠. 원판 위에는 세 명의 트리튼이 또 다른 원판을 떠받들고 있는데 트리튼은 인어처럼 머리와 몸통이 사람, 허리 아래는 물고기의 모습을 하고 있고 바다의 신인 포세이돈의 아들이라고 알려져 있어요. 그 원판 위에 있는 세 마리 사자의 입에서 물이 쏟아져 나오는 것을 볼 수 있죠. 재미있는 것은 이 사자들이 떠받들고 있는 구슬 위에 원래 주석 판금을 한 독수리 조각이 있었다는 사실이에요. 이 독수리는 물론 오스트리아의 합스부르크 가문을 상징하는 것이었는데 1차 대전 후 체코슬로바키아가 독립했을 때 없애버렸죠.

2궁정의 동남쪽에는 성 십자가 채플이 있어요. 1758년부터 1763년까지, 마리아 테레지아 시대에 건축된 이 채플은 16세기에는 프라하 성 건축 사무소가 있었고 그 후 마리아 테레지아의 아버지인 황제 카를 6세를 위한 전용 주방이 있던 자리에 지어진 거예요. 이 채플은 현재 매표소를 겸한 인포메이션 센터와 작은 기념품 상점이 들어서 있는 공간으로 바뀌었는데 본당 쪽으로 들어가 보면 벽화나 제단 일부분이 남아 있어서 그 원형을 살펴볼 수 있죠. 본당의 천장에는 구약성서의 이야기들, 그리고 벽에는 신약성서의 이야기들이 그림으로 묘사되어 있고요.

인포메이션 센터에는 프라하 성에서 이루어지는 각종 전시나 콘서트, 그 밖의 행사들에 대한 안내가 있고 프라하 성 입장권을 구입할 수도 있어요. 프라하 성 안에 있는 여러 공간에서 진행되는 공연이나 전시들은 상당히 수준도 높고 내용도 알차니까 시간이 되면 꼭 한번 보는 게 좋을 것 같아요.

그런 의미로 2궁정에서 들러볼 만한 장소가 한 군데 더 있는데 바로 프라하 성의 미술관이에요.

2궁정에서 북문으로 연결되는 통로 옆에 프라하 성 미술관으로 들어가는 입구가 있으니까 입장권을 사서 들어가면 되는데 우리에게까지 알려져 있는 유명한 화가들의 작품들이 전시되어 있는 곳은 아니지만 혼잡한 관광지의 소음을 피해서 조용히 미술품들을 감상하면 좋을 것 같아요. 이 미술관은 체코에서 가장 오랜 역사를 지닌 미술관으로 이미 루돌프 2세 황제 시대부터 수집되어왔던 미술품들이 전시되어 있는 곳이에요. 깨끗하고 고풍스러운 느낌의 미술관 내부는 세 개의 큰 방과 두 개의 작은 방으로 구성되어 있어요. 각 작품에 대한 짧은 해설이 체코어와 영어로 소개되어 있고 모든 그림을 소개한 소책자도 판매하고 있어서 미술에 조예가 깊지 않은 사람들도 작품을 이해하는 데 큰 어려움은 없을 거예요.

2궁정에는 성의 북쪽 문과 제4궁정으로 나가는 통로도 있어요. 1궁정과 연결되어 있는 통로의 약간 북쪽, 그러니까 제3궁정으로 나가는 통로의 맞은편에 제4궁정으로 연결되는 통로가 있는데 이 통로 안쪽에는 프라하에 최초로 세워진 성당인 성모 마리아 성당의 잔해가 있죠. 체코의 통치자로 역사에 등장하는 첫 번째 실존 인물인 보르지보이(Bořivoj)가 프라하로 자신의 거처를 옮기면서 세운 이 성당은 옛날 이교도들의 희생제를 올리던 자리에 지어진 것인데 지금은 비록 흔적밖에 남지 않았지만 기독교도로서 왕국을 통치해 나가겠다는 통치자의 강한 의지가 담긴 건물이라고 할 수 있어요.

그 통로를 빠져나가면 프라하 성의 제4궁정이 나와요. 궁정이라기보다는 아담한 정원의 느낌이 나는 이곳은 1930년대 성의 개축 공사를 맡았던 건축가 요집 쁠레츠닉(Josip Plečnik)이 일본식 정원 스타일로 꾸민 곳이고 프라하 성의 연회장인 스페인 홀로 들어가는 입구도 있죠. 정원 한쪽에 서 있는 벚나무가 일본식 정원이라는 것을 말해주고 있어요. 4궁정에서는 프라하 성 광장이나 북문 쪽으로 이동할 수도 있고 아니면 다시 2궁정으로 되돌아갈 수도 있어요. 북문 방향으로 나가면 화약교를 지나 왕실 정원 쪽으로 나갈 수 있는데 정원을 보든, 보지 않든 프라하 성을 둘러보기 위해서는 다시 2궁정으로 들어와야 해요. 왕실 정원 입구 쪽엔 분위기가 좋은 레스토랑도 있으니 배가 고픈 분들이 계시다면 여기서 식사를 하고 가도 좋겠죠.

프라하 성 정원과 벨베데르 궁

성 비뜨 대성당(Katedrála svatého Víta)

　2궁정 쪽으로 다시 들어왔다면 이제3궁정 쪽으로 가야겠죠. 건물 아래로 나 있는 통로를 지나면 3궁정으로 나가게 되는데 통로를 빠져나가자마자 성 비뜨 대성당의 정문과 만나게 돼요. 엄청난 높이의 화려한 고딕 성당이 눈앞에 나타나면 대부분의 사람은 자연스레 성당의 꼭대기를 올려다보며 감탄을 하게 되죠. 프라하를 다녀가는 사람들이라면 꼭 한 번 둘러봐야 할 곳. 이제 성 비뜨 대성당을 둘러볼까요?

성당의 외부

성 비뜨 대성당의 정면

까렐 4세가 체코의 왕으로 등극하기 2년 전인 1344년 11월 21일에 공사를 시작한 성 비뜨 대성당은 프라하가 대주교청의 소재지로 승격된 것을 기념하고 그에 어울리는 대성당을 짓기 위한 목적으로 건축된 성당이에요. 고딕시대의 작품이기 때문에 하늘을 찌르는 수많은 첨탑, 뾰족아치모양의 문과 창문들이 장식되어 있는 것을 볼 수 있죠.

성당의 가장 높은 지점은 지상으로부터 96미터예요. 프라하 성의 정문이나 북문 쪽에서 들어가면 성당의 정문이 있는 서쪽 부분을 보게 되는데 두 개의 큰 첨탑이 세워져 있는 이 부분은 1900년대를 전후해서 새로 만들어졌죠. 이 부분이 완성되면서 성 비뜨 대성당이 완전한 제 모습을 갖추게 됐다고 할 수 있는데요, 성당이 완공된 1929년은 매우 특별한 의미를 지니고 있었죠. 지금의 대성당이 세워지기 전에 그 자리에는 바쫄라프 대공, 그러니까 후에 성인이 돼서 성 바쫄라프라고 불리는 그 분이 세운 성 비뜨 로툰다가 세워져 있었어요. 바쫄라프 대공이 동생 볼레슬라브한테 살해된 뒤에 그 시신이 이 성 비뜨 로툰다의 측랑부분에 안치되었는데 그해가 929년이라고 알려져 있었죠. 그래서 성 바쫄라프의 죽음 이후 1,000년이 되는 밀레니엄이라는 의미를 담아서 성 비뜨 대성당을 완공한 거였어요. 그런데 사실은 바쫄라프의 죽음이 929년이 아니라 935년이었다는 것이 학자들의 연구에 의해 나중에 밝혀졌죠. 역사가 정확히 밝혀져 있었다면 좀 더 여유 있게 건축을 했을 수도 있었을 텐데 당시 체코 사람들이 이 해프닝에 어떻게 반응했을지 궁금해요.

성 비뜨 대성당 역시 제단은 정 동쪽에 있어요. 성지 예루살렘이 있는 곳이기 때문에 성당의 제단은 거의 동쪽에 위치하죠. 건축가 '아라스의 마띠아쉬'에 의해 이 동쪽 제단이 있는 곳부터 시작되었던 성당 공사는 1352년에 그가 죽은 뒤 약간의 공백기를 지나 새로운 건축가의 손에 넘겨지게 되는데 그가 바로 까렐 4세 시대의 궁정 건축가로 이름을 날렸던 뻬뜨르 빠를레르쥬(Petr Parléř)예요. 당시 그 사람의 나이가 스물셋이었죠. 그 옛날 스물셋이라는 나이가 지금의 스물셋과는 느낌이 다르지만 그래도 그 엄청난 공사의 총책임을 맡기에 어린 나이인 것은 사실이었어요. 이 약관의 젊은이도 상당한 재능을 가진 인물이었겠지만 이 젊은 건축가를 거대한 성당 건축의 책임자로 발탁한 까렐 4세의 안목도 대단하다고 할 수 있죠.

뻬뜨르 빠를레르쥬의 감독 하에 성당은 점차 모습을 갖추어 나갔어요. 제단이 있는 동쪽에서부터 남쪽 큰 탑까지, 그러니까 현재 볼 수 있는 성당의 뒤쪽 절반이 이때 완성됐어요.

성당의 내부는 현재 일반인들에게 모두 개방되어 있는데 바로크 시대에 제작된 파이프 오르간이 있는 성당의 중간 부분 뒤쪽부터는 입장권을 끊어야 들어갈 수 있어요. 아라스의 마띠아쉬와 뻬뜨르 빠를레르쥬가 만든 옛날 부분이기 때문이죠.

성당의 건축과 관련된 설명을 대략 했고 이제 성당을 들어가 봐야 할 텐데요, 성당 내부를 둘러보기 전에 먼저 입구의 바깥 부분을 간략하게 설명드릴게요.

로제타 창의 경계 부분 5시, 7시 방향에 조각되어 있는 건축가들의 모습

2궁정을 지나 성당 앞으로 나오면 먼저 성당의 거대함과 높이에 압도당하는 느낌을 받을 텐데요, 가장 먼저 봐야 할 것은 입구의 위쪽에 있는 커다란 동그라미 장식이에요. 성 비뜨 대성당의 로제타 창인데 직경이 10.4미터나 되죠. 고딕 성당의 특징인 로제타 창은 아름다운 스테인드글라스 창이지만 바깥쪽에서는 그 화려한 색채가 보이지 않아요. 창의 양 옆에는 두 개의 성인상이 있는데 보기에 왼쪽에 있는 것이 성 비뜨, 오른편에 있는 것이 성 바쯜라프죠. 로제타 창의 아래쪽 테두리 5시 방향과 7시 방향에는 각각 두 사람씩 네 사람의 흉상이 살짝 들어가 있는 것을 볼 수 있어요. 양복을 입고 있는 이 네 사람은 19세기와 20세기에 성당을 건축했던 건축가들인데 고풍스러운 고딕 양식의 건축물에 양복을 입은 사람들의 모습이 조각되어 있다는 사실이 재미있죠.

그 아래에 건물의 바깥쪽으로 입을 벌린 채 불쑥불쑥 튀어나온 괴물 조각들은 이교도의 신들을 형상화한 것인데 일반적으로 고딕 성당에 이렇게 장식되어 있는 괴물 조각상을 가고일(gargoyle)이라고 부르죠. 체코어로는 흐를리취(chrlič)라고 해요. 자신들보다 높은 영적 존재를 섬기며 악귀를 쫓는 역할을 하기 때문에 이렇게 장식이 된 것인데 이들은 믿음이 없는 사람들을 위협하는 역할도 한다고 하네요. 그런데 이 조각들은 종교적 의미를 표현하는 것 말고도 빗물을 멀리 내보내는 배수의 기능을 하고 있어요. 지붕을 타고 내려오는 빗물이 건물을 타고 흘러내리면 외벽이 부식될 염려가 있기 때문에 빗물을 모아서 밖으로 멀리 내보내는 거죠.

성당으로 들어가는 입구에는 조각들이 많이 장식되어 있는데 육중한 청동 문들은 성당의 건축과정을 보여주는 부조로 장식되어 있고 양옆으로 왕이나 고위 성직자, 건축가들의 얼굴들이 조각되어 있어요.

성당의 내부

 이제 내부를 본격적으로 살펴보죠.

 성당의 내부로 들어가는 순간 그 웅장함에 다시 한 번 놀라게 될 거예요. 성당의 외부와 마찬가지로 내부도 전형적인 고딕 성당의 모습을 하고 있죠.

 천장까지의 높이는 33미터예요. 그물모양으로 얽힌 지붕의 뼈대가 자연스럽게 기둥으로 이어져 흘러내려오는 것은 단순히 장식적인 것이 아니라 실제로 고딕 시대에 유용하게 사용되었던 건축 역학의 기술이죠. 고딕 시대의 건축가들은 천장의 하중을 기둥으로 분산시키는 이러한 기술과 건물 외부에 설치한 벽 날개 시스템을 이용해서 이렇게 웅장하고 높은 건물을 지을 수 있었다고 하네요.

 성당 내부에서 가장 눈에 띄는 것은 뭐니 뭐니 해도 스테인드글라스죠. 오색찬란한 스테인드글라스를 거쳐 들어오는 신비한 빛을 보면 누구나 한동안 넋을 잃게 돼요. 성당 벽면을 따라 채플들이 있는데 이 채플들의 창문마다 스테인드글라스가 장식되어 있죠. 그중에서도 가장 유명하고 특별한 작품은 '신 대주교 채플'을 장식하고 있는 알폰스 무하의 작품이에요.

알폰스 무하의 스테인드글라스 작품

이 작품에는 슬라브 민족을 축복하는 그리스도의 모습, 그리고 성 찌릴과 성 메또데이라는 두 형제 선교사의 모습이 담겨 있어요. 제일 꼭대기에 예수그리스도의 모습이 묘사되어 있고 그 아래에 세 명의 여성이 그려져 있는데 이들은 슬라브 민족을 상징하죠. 창문의 오른쪽에는 성 찌릴이 그의 동생 메또데이와 함께 대 모라비아 제국에서 선교하는 장면과 로마에서 죽음을 맞이하는 장면이 묘사되어 있고 왼편에는 메또데이가 슬라브인들의 언어로 설교하는 장면, 그의 반대자들에 의해 옥에 갇히는 장면, 그리고 모라비아로 돌아와 죽음을 맞이하는 장면이 묘사되어 있어요.

가운데에는 두 선교사들로부터 세례를 받는 보헤미아의 제후 보르지보이와 그의 아내였던 성 루드밀라가 묘사되어 있고 할머니 루드밀라의 무릎에서 기도하고 있는 소년 바쫄라프의 모습도 그려져 있죠. 바쫄라프는 빨간 옷을 입고 있는데 이건 그가 순교자라는 것을 상징하는 거예요. 그리고 성 루드밀라가 목에 두르고 있는 흰 스카프는 그녀가 자기 며느리에게 목이 졸려 살해당했다는 것을 보여주죠.

성당의 중앙으로 와서 뒤를 돌아보면 로제타 창을 볼 수 있어요. 1920년 안또닌 뽀들라하(Antonin Podlaha)에 의해 제작된 이 작품은 2만 7천 개의 유리 조각으로 만들어진 작품이고 천지창조의 하루하루를 묘사하고 있죠. 창문을 가까이에서 볼 수 없기 때문에 작가가 어떤 모습으로 천지창조의 하루하루를 묘사했는지 자세히 관찰할 수 없는 게 조금 안타깝긴 하지만 그 형형색색의 아름다운 빛이 창을 통해 은은히 비쳐 들어오는 모습만으로도 작품이 주는 감동을 느끼기에 충분해요.

로제타 창

성당 바닥은 전체적으로 십자가 모양을 하고 있어요. 제단이 있는 동쪽과 입구와 로제타 창이 있는 서쪽을 긴 축으로 하고 파이프 오르간이 설치되어 있는 하모니움의 북쪽, 그리고 왕들의 출입구였던 황금 문의 서쪽을 짧은 축으로 해서 십자가 모양을 하고 있는데 각 꼭짓점마다 가장 중요한 성인들의 유해들이 안치되어 있죠.

동쪽 끝에는 성 비뜨 성인, 북쪽에는 성 지그문트, 남쪽에 성 바쯜라프, 그리고 서쪽에는 성 보이떼흐(성 아달베르트)의 유해가 있는데 단, 성 보이떼흐의 유해만은 성당의 증축 과정에서 동남쪽 채플로 옮겨졌어요. 다만 원래 유해가 있던 자리를 다른 부분보다 높게 돌출시켜서 그곳에 유해가 모셔져 있었다는 것을 알려주고 있죠.

그 밖에도 다른 성인들의 유해가 성당 곳곳에 모셔져 있고 또 그들의 모습이 많이 조각되어 있죠. 성당 내부의 기둥들에는 위에 말한 네 사람에 성 루드밀라, 성 노르베르뜨, 성 프로코피우스, 성 얀 네뽀무쯔끼, 네 사람이 더해져 총 여덟 명의 모습이 조각되어 있는데 이들 여덟 사람이 체코 수호성인들이에요.

합스부르크 왕조 페르디난드 1세의 묘

하모니움 앞을 지나면 성당의 북쪽 날개부분에 위치한 성 지그문트의 채플 앞에 서게 돼요. 채플을 등지고 섰을 때 볼 수 있는 대리석 무덤은 합스부르크가의 페르디난드 1세와 그의 아내였던 야겔론가의 안나, 아들 막시밀리안 2세의 것이죠. 그 아래쪽 지하에도 왕들의 무덤이 있는데 동서남북으로 배치된 성인들의 묘를 각 끝으로 하는 십자가를 그었을 때 그 교차점이 되는 지점에 왕들의 묘가 있다는 사실은 동서양을 막론하고 묫자리에 꽤나 신경들을 썼다는 것을 보여줘요.

지그문트 채플 옆에는 구 성물실이 있고 더 안쪽으로 들어가면 성 안나의 채플이 있어요. 이 채플의 맞은편에 1630년에 제작된 목판 부조가 있는데 이 작품은 1620년에 있었던 빌라호라전투 이후 승리한 가톨릭 군대가 프라하로 들어오는 장면을 묘사하고 있죠. 당시의 프라하 모습이 생생하게 담겨 있는 이 목판부조를 보면 까렐 다리와 비뜨 대성당, 구시청사 종탑과 틴 성당이 지금의 모습 그대로 그 자리에 있다는 것을 확인할 수 있어요.

목판화 옆에 세워져 있는 슈바젠베르그 추기경 동상을 지나 안쪽으로 들어가면 성 비뜨의 제단을 볼 수 있어요. 바로 이 성당의 이름이기도 한 성 비뜨는 4세기경에 살았던 이탈리아 사람이고 자신의 신앙을 지키다가 순교한 후 성인이 된 분이에요. 춤추는 무희들의 수호성인이자 까렐 다리의 수호성인이기도 한 성 비뜨의 작은 조각상이 제단 위에 세워져 있는데 성 비뜨의 축일에 해가 질 때 바로 이 조각상의 그림자를 쭉 이어 보면 현재의 까렐 다리 동쪽 교탑과 만나게 된대요. 유디띤 다리가 유실된 후 까렐 다리를 새로 건축할 때 동쪽 교탑의 자리를 약간 남쪽으로 내려 현재의 위치에 세운 이유가 바로 이 그림자의 각도 때문이었다는군요. 마치 비뜨 성인이 손을 내민 것처럼 다리를 보호해 줄 수 있다는 믿음을 가지고 있었던 거죠.

비뜨 성인의 작은 석상 맞은편에 있는 채플은 성모 마리아 채플이에요. 갈보리 언덕 위의 십자가에 달린 예수의 모습이 장식되어 있는 이 채플에는 체코의 왕이었던 브르제띠슬라브 1세와 스뻬띠흐녜브 2세의 무덤이 있어요. 성모 마리아 채플을 지나 성당의 남쪽 부분으로 이동하다 보면 거대한 은 조각상을 만나게 되는데 이것은 바로 성 얀 네뽀무쯔끼의 무덤이죠.

성 얀 네뽀무쯔끼의 은 무덤

까렐 다리 위에도 세워져 있는 이분의 동상은 까렐 다리를 지나는 관광객들이 끊임없이 만지고 지나가서 녹슬지 않고 반짝반짝 빛나는 동판화가 있는 것으로도 유명한데 그 커다란 무덤이 모두 은으로 만들어졌다는 것에 놀라게 돼요. 성 얀 네뽀무쯔끼의 무덤은 1736년에 완성된 것인데 그가 가톨릭의 성인으로 시성된 1729년 3월 9일 이후 7년 만에 제작된 거예요. 신기한 사실은 그가 성인이 된 것을 기념하는 공식 행사가 비뜨 대성당에서 열렸을 때 그의 무덤이 개봉되었는데(물론 지금 현재의 은 무덤은 아니고) 그 안에 있던 그의 해골 안쪽에 썩지 않은 신체기관의 한 덩어리가 붉은 색으로 남아 있었다는 거예요. 사람들은 고해성사의 비밀을 지키다 순교한 얀 네뽀무쯔끼의 혀가 기적적으로 썩지 않고 남아 있는 것이라고 믿기 시작했죠. 그것이 뇌의 일부였다는 것이 과학적으로 밝혀진 이후에도 이러한 믿음은 사람들 사이에서 쉽게 사라지지 않았어요.

그의 무덤 맞은편에 있는 방이 바로 이 성 얀 네뽀무쯔끼에게 봉헌된 채플인데 이 채플 안에는 프라하의 대주교였던 얀 오츠꼬(Jan Očko)의 묘가 안치되어 있죠. 얀 오츠꼬는 까렐 4세와 매우 가까웠던 사람으로 체코인으로서는 처음으로 추기경까지 올랐던 인물인데 애석하게도 두 달 만에 추기경직에서 해임되었어요. 오츠꼬라는 이름은 체코어로 '눈'이라는 뜻인데 그가 한쪽 눈을 실명한 이후 이러한 이름이 붙여졌다는군요.

성 얀 네뽀무쯔끼의 채플 옆에는 막달라 마리아 채플(혹은 발트슈테인 채플)

이 있는데 이 방에는 성 비뜨 대성당의 건축을 맡았던 아라스의 마띠아쉬와 뻬뜨르 빠를레르쥬가 잠들어 있어요.

  막달라 마리아 채플 옆에 있는 방은 왕실 오라토리움이에요. 나뭇가지들이 서로 얽혀 있는 모습으로 장식되어 있기 때문에 다른 채플들에 비해 눈에 띄는 곳인데 폴란드 출신의 체코 왕이었던 블라디슬라브 왕 때 만들어진 이 방에는 구왕궁으로 직접 통하는 문이 있죠. 본당 쪽으로 나와 있는 발코니 아래쪽에 블라디슬라브 왕의 상징인 W 표시가 장식되어 있는 것을 볼 수 있어요. 오라토리움의 왼편과 본당 쪽 맞은편에 등잔불을 받들고 있는 두 사람은 당시 은광 산업으로 번영을 누리던 도시 꾸뜨나 호라의 광부들이고요.

성 바쫄라프 채플

오라토리움 앞을 지나 다시 성당의 중간 부분으로 나오면 성 비뜨 대성당에서 가장 중요한 장소인 성 바쯜라프 채플을 만나게 돼요. 다른 채플들에 비해 크고 또 화려하게 장식되어 있기 때문에 이곳이 특별한 의미를 지니는 방이라는 것을 알 수 있는데 이 채플은 성 바쯜라프의 유해가 안치되어 있다는 것 말고도 체코 왕가의 보물들이 보관되어 있다는 사실로 그 중요성을 가지고 있죠.

성 바쯜라프의 유해는 현재의 성 비뜨 성당이 세워지기 훨씬 전부터 그 자리에 있었어요. 935년 그가 살해된 후 그의 유해는 프라하 성의 성 비뜨 로툰다에 안치되었는데 그 자리가 지금 그의 묘가 서 있는 자리에요. 성 비뜨 로툰다는 사라졌고 그 후에 세워졌던 성 비뜨 바실리카도 대성당의 건축과 함께 사라지게 됐지만 그의 묘는 다른 곳으로 이장되지 않고 그 자리에 그대로 남아 있는 거죠.

채플의 상단 벽면은 성 바쯜라프의 일생을 묘사한 31개의 장면이 그려져 있고 그 아래는 예수의 수난화로 장식되어 있어요. 그리고 가장 아랫부분은 화려한 금과 보석들로 꾸며져 있는데 보라색의 자수정과 붉은색의 벽옥, 초록색의 녹옥수 등이 십자가 모양의 패턴을 이루며 벽면을 장식하고 있고 그 사이사이로 성인들의 모습이 그려져 있죠.

이 채플의 위층에 체코 왕가의 보물들을 보관해 놓은 방이 있어요. 그 방으로 들어가는 문이 성 바쯜라프 채플에 있는데 이 문은 일곱 개의 자물쇠로 잠겨 있죠. 이 문을 열 수 있는 일곱 개의 열쇠는 일곱 명의 종교, 정치 지도자들이 나누어 가지고 있다고 하네요.

　성 바쯜라프 채플은 성당의 벽날개 부분과 맞닿아 있기 때문에 북쪽과 서쪽에서 내부를 들여다 볼 수 있어요. 채플의 북쪽 문에는 사자머리 모양의 문고리가 있는데 이것은 그의 동생 볼레슬라브의 성이 있었던 스따라 볼레슬라브(Stará Boleslav)에서 가져온 거래요. 전해지는 이야기에 따르면 바쯜라프가 자객에게 살해되던 순간 이 문고리를 잡고 있었다고 해요. 그가 정말로 그 문고리를 잡고 있었는지 여부는 성당의 서쪽 정문에 성 바쯜라프의 생애를 묘사한 청동 부조 작품 속에서 확인할 수 있으니 성당을 나갈 때 한번 확인해 보죠.

제3궁정

제3궁정에서 바라본 성 비뜨 대성당

성 바쯜라프의 채플을 지나면 성당의 남쪽 벽날개 부분을 볼 수 있어
요. 커다란 유리로 덮여 있는 문은 옛날 왕들이 출입했던 '황금 문'이고
그 위에는 스테인드글라스 작품 '최후의 심판'이 있죠.

서쪽 출구를 향해 발걸음을 옮기면 어떤 방으로 들어가는 입구를 보
게 돼요. 그 앞에는 VELKÁ JIŽNÍ VĚŽ KATEDRÁLY SV. VITA POSLEDNÍ

VSTUP V 16.15 POZOR! 287 SCHODU! 라고 적힌 안내문이 있는데 이 걸 번역하면—성 비뜨 대성당의 큰 남쪽 탑 마지막 입장 16시15분 주의! 287계단!—이죠. 그 러니까 여기가 성당의 가장 높은 부분인 남쪽 탑의 전망대로 들어가는 입구라는 말이에요. 287개의 계단이니까 올라가는 게 그리 쉽진 않겠다 는 걸 예상할 수 있는데 계단의 수도 수려니와 이 계단들이 좁은 나선형 으로 이어져 있고 중간에 쉬는 곳도 없어 노약자나 어린이, 임산부에게 는 그리 추천할 만한 코스가 못 돼요. 그래도 일단 올라가면 프라하 시내 를 한눈에 감상할 수 있을 거예요.

성 비뜨 대성당의 종탑 전망대에서 바라본 프라하 시내 풍경

성당의 종탑까지 올라갔다 왔다면 이제 천천히 성당을 나가야겠죠. 튠 채플, 그리스도의 무덤 채플, 성 루드밀라 채플을 지나 출구 쪽으로 나가 는 길에 마지막으로 눈여겨봐야 할 것이 하나 있는데 커다란 동판에 어

떤 건물들의 평면도예요. 이 건물들은 현재의 성 비뜨 대성당이 세워지기 전 이 자리에 먼저 있었던 건물들로 각각 성 비뜨 로툰다와 성 비뜨 바실리카죠. 작은 원형의 건물이 성 비뜨 로툰다인데 성 바쯜라프가 보헤미아를 통치하던 925년 신성 로마 제국의 황제로부터 성 비뜨의 유해—어깨 뼈—를 선물로 받아 와 그것을 모시기 위해 지은 성당으로 바쯜라프가 살해된 후에 그분의 유해가 바로 여기에 묻히게 됐어요.

직사각형의 좀 더 큰 건물은 1060년 같은 자리에 세워졌던 성 비뜨 바실리카로 로마네스크 양식의 이 성당은 직경이 13미터 정도밖에 되지 않았던 로툰다에 많은 사람이 미사를 드릴 수 없고 또 성인들의 묘를 안치할 공간이 부족해지자 대공 스뻬씨흐녜브(Spytihněv)에 의해 건축되기 시작했던 성당이에요. 현재 이곳 성 비뜨 대성당 지하에 이 바실리카의 잔해가 남아 있어 그 흔적을 볼 수 있죠.

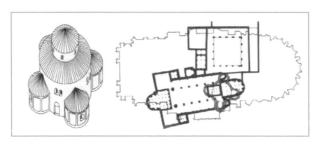

성 비뜨 로툰다와 바실리카의 평면도 - 현 대성당의 성 바쯜라프 채플의 자리가 로툰다의 위치와 일치한다는 것을 확인할 수 있다.

이제 대성당을 모두 둘러보고 나왔어요. 뭔가 아쉬움이 남는다면 이곳에서 실제로 미사를 한번 드려보는 것도 괜찮을 거예요. 미사는 월요일부터 토요일까지 아침 7시에, 금요일은 아침 7시와 저녁 6시에, 일요일은 아침 8시와 9시 30분, 그리고 11시에 있어요. 일요일 오전에는 세 번의 미사가 있기 때문에 일반 관광객들은 성당에 들어갈 수 없죠. 미사에 참석할 사람들, 그러니까 미사 처음부터 끝까지 자리를 지킨다는 조건으로 성당 입구에 계신 신부님께 허락을 얻은 뒤에 미사에 참석할 수 있어요.

입장권 유형	성인	할인	가족
		6~16세의 아동, 청소년 중고생 + 26세 이하 대학생 65세 이상 노인	16세 이하 5인까지의 자녀 성인 최대 2인
프라하 성 – 주 코스 구왕궁(1) 성 이르지 바실리카(3) 황금 골목(5) 성 비뜨 대성당(8)	450 꼬룬	300 꼬룬	950 꼬룬
프라하 성 – 상설전시 프라하 성 이야기(2) 성 방어 체계 전시(4) 프라하 성 미술 전시(6) 로줌베르그 궁(9)	300 꼬룬	200 꼬룬	700 꼬룬
프라하 성 미술 전시(6)	200 꼬룬	150 꼬룬	500 꼬룬
대성당 전망대 갤러리(10)	200 꼬룬	150 꼬룬	500 꼬룬
오디오 가이드 (수신기 렌탈) (영어, 체코어, 프랑스어, 독일어, 이탈리아어, 스페인어, 러시아어, 한국어)	350 꼬룬 / 3시간 + 500 꼬룬 디파짓 / 수신기당		
가이드 동반 프라하 성 투어 (영어, 독일어, 이탈리아어, 스페인어, 프랑스어, 러시아어)	250 꼬룬 / 1인 / 1시간		

초등학생 단체 입장	150꼬룬
학생 30명까지 + 성인 2인	
프라하 성 – 주 코스 + 상설	
전시	
무료 입장	
6세 미만 아동 + 장애인 카드 소지자(보호자는 카드에 명기되어 있어야 함)	
학생 단체 인솔 교사(학생 15인당 인솔 교사 1인)	
프라하 성 입장권을 구매한 관광객을 인솔하는 EU자격증 소지 가이드	

프라하 성 입장료 안내

여기서 잠깐 프라하 성의 입장권에 대해 설명해 드릴게요. 프라하 성의 입장권은 네 종류로 나뉘어져요. 1) 주 관람 2) 상설 전시 3) 프라하 성 미술관 4) 대성당 전망대. 구입한 입장권은 2일간 유효하죠. 다만 한 번 들어갔던 곳을 다시 들어가지는 못해요. 예를 들어 7월 12일날 입장권을 구입하고 구왕궁과 이르지 바실리카를 들어갔는데 황금 골목을 들어가지 못했다면 다음날인 7월 13일에 전날 구입했던 입장권으로 황금 골목은 들어갈 수 있는데 구왕궁과 바실리카는 다시 들어가지 못한다는 얘기죠.

1) 주 관람

입장 가능한 장소 : 구왕궁, 성 이르지 바실리카, 황금 골목, 비뜨 대성당

요금: 성인 450꼬룬, 청소년 및 고령자 300꼬룬(6~16세의 아동 및 청소년, 중고생 및 26세까지의 대학생, 65세 이상의 고령자), 가족 950꼬룬(16세 이하의 자녀 1~5명, 어른 최대 2명)

2) 상설 전시

입장 가능한 장소 : 프라하 성 이야기 상설 전시, 프라하 성 경비 시설 (미훌까), 프라하 성 미술관, 로쥼베르그 궁.

요금: 성인 300꼬룬, 청소년 및 고령자 200꼬룬(6~16세의 아동 및 청소년, 중고생 및 26세까지의 대학생, 65세 이상의 고령자), 가족 700꼬룬(16세 이하의 자녀 1~5명, 어른 최대 2명)

3) 프라하 성 미술관

요금: 성인 200꼬룬, 청소년 및 고령자 150꼬룬(6~16세의 아동 및 청소년, 중고생 및 26세까지의 대학생, 65세 이상의 고령자), 가족 500꼬룬(16세 이하의 자녀 1~5명, 어른 최대 2명)

4) 대성당 전망대

요금: 성인 200꼬룬, 청소년 및 고령자 150꼬룬(6~16세의 아동 및 청소년, 중고생 및 26세까지의 대학생, 65세 이상의 고령자), 가족 500꼬룬(16세 이하의 자녀 1~5명, 어른 최대 2명)

오디오 가이드

요금: 350꼬룬 - 3시간 코스(단말기 착수금 500꼬룬/인당) - 영어, 체코어, 프랑스어, 독일어, 스페인어, 이탈리아어, 러시아어, 한국어

초등학생 단체

1인당 150꼬룬(초등학교 학생들 30인까지, 학교에서 인증한 지도교사 2인까지) - 주 관람과 상설 전시

6세 이하의 어린이, 장애인 카드를 소지한 장애인 및 카드에 명시된 보호자, 학생 단체 인솔 교사(15명당 1명), 입장권을 구입한 손님을 인솔하는 자격증 소지 EU 가이드는 무료

주 관람 입장권을 구입하면 성 비뜨 대성당과 뒤에 소개해드릴 구 왕궁, 성 이르지 바실리카, 황금 골목을 입장할 수 있어요. 상설 전시나 미술관을 둘러보기 위해서는 해당 입장권을 별도로 각각 구매해서 들어가 볼 수 있으니 각자 원하는 입장권을 구매해서 들어가면 되겠죠. 대성당의 종탑 전망대를 올라가고 싶으신 분들도 입장권을 사야 할 거고요. 자녀를 동반한 가족들도 조건을 잘 참고해서 해당 입장권을 구매하시면 될 것 같네요.

오디오 단말기를 들고 관람을 할 수도 있는데 오디오 가이드는 여러 언어로 서비스가 제공돼요. 특이하게도 아시아권 언어로는 한국어만 유일하게 서비스가 되는데 그만큼 프라하를 찾는 한국인들의 수가 많다는 이야기겠죠.

황금 문

성 비뜨 대성당을 나왔다면 이제 프라하 성의 다른 부분들을 보기 위해 이동해야겠죠. 성당 문을 나와서 왼쪽으로 걸어가면 성 비뜨 대성당의 웅장한 외관과 제3궁정을 한눈에 볼 수 있는 포토 포인트로 가게 돼요. 렌즈의 화각이 받쳐준다면 거기서 성 비뜨 대성당을 배경으로 사진을 찍을 수 있을 거예요. 애석하게도 어지간한 렌즈를 가진 카메라가 아니고선 건물 전체를 화면 속에 담을 수 없는데 그래도 최대한 카메라를 낮춰 이리저리 앵글을 잡아보면 비슷하게나마 성당의 모습을 담아낼 수 있을 거예요. 더구나 성당을 등지고 선 얼굴은 그늘이 져서 사실 인물 사진을 찍기에 좋은 조건은 아니죠. 그래도 성당의 전체 모습을 가장 가까이서 찍을 수 있는 곳이니까 최대한 기술적으로 찍어 봐요.

성당의 중간 부분에 있는 커다란 종탑에는 두 종류의 시계가 위 아래로 설치되어 있는데 두 시계가 가리키는 바늘의 방향이 서로 달라요. 위의 시계와 아래 시계는 어떤 시계들일까요? 어려운 문제는 아니니까 한 번 생각해 보세요.

제3궁정

시계탑의 반대쪽에는 발코니가 있어요. 발코니 창문 옆에는 체코의 국기가 게양되어 있는데 이곳이 대통령의 집무실이에요. 발코니 아래쪽 문 옆에는 자그마한 팻말이 붙어 있어 있고 그 위에 깐쩰라르쥬 쁘레지덴따 레뿌블리끼(Kancelář Prezidenta Republiky—공화국 대통령의 사무실)라고 적혀 있어서 이곳이 집무실이라는 것을 알 수 있죠. 체코는 우리나라의 예전 청와대처럼 대통령의 집무실과 관저가 한 장소에 있지 않기 때문에 일반적인 공무원이 집에서 사무실로 출퇴근을 하듯 대통령도 그렇게 해요. 이 발코니는 대통령 발코니로 어떤 특별한 행사나 기념식 때 대통령이 나와 연설을 하는 장소라고 하고요.

비뜨 대성당의 큰 종탑 아랫부분 바로 오른쪽에는 황금 문이 있어요. 아까 성당 내부에서 유리로 덮여 있던 것을 확인할 수 있었던 그 문의 바깥 부분이죠. 이 문 위쪽에는 모자이크 최후의 심판이 있는데 재림하는 예수와 천사의 손에 이끌려 부활하는 사람들, 그리고 지옥으로 끌려가는 죄인들의 모습이 묘사되어 있어요. 이 모자이크는 칠이 자꾸 벗겨지기 때문에 정기적으로 색을 입히는 복원작업을 해야 한다고 하네요.

제3궁정의 동쪽에 있는 구왕궁의 입구는 그 외관이 깨끗한 대통령 집무실 건물과 붙어 있기 때문에 그렇게 오래된 건물이라는 느낌이 들지 않아요. 하지만 구왕궁은 18세기 중엽에 건축된 건물과는 다르게 1135년 소베슬라브 1세(Soběslav I) 때 지어진, 오래된 건물이에요. 다만 구왕궁의 지금 모습은 역시 여러 시대에 걸친 증축과 개축의 결과로 로마네스크, 고딕, 르네상스의 여러 양식이 섞인 형태를 띠고 있죠.

가장 오래된 로마네스크 양식의 최하층은 제3궁정의 지표면보다 한참 아래에 있어요. 3궁정에서 성 비뜨 대성당 옆을 지나 성 이르지 광장 쪽으로 가는 길목에 아래로 향한 길로 따라 내려가면 현재 '프라하 성 이야기'라는 전시관의 입구가 나와요. 전시관 매표소가 있는 부분이 고딕 시대에 만들어진 부분이고 그 아래층이 로마네스크 시대의 가장 오래된 부분이니까 옛날 왕궁이 성의 경사면 아래쪽에 처음으로 지어졌다는 것을 알 수 있죠. 상설 전시인 '프라하 성 이야기'는 프라하 성에서 발굴된 왕가의 유물들을 보여주고 있어서 옛날 왕족들의 생활 모습을 엿볼 수 있는 의미 있는 전시예요. 프라하 성 입장권 중에서 상설전시 입장권을 구입하면 이 전시를 볼 수 있어요.

성 이르지 바실리카(Bazilika svatého Jiří)

성 이르지 바실리카의 입구

3궁정을 지나 조금 뒤쪽으로 가면 또 하나의 광장이 나와요. 성 비뜨 대성당의 뒷부분을 볼 수 있는 이곳은 성 이르지 광장이죠. 이르지라는 이름이 낯설게 느껴지시겠지만 이르지는 조지(George)의 체코식 이름이에요. 각각 다른 언어를 쓰는 유럽 국가들은 자신들의 방식대로 고유명사를 발음하죠. 예를 들면 영국식 이름 톰(Tom)은 체코식으로는 또마쉬(Tomáš), 폴(Paul)은 빠벨(Pavel). 이런 식으로요.

가톨릭 신자 분들은 성 조지라는 이름을 들어보셨을지도 모르겠네요.

성 조지는 용과 싸워 이긴 가톨릭 성인이에요. 항상 창으로 용을 찌르는 모습으로 묘사되죠.

성 이르지 바실리카는 그 정면부가 바로크 시대에 새로 정비되어 만들어졌지만 건물 자체는 프라하 성에 있는 건물들 중 가장 오래된 유적이에요. 지금은 없어진 성 비뜨 로툰다(성 비뜨 대성당 자리에 세워져 있던)와 같은 시대인 10세기경에 세워졌거든요. 프라하 성에서 볼 수 있는 로마네스크 양식의 건축물이에요. 하지만 처음 만들어졌을 당시의 모습 그대로는 아니고 12세기 후반에 새로 만들어진 모습이죠. 1142년에 일어났던 대화재로 처음의 건축물은 파손이 돼서 그 후에 다시 만들어졌거든요. 그 이후에도 조금 개축돼서 바로크 스타일로 만들어진 부분도 볼 수 있지만 전체적으로 기본적인 로마네스크 시대의 모습을 유지하고 있죠. 성 이르지 바실리카 안에는 보헤미아 왕국의 첫 번째 왕조였던 프르제미슬리드(Přemyslid) 왕조 왕들의 무덤이 있어요. 체코의 수호성인인 성 바쫄라프의 아버지였던 브라띠슬라브 대공의 무덤도 있고요. 프라하 성의 내부 투어 입장권을 사면 이 성당의 내부를 볼 수 있는데 고딕 대성당인 성 비뜨 성당과 비교해보면 그 내부가 비교적 소박하고 단조로운 모습인 것을 볼 수 있을 거예요.

성 이르지 바실리카의 내부

프라하를 찾는 많은 사람들이 흔히 하는 얘기가 서양은 돌로 집을 지어서 아직까지 유적이 많이 남아 있는데 우리나라는 건축을 목재로 했기 때문에 쉽게 손상돼서 다 없어져버렸다는 거예요. 과연 그럴까요? 목조 건물이든 석조 건물이든 화재에 취약한 건 마찬가지인 듯해요. 중요한 건 과거의 건축물들을 보존하고 정비하는 노력을 얼마나 성의 있게 기울였는가가 아닐까 싶어요.

성 이르지 바실리카 옆에도 건물이 세워져 있는데 이 건물은 성 이르지 수녀원이었어요. 지금은 구 보헤미아 미술품들을 전시하는 국립 미술관으로 사용되고 있고요. 성이 처음 세워지던 당시부터 18세기까지는 베네딕트 수도회의 수녀원으로 쓰였는데 그 이후에는 사제관이나 막사로도 사용됐었죠. 물론 중간중간 개축이 되기도 했고요. 1970년대에 최종 개축이 돼서 그때부터는 국립 미술관으로 이용되고 있어요.

로줌베르그 궁(로줌베르스끼 빨라쯔—Rožmberský palác)

성 이르지 바실리카를 보고 나왔다면 프라하 성의 뒤쪽 부분을 둘러보게 될 거예요. 먼저 들어가게 될 곳은 로줌베르그 궁이죠. 프라하 성의 남쪽 부분, 구왕궁과 붙어 있어 있어서 한눈에 구분해서 알아보기가 쉽진 않겠지만 구왕궁과는 다른 건축역사를 가진 부분이에요. 사실 이곳은 최근까지도 일반인들에게 공개하지 않고 내부 정비를 했던 부분인데 정비를 다 마친 후에 2010년부터 공개를 시작했죠. 프라하 성 상설전시 입장권을 끊으면 로줌베르그 궁의 내부를 둘러볼 수 있어요.

16세기 로줌베르그 가문에 의해 건립된 로줌베르그 궁은 귀족 가문 출신의 수녀들을 위한 수녀원이었어요. 18세기 마리아 테레지아 여황제 명령으로 이곳은 몰락한 귀족 가문의 여성들을 위한 기관으로 만들어져 그 기능을 더하게 됐죠. 이곳에서 생활했던 여성들의 방을 볼 수 있는데 당시 이 여성들이 사용했던 당시의 가구나 물품들, 그림들을 확인할 수 있어요. 대체로 바로크 시대의 것들이고 그 이후의 고전주의 시대 물건들도 간간이 섞여 있죠.

지금의 로줌베르그 궁이 세워지기 전에 이 자리에는 13세기부터 건물들이 세워졌어요. 1513년에 로쥼베르그 가문이 이 땅의 일부를 소유하게 됐죠. 1541년에 발생한 대화재 때 이 자리에 있던 건물들이 심각하게 파손되고 없어졌고 그 이후 거대한 규모의 건물이 새로 만들어지게 된 거예요. 로쥼베르그 가문은 슈밤베르크(Švamberk)가문과 로쥬미딸(Rožmitál) 가문이 소유했던 옆 건물들을 추가로 얻게 되면서 궁을 확장시켰고요. 서쪽 정원이 만들어지면서 1574년에 건축은 마무리가 됐어요.

1600년에 루돌프 2세 황제가 왕궁과 연결되는 부분을 만들었고 1720년엔 한 층이 더 만들어지면서 지금의 구조를 갖추게 됐죠. 이후 귀족가문 여성들을 위한 재단이 이곳에 만들어지고 그에 따른 부분 개축이 이루어져서 1755년에 현재와 같은 모습을 하게 됐어요. 건물은 서른 명의 귀족 가문 여성들이 생활할 수 있는 공간으로 내부가 꾸며졌고 합스부르크 가문의 미혼 여성이 운영을 맡았죠. 첫 번째 인물은 마리아 테레지아 여황제의 딸 마리에 안나(Marie Anna) 대공녀였어요.

로쥼베르그 궁 안에는 귀족 가문 여성들이 사용했던 방들도 있지만 성 삼위 채플과 순결한 성모 마리아 채플, 연회장 등을 볼 수 있죠.

로줌베르그 궁

황금 골목(즐라따 울리츠까─zlatá ulička)과 달리보르까(Daliborka)

자 이제 프라하 성의 맨 마지막 코스, 황금 골목으로 가볼까요?

황금 골목은 프라하 성의 북쪽 성벽의 안쪽에 형성된 작은 거리예요. 동화 속에서나 나올 법 한 색색의 작은 집들이 성벽을 따라 옹기종기 모여 있는 곳이죠. 황금 골목의 집들이 붙어 있어 있는 현재의 북쪽 방어벽은 야겔론가의 블라디슬라브 왕(Vladislav Jagellonský) 때인 1484년에 건립되기 시작했어요. 바쯜라프 4세 이후 후스 전쟁이 일어나면서 왕들은 그때까지의 자신들의 거주지였던 프라하 성을 버리고 구도시의 왕궁에서 거처했는데 야겔론가의 블라디슬라브 때 왕이 다시 성으로 복귀하면서 대대적인 성 개축공사를 했죠. 그때 이 성벽이 만들어졌어요. 성의 바깥쪽, 브루스니쩨(Brusnice) 강이 흐르는 사슴 해자의 위쪽 언덕이었던 이곳에 성의 방어체계를 더욱 견고히 하기 위해서 건축가 베네딕뜨 레이뜨(Benedikt Rejt)가 세 개의 탑, 그러니까 화약탑인 미훌까, 백탑, 그리고 달리보르까와 함께 지금의 성벽을 만들었어요. 당시 최고수준의 성벽 건축기술로 만들어진 이 방어벽은 두께가 3미터가 넘었죠. 두 층으로 되어 있는 성벽 안쪽 통로는 지붕으로 덮여 있었고 통로의 아래층은 2.8미터에서 3.4미터 두께의 기둥을 가진 아치가 이어져 있어 그 사이로 6~6.6미터의 넓이와 1.2미터 깊이의 공간을 형성하고 있었어요.

황금 골목

1541년 대화재가 일어나기 전부터도 분명히 이곳은 사람들의 거처로 사용됐을 거예요. 하지만 사람들이 거주하기 시작했다는 공식적인 기록은 1560년대에 이르러서야 발견되는데 그때 이곳이 '금세공사의 작은 거리(즐라뜨니쯔까 울리츠까―Zlatnická ulička)'라고 불렸다는 것을 알 수 있어요. 이곳에 살던 금세공업자들은 영세한 사람들이었는데 당시의 큰 도시였던 구도시, 소도시 그리고 신도시의 길드에 소속되지 못한 사람들이 바로이 작은 골목에 모여 살았던 거죠.

루돌프 2세의 치세인 1591-94년에 성벽은 다시 한 번 개축돼요. 그때한층 더 쌓이게 된 성벽의 높이가 지금의 높이인데 현재 우리가 들어가볼 수 있는 통로가 그때 만들어진 거예요. 금세공업자들이 살던 남루한집들은 이때 모두 철거됐고요. 성벽이 개축된 후에 백탑과 달리보르까사이에 21개의 아치가 생겨나게 됐는데 이 아치들은 4미터 넓이, 2.2미터 깊이의 공간을 가지고 있었고 이 공간은 다시 한 번 사람들의 거처로쓰이게 돼요. 이번에는 성을 지키던 병사들이었죠. 1597년에 프라하 성의 성문을 지키던 수비병들은 루돌프 2세에게 이곳에 자신들의 거처를만들 수 있도록 요청했고 1597년 9월 16일 루돌프 2세는 그들의 요청을허락하는 법령을 선포했어요. 이 법령에서 루돌프 2세는 '성을 지키는 병사로서 복무하는 기간 동안 병사들은 각각 하나의 아치를 소유할 수 있고 그들 소유의 집을 아치 안에 세울 수 있다'라고 명시했어요. 그렇게 해서 집들이 생겨나기 시작했어요. 아쉽게도 병사들은 집을 짓는 경비까지 왕으로부터 선물을 받은 것은 아니었기 때문에 그들은 자신들의 재산으로 집을 짓기 시작했어요. 아주 작고 보잘 것 없는 집들이었죠. 작은 입구를 통해 집 안으로 들어가면 화덕이 있고 작은 창문이 있는 방으로 바로 이어지며 가구라고 해야 조악한 탁자와 의자, 침대가 고작이었어요. 공동으로 사용할 수 있는 우물도 없었기 때문에 물을 쓰기 위해서는 제3궁정의 성 이르지 수녀원 앞의 우물까지 가야 했고요.

지금은 우리가 이곳을 예쁘고 낭만적인 곳이라고 느끼지만 이 집들이 당시의 병사들에겐 힘겨운 삶의 터전이었을 거예요. 1784년 황제 요세프 2세에 의해 '붉은 성 수비대'로 불리던 이 군 조직이 해체되면서 병사들은 이곳을 떠나게 돼요.

병사들이 떠난 뒤에도 이곳은 계속 사람들의 거처로 사용됐어요. 오히려 기존의 집들 반대편에도 집들이 생겨나면서 황금 골목은 그야말로 발 디딜 틈 없는 빈민가가 됐죠. 1864년에야 성벽 집들의 반대편에 있던 판자집들이 철거됐고 성벽에 붙어 있어 있던 원래 집들이 조금 보수되면서 다소 살만한 장소로 바뀌었어요.

현재 황금 골목의 집들은 기념품 상점으로 사용되고 있어요. 시계를 파는 가게, 악기점, 유리제품을 파는 가게 등 저마다 특정 종목의 상품들을 판매하고 있고 가장 유명한 집인 22번지 카프카의 집은 카프카의 작품들을 판매하는 서점으로 쓰이고 있죠. 프라하가 낳은 세계적인 작가 프란츠 카프카는 실제로 이곳에 살았었어요.

황금 골목 집 내부의 모습

황금 골목을 효과적으로 둘러보기 위해서는 먼저 2층으로 올라가 옛 성벽의 통로를 먼저 살펴보는 게 좋아요. 중세 성벽의 방어 시스템들을 부분적으로 볼 수 있는 이 통로에는 중세 시대의 갑옷이 복도를 따라 전시되어 있는데 눈여겨봐야 할 것은 후스 전쟁 시기에 농민군들이 사용했던 무기들이에요. 농기구를 개조해서 만든 무기들을 보면서 당시 농민군들이 어떤 기분으로 전쟁에 임했을지 생각해 보면 좋겠죠. 2층 통로는 백탑과 연결되어 있어 탑의 내부를 살펴볼 수 있는데 백탑 안에는 상점들 외에도 고문실과 무기 전시실 등이 있어요.

황금 골목 2층 복도에 전시되어 있는 중세 갑옷들

　2층의 통로와 백탑까지 둘러본 다음 다시 내려와서 황금 골목의 작은 집들을 구경하면서 이동하다 보면 12번지 아래의 작은 통로 쪽으로 가게 돼요. 황금 골목은 이곳에서 끝나고 통로를 빠져나오면 왼편으로 달리보르까(Daliborka)라는 이름의 지하감옥을 보게 되죠. 달리보르까는 중세 시대에 귀족 출신의 죄수들을 가두었던 곳이에요. 탑의 이름은 이곳에 수감되었었던 죄수 달리보르의 이름에서 나왔고요. 1496년에 세워진 이 탑은 원래 감옥이 아니라 성을 방어하던 탑이었어요. 처음 만들어졌을 당시의 달리보르까는 지금보다 약 두 층 정도 더 높았고 서쪽의 백탑과 연결되어 있었죠. 달리보르까는 오랫동안 폐쇄되어 있었지만 몇 년 전부터 일반인들에게 공개되고 있어요.

　달리보르는 체코의 한 귀족이었어요. 그는 이웃 마을에서 악랄한 영주의 폭정에 못 이긴 농노들이 봉기를 일으켰을 때 그들을 돕고 자신의 성으로 도피시켰다는 죄목으로 이곳에 갇히게 됐죠. 전해지는 이야기에 따르면 그가 감옥에 갇혔을 때 바이올린을 배워 연주를 했고 그 음악 소리를 들은 농민들이 그를 불쌍히 여겨 감옥 안으로 음식을 넣어주었다고 하는데 물론 꾸며진 이야기예요. 그가 감옥에 갇혔던 15세기에는 바이올린이라는 악기가 없었을 뿐더러 죄수가 감옥 속에서 악기를 연주할 수 있을 만큼 죄수에게 관대하지도 않았죠. 이런 이야기가 생겨난 이유는 그가 감옥에 갇혔을 때 고문을 당했는데 고문기구 중에 스크르지뻬쯔(skřipec)라는 몸을 뒤트는 기계가 있었기 때문이에요. 그를 고문하던 간수들이 '달리보르가 이제 스크르지뻬쯔를 다룰 줄 알게 되었다.'라는 말을 했는데 그건 달리보르가 그 고문을 받는데 조금 익숙해졌다는 의미였죠. 체코어로 바이올린은 호우슬레(housle)라고 하는데 또 다른 말로는 스크르지쁘끼(skřipky)라고도 해요. 아마도 스크르지뻬쯔를 다룰 줄 알게 되었다는 말이 스크르지쁘끼를 다룰 줄 알게 되었다는 말로 와전돼서 이런 이야기가 만들어진 것 같아요.

달리보르까

　달리보르까 안에는 보기에도 살벌한 고문기구들이 여기저기 전시되어
있어요. 보기에 별로 유쾌하진 않지만 이것들보다 달리보르까의 성격을
더 잘 보여주는 전시물은 없겠죠. 달리보르까 앞 작은 마당에서 서쪽 돌
문을 통과해서 나오면 탁 트인 궁정이 나타나는데 이곳은 총리 궁정이에
요. 궁정 한가운데는 벌거벗은 소년의 동상이 있고 그 주변으로 카페와

기념품 가게, 화장실과 장난감 박물관 그리고 흑탑이 있죠.

또 프라하 성을 둘러보느라 지친 다리를 쉬어가라는 의미인지 돌 문 옆에는 낮은 계단이 있는 무대 같은 곳이 있는데 실제로 여름철에 셰익스피어의 작품들을 공연하는 야외무대로 쓰이는 곳이에요.

궁정 한쪽에 있는 흑탑은 육중한 사각뿔 모양을 하고 있는데 로마네스크 시대부터 있었던 건물이죠. 13세기까지는 이 흑탑 아래의 문이 곧 성문으로 이용되었는데 르네상스 시대에 새로운 성벽이 건축됨에 따라 성의 안쪽으로 들어오게 됐어요. 흑탑은 한때 채무자들을 가두는 감옥으로 쓰였었는데 이 감옥의 수감자들은 매우 좋은 조건 속에서 생활을 했다고 하네요. 이곳에 갇혔던 죄수들은 '신분이 높은' 죄수들로 자신들의 이불이나 그 밖의 생필품들을 가지고 들어올 수 있었고 면회도 허용됐고 편지를 쓰거나 책을 읽을 수도 있었다고 해요. 흑탑은 아직 일반인들에게 개방되어 있지 않지만 그 1층이 카페로 사용되고 있으니 분위기를 대충 가늠해 볼 수 있을 거예요. 총리 궁정을 나와 왼쪽 아래로 내려가면 프라하 성의 동쪽 문이 나와요. 이 문을 빠져나가면 프라하 성을 벗어나게 되는데 문 앞 옛 성벽의 잔해가 있는 곳에 전망대가 있어 시내 풍경을 감상할 수 있죠.

3

소지구와
까렐 다리

성 미꿀라쉬 성당(흐람 스바떼호 미꿀라셰—chrám sv. mikuláše)

프라하 성의 후문을 나와 넓은 계단을 따라 내려오면 큰길을 만나게 돼요. '소지구'라는 뜻의 '말로스뜨란스까(Malostranská)' 전철역을 만날 수 있고요. 단체 관광객을 기다리는 관광버스들도 줄지어 서 있기도 하죠. 여기서 교통수단을 이용해서 다른 곳으로 이동할 수도 있지만 어차피 다음 관광코스는 가까운 거리에 있기 때문에 그냥 걸어서 이동하는 편이 나을 거예요.

프라하 성의 후문을 나와 큰길을 만난 후 오른쪽으로 가다가 전차길을 따라 다시 오른쪽 걸어가면 소지구 광장과 만나게 돼요. 소지구 광장은 언뜻 보기엔 광장처럼 보이진 않아요. 광장 가운데에 큰 바로크 성당이 자리 잡고 있어서 성당을 에워싼 큰 도로처럼 보이죠. 오던 길을 따라 쭉 올라가면 다시 프라하 성 광장으로 연결되기도 해요.

아, 아까 프라하 성 후문을 나와 계단을 따라 내려오지 않고 바로 오른쪽 정원 입구도 들어가면 천국의 정원이라는 뜻의 '라이스까 자흐라다(Rajská Zahrada)'라는 곳을 지나갈 수 있어요. 프라하 성의 남쪽 성벽을 따라 길게 조성되어 있는 정원이죠. 이 정원을 따라 쭉 걸어 나오면 다시 프라하 성 광장 쪽으로 나오게 되는데 정원을 빠져나온 다음에 왼편의 내리막길을 따라 내려오면 소지구 광장을 만나게 돼요. 프라하 관광을 위해선 이 코스가 더 낫겠군요. 아무래도 차들이 많이 다니는 도로보다는 사람들이 걸어다니는 작은 길이 더 운치 있을 테니까요. 그 길 양편엔 작은 상점들과 음식점들이 있으니까 식사나 쇼핑을 하기에도 더 낫고요. 그 길의 이름은 네루도바(Nerudová)인데 체코의 언론인이자 작가였던 얀 네루다(Jan Neruda)의 이름을 딴 거리죠. 얀 네루다는 우리에게 잘 알려진 작가는 아니지만 문학과 비평 글들을 통해서 체코의 민족주의를 옹호하고 정치적 저항운동을 이끌었던 작가로서 체코인들의 존경을 받는 작가예요. 같은 시대에 활동했던 작곡가 스메따나의 친구이기도 했고요.

이야기에 옆으로 조금 샜네요. 암튼 어떤 길로든 소지구 광장까지 걸어오는 데는 큰 문제가 없을 거예요. 그리고 소지구 광장에 도착했다면 자연스럽게 마주하게 되는 건축물을 보고 가야겠죠. 바로 성 미꿀라쉬 성당이에요. 이제 성 미꿀라쉬 성당에 대해 이야기해 드릴게요.

성 미꿀라쉬 성당

성 미꿀라쉬 성당

블따바 강의 서쪽, 소지구의 중앙광장에는 아름다운 바로크 건축물인 '성 미꿀라쉬 성당'이 세워져 있어요. 프라하뿐만 아니라 전 유럽에서도 대표적인 바로크 건축물로 손꼽히는 성 미꿀라쉬 성당은 1673년 예수회 수도원과 함께 건축되기 시작했는데 이 수도회는 30년 전쟁 중에 있었던 빌라호라(빌리 bilý 는 흰, 호라 hora 는 '산'이라는 뜻으로 우리는 '백산'이라고도 번역해서 부릅니다. 단, 산이라는 명사 호라 hora가 여성 명사이기 때문에 '흰'이라는 형용사 bilý도 여성형 형용사 빌라 bilá 가 되는 거예요. 체코어 문법이 참 까다롭죠?) 전투가 끝난 후 개신교 세력을 꺾고 다시 권력을 쥐게 된 가톨릭 교회가 체코에서 재가톨릭화를 이루는데 주도적인 역할을 했던 수도회였어요.

체코의 바로크

먼저 바로크라는 이름에 대해서 알아보죠. 바로크(baroque, barocco) 라는 이름은 포르투갈에서 왔어요. 실제로 구슬처럼 예쁜 모양의 진주가 아닌 울퉁불퉁하게 찌그러진 진주가 있는데 바로크는 바로 이 못생긴 진주를 의미하죠. 바로크 건축물들은 '고딕 시대'나 '르네상스 시대' 건축물의 직선적인 형태가 아닌 곡선을 강조했는데 이러한 '불규칙적인 곡선의 요소들' 때문에 바로크라는 이름이 붙여졌어요. 바로크는 17, 18세기에 전 유럽에서 미술, 음악, 건축 분야의 한 사조로 유행했는데 당연히 프라하의 건축에도 큰 영향을 끼쳤어요. 오늘 가볼 곳이 프라하에서 가장 대표적인 바로크 건축물인 성 미꿀라쉬 성당인데 아마 안에 들어가 보면 그 화려함에 감탄하게 될 거예요. 유럽에서 바로크 시대는 대략 16세기 말부터 18세기 중반까지로 보고 있고 체코에서는 특히 백산 전투가 끝난 후 재가톨릭화 시대와 맞물려 바로크 시대가 시작되었다고 할 수 있어요. 프라하의 역사지구 안에는 수많은 바로크 건축물이 있는데 그 건축물들의 풍성함이나 화려함만큼 체코 내에서의 재가톨릭화도 철저하게 이루어졌다고 볼 수 있죠.

15세기 얀 후스로 인한 개혁정신과 개신교 세력의 우세함이 백산전투 이후 완전히 반전돼서 개신교 신앙에 뿌리를 두고 있었던 체코계 귀족들은 그 지위와 재산을 몰수당하고 추방되거나 처형되었고 평민들은 가톨릭으로의 개종을 강요받았어요. 교황청의 영향력이 훨씬 크게 작용하게 됐고 건축, 회화, 음악 등에 있어서도 이탈리아의 바로크 문화를 그대로 받아들이게 됐죠.

지금 소개해드릴 성 미꿀라쉬 성당은 17세기말부터 건축되기 시작했지만 이탈리아의 유명한 건축가였던 '크리스토프 디엔첸호퍼(Kristof Dientzenhofer)'가 1702년에 성당 공사를 맡기 시작하면서부터 본격적으로 지어지기 시작했어요. 크리스토프 디엔첸호퍼가 죽은 후에 그의 아들 '킬리안 이그나쯔 디엔첸호퍼(Kilian Ignac Dientzenhofer)'가 성당 건축을 이어 맡았는데 이 성당의 아름다운 돔 지붕은 바로 그의 솜씨로 만들어진 거예요. 둥근 돔 지붕 옆에 세워진 종탑은 1752년에 또 다른 건축가 '안젤모 루라고(Anselmo Lurago)'에 의해서 완성되었는데 이 종탑이 마지막으로 만들어지면서 성당 건축이 끝났죠.

아, 성 미꿀라쉬가 누군지 알아요? 이름이 좀 생소하죠? 체코식 발음이라서 그럴 거예요. 그럼… 성 니콜라스는 어때요? 많이 들어본 것 같지만 그래도 잘 모르겠어요? 그럼 이 사람은 알겠죠. 산타클로스. 놀랐어요? 맞아요. 성 미꿀라쉬가 바로 산타클로스예요. 우리가 알고 있는 산타클로스는 코카콜라가 변형시켜놓은 미국 짝퉁이고 오리지널은 성 미꿀라쉬, 혹은 성 니콜라스죠. 이 오리지널 산타클로스 할아버지에 대해서는 조금 나중에 말씀드리도록 하고 일단 성당을 먼저 둘러보죠.

성 미꿀라쉬 성당은 바로크 절정기의 특징들을 잘 보여주고 있어요. 건축가들은 가톨릭의 승리를 보여주는 기념비적인 건축물을 만들기 위해 바로크의 여러 요소를 훌륭한 솜씨로 이용했죠. 빛과 그림자를 이용해서 입체감을 살린 환상적인 프레스코화는 보는 사람들에게 경건한 신앙심을 갖게 하는데 아주 효과적이었어요.

그럼 이제 성당의 서쪽 입구에서부터 본당 안으로 들어가서 내부를 둘러보도록 할까요?

성당의 서쪽 입구는 세 개의 층으로 나뉘어져 있어요. 가장 윗부분의 십자가 아래에는 예수회의 문장이 장식되어 있고 그 아래 성 미꿀라쉬의 모습이 조각되어 있는데 이것은 1711년 제작된 J.B. Kohl의 작품이에요. 라틴어로 된 예수회의 문장 HIS는 'Hominum Iesus Salvator'의 약자로 예수, 인류의 구원자라는 의미죠.

성 미꿀라쉬 성당은 지금은 저녁에 주로 클래식 음악을 공연하는 연주회장으로 쓰이고 있어요. 성당 내부를 방문하는 관광객들에게는 입장료를 받고 있는데 성인 140꼬룬, 학생 및 어린이 80꼬룬으로 비싸지 않죠. 성당 안에는 작은 성물 판매소도 있고요. 내부는 바깥쪽보다 훨씬 화려하죠? 본당의 정면에는 물론 제단이 있고 양쪽에는 4개씩 총 8개의 채플이 있어요.

인상적인 것은 제단 주변과 채플 사이사이에 세워져 있는 거대한 성인 상들이죠. 엄청난 크기의 조각상들 중에는 이교도들을 발로 밟고 있거나 창으로 위협하는 자세를 취한 것들이 있는데 이것은 물론 가톨릭의 승리를 상징하는 거예요.

성 미꿀라쉬 성당의 내부

제단 주위에 4명의 석상은 각각 알렉산드리아의 '성 키릴(st. Cyril of Alexandria)', '성 요한 크리소스톰(st. John Chrysostom)', 나찌안쯔의 성 그레고리(st. Gregory of Nazianzus), 카이사랴의 성 바실(st. Basil Caesarea)로 이 성인들은 동방교회의 4대 신학자들이죠. 수많은 성인 중에서도 이들 학자들의 석상을 모셔놓은 이유는 당시 체코는 물론 전 유럽에 퍼져 있던 종교개혁의 사상에 대한 전통 신학의 우월성을 과시하기 위한 것이었어요.

본당 채플 사이에는 기독교를 공인했던 로마 황제 '콘스탄티누스', 바빌론의 유대인들을 해방시킨 페르시아의 왕 '키루스', 기독교를 로마제국의 국교로 만든 '테오도시우스' 황제 그리고 체코의 성인 성 '얀 네뽀무쯔끼'의 석상이 세워져 있고요.

어때요, 석상들의 모습이? 예수의 가르침을 따르는 참된 신앙의 수호자들 같나요?

이제 성 미꿀라쉬에 대해서 설명 드릴게요.

'성 미꿀라쉬'에 대한 수많은 전설들과 이야기들이 전해지고 있는데 그것은 고아나 과부등 가난하고 소외된 많은 이들에 대한 그의 선행에 관련된 이야기들이에요. 그 중 가장 잘 알려진 이야기는 세 딸을 가졌던 어떤 아버지를 도와준 일화인데 그 내용이 이래요.

큰 빚을 지고 있던 어떤 남자가 있었죠. 딸이 셋이 있었는데 이 남자는 빚 때문에 자신의 세 딸을 창녀로 팔아야만 하는 비극적인 상황에 처하게 되었어요. 그런데 그의 딱한 사정을 알게된 성 미꿀라쉬가 3일 밤에 걸쳐 이들의 침실에 돈 꾸러미를 세 차례 던져줘서 이 가족은 비극을 모면할 수 있었고 그 아버지는 빚을 갚고 난 뒤에 남은 돈으로 세 딸의 혼수를 해줬다는 이야기에요. 그래서 성 미꿀라쉬가 결혼하고 싶은 처녀들의 기도를 들어주는 성인이 되었죠. 또 성 미꿀라쉬가 살던 마을에 기근이 들어 사람들이 굶주리고 있을 때 그가 빵을 구워 사람들에게 나누어 주었다는 이야기도 있고요. 그래서 또 성 미꿀라쉬는 빵 굽는 사람들의 수호 성인이기도 해요. 그가 '바리(Bari)'에 머물던 당시 몇몇 항해사의 생명을 구해주었다는 이야기도 있는데 그것 때문에 선원들과 상인들의 수호성인이기도 하죠. 지금도 종종 배의 닻에 그 모습이 묘사되기도 한다는군요. 그뿐만이 아니고 동부 유럽에서 그는 어부들과 짐마차꾼들을 보호하는 성인으로 추앙받기도 하고 홍수가 났을 때 다리를 보호해 주는 성인이기도 하대요. 중세 시대부터 지금까지 12월 6일은 성 미꿀라쉬의 날로 기념되고 있고 실제로 많은 상인들이 중요한 거래를 할 때 이날을 잡는 경우가 많다고 해요.

성 미꿀라쉬가 산타클로스가 된 사연을 말씀드릴게요.

성 미꿀라쉬 축일의 전통은 오늘날까지 이어져 내려오고 있는데 창문이나 굴뚝, 신발 혹은 양말에 선물을 넣어 아이들에게 주는 이 전통은 분명 성 미꿀라쉬가 가난한 아버지에게 돈다발을 몰래 가져다주었다는 전설에서 비롯된 것이겠죠. 영국이나 미국, 스웨덴 등지에선 성탄절 전날 밤에 선물을 주는 분으로 알려져 있지만 체코에서는 이 성인의 축일인 12월 6일의 전날인 12월 5일 성 미꿀라쉬 분장을 한 사람이 마을의 집집마다 찾아가 선물을 주는 전통이 중세시대 부터 지금까지 이어져 오고 있어요.

성 미꿀라쉬 축일의 체코 전역은 거리를 활보하는 '성 미꿀라쉬 일행' 들과 그들을 구경하며 즐기는 사람들로 시끌벅적하죠. 주로 성 미꿀라쉬 와 천사, 악마로 구성된 미꿀라쉬 패거리는 어떤 특정 장소를 찾아가거 나 혹은 거리에서 마주치는 어린이들에게 사탕 같은 것을 나눠줘요. 대 도시가 아닌 작은 마을이나 소도시에서는 광장에 무대를 세워놓고 동네 아이들을 모두 불러 선물을 나누어주는 행사를 하기도 하고요.

빨간 옷을 입은 산타클로스랑은 다르게 미꿀라쉬는 하얀 주교 복장을 하고 머리에 주교관을 쓰고 있어요. 하얀 수염을 길게 늘어뜨린 건 똑같 죠. 아이들은 물론 미꿀라쉬가 선물과 사탕을 나누어주는 것을 손꼽아 기다리는데 이들에게 미꿀라쉬가 마냥 착한 할아버지 만은 아니에요. 왜 냐하면 미꿀라쉬는 아이들의 잘못을 속속 꿰뚫어 보고 있기 때문이죠. 성 미꿀라쉬는 선물을 나눠주기 전 아이를 앞에 앉혀놓고 아무개는 평소 에 부모님 말씀을 잘 듣지만 가끔 숙제를 안 하고 밖에서 놀다오는 적이 많다는 둥 동생과 싸운 적이 있다는 둥 마치 감사원에서 나온 사람 마냥 아이들을 뜨끔하게 만들어요. 악마들은 미꿀라쉬 옆에 서서 당장이라도 아이들을 끌고갈 듯한 자세로 눈을 부라리고 있죠. 어지간한 아이들은 그 살벌한 분위기에 압도되어 바짝 긴장하게 되고 미꿀라쉬 앞에서 찍소 리 못하고 앉아 있는 아이들 옆에서 아이들의 어머니들은 고소하다는 듯 여유로운 웃음을 지으며 이것도 잘못했고 저것도 잘못했고 하면서 고자 질을 해요. 주로 아버지들은 얘가 그래도 착한 구석이 많아서 앞으로는 말을 잘 듣기로 약속을 했다고 미꿀라쉬에게 선처를 부탁하는데 그러면 보통 아이들은 자기가 지은 죄를 인정하고 개과천선하겠다는 약속을 하죠. 어떤 애들은 통곡을 하기도 하고요. 그러면 미꿀라쉬는 천사들에게 명령해서 아이들에게 선물을 나눠주도록 하죠.

이런 유쾌한 방법으로 아이들을 교육도 시키고 전통도 이어 나가는 체코인들의 문화가 참 보기 좋아요. 그렇죠?

이탈리아의 바리(Bari)에서는 해마다 5월 8일날 성인의 유해가 옮겨 온 것을 축하하는 축제를 즐기는데 이 도시에 있는 성 미꿀라쉬의 동상으로 배를 타고 찾아가는 동안 축제를 즐기고 오후에는 전통 카니발을 연다고 하는군요.

성당 내부 천장에 그려져 있는 프레스코화는 성 미꿀라쉬의 승천을 묘사한 작품으로 화가 '얀 루까쉬 끄락께르(Jan Lukáš Kracker)'에 의해 1760년 제작된 거예요. 바로크 시대의 프레스코는 보는 이들에게 최대한의 현실감을 주기 위해 실제 배경 건물과의 조화와 원근법, 명암등을 절묘하게 활용했는데 성 미꿀라쉬 성당 프레스코에서도 그런 특징들이 잘 나타나 있죠. 저 위를 보세요. 본당의 프레스코를 보면 먼저 성당의 실제 기둥이 끝난 부분이 그림 속에 연장되어 나타나 있는 것을 볼 수 있죠? 그림 속의 장면이 현실과 동떨어진 것이 아니라 마치 성당 천장 위의 하늘에서 벌어지는 장면처럼 보이게 하기 위해서 저렇게 그린 거예요.

이러한 특징은 2층 갤러리에 올라가서도 확인할 수 있죠. 이쪽으로 와 보세요. 제단 옆에 있는 계단으로 올라가면 2층 갤러리로 올라가 볼 수 있어요. 갤러리에는 바로크 시대의 체코 화가였던 '까렐 슈끄레따(Karel Škréta)'의 수난화들이 전시되어 있는데 안쪽으로 들어가면 창살을 사이에 두고 성 바르보라 채플 위의 프레스코를 볼 수 있죠. 벽에 그려진 한 남자의 모습을 보면 발끝이 벽 바깥쪽으로 튀어나온 게 확인되죠? 발끝이 그려질 공간이 부족했지만 만약 그리지 않고 잘린 채로 놓아둔다면 현실성이 떨어지기 때문에 그것을 그려 넣을 공간을 일부러 덧대어 그림을 완성시킨 거예요.

모짜르트와 성 미꿀라쉬 성당

갤러리 위에서 자세히 볼 수 있는 것은 프레스코만이 아니에요. 입구 위에 자리 잡고 있는 파이프 오르간은 그 훌륭한 소리만큼이나 화려한 장식과 뜻깊은 사연을 가지고 있죠. '모짜르트'가 프라하를 방문했을 때 바로 이곳 성 미꿀라쉬 성당에서 파이프 오르간을 연주했던 거예요.

모짜르트가 연주했던 악기가 한두 군데 있는 것만은 아니기 때문에 그리 특별하게 느껴지지 않을 수도 있겠지만 그것 외에도 이 성당과 모짜르트는 특별한 인연이 있어요. 모짜르트가 세상을 떠났을 때 바로 이 성당에서 그를 추모하는 대규모 미사가 열렸기 때문이에요. 영화 아마데우스에서도 묘사되었듯이 모짜르트는 세기를 빛낸 천재답지 않게 비엔나에서 쓸쓸히 죽어갔죠.

성 미꿀라쉬 성당의 파이프 오르간

하지만 그의 죽음의 소식을 접한 프라하 사람들은 그를 위해 대규모의 미사를 준비했고 그가 살아생전 프라하 사람들에게 선사했던 아름다운 음악을 그리워했어요. 언젠가 모짜르트와 프라하에 대해 이야기할 기회가 있겠지만 모짜르트가 왜 그토록 프라하를 사랑했었는지 짐작할 수 있는 일화죠.

까렐 다리의 서쪽 교탑에서 바라본 성 미꿀라쉬 성당

성 미꿀라쉬 성당에서는 콘서트가 자주 열려요. 그리고 모짜르트의 곡
들도 자주 연주되죠. 갤러리 위로 올라가면 성당 입구 위에 자리 잡고 있
는 파이프 오르간을 볼 수 있어요. 눈으로 보는 즐거움도 크겠지만 이곳

에서 음악을 들을 수 있다면 프라하에서의 추억이 아름다운 선율로 남게 될 거예요.

이제 종탑 위로 한번 올라가 봐요. 성당의 남쪽은 다소 단조로운 모습인데 오른쪽 끝부분은 사각의 종탑으로 마무리되어 있죠. 종탑은 본당의 돔과 비슷한 높이로 제작되었는데 그 높이가 대략 80미터 정도 돼요. 재미있는 사실은 종탑 위로 올라가는 계단의 입구가 성당의 바깥쪽 도로에 나 있다는 건데요, 남쪽으로 돌출되어 있어 있는 이 종탑이 세워진 땅이 당시 예수회 소유의 땅이 아닌 시 소유였기 때문이에요. 종탑을 세우기 위해 시 소유지를 이용할 수밖에 없었던 예수회는 그 입구를 바깥쪽에 낸다는 조건으로 종탑을 세울 수 있었다고 해요. 입구 위쪽을 보면 프라하 소지구 시의 문장이 있죠? 소지구 시 의회에서 자신들에 땅에 세워진 종탑이라는 걸 표시한 거예요.

프라하의 어떤 전망대를 올라가더라도 아름다운 전경을 감상할 수 있지만 특히 성 미꿀라쉬 성당 종탑에서는 소지구의 전경을 자세히 볼 수 있죠. 성 비뜨 대성당의 종탑 전망대가 그 엄청난 높이만큼이나 장대한 전경을 선사한다면 이곳 전망대는 좀 더 아기자기한 전경을 감상할 수 있다는 차이가 있어요.

성 미꿀라쉬 성당의 모습을 사진으로 담아 가고 싶다면 까렐 다리의 입구 쪽으로 가는 것이 좋아요. 그곳에서는 성당의 아름다운 종탑과 둥근 돔 지붕이 보이죠. 어스름한 저녁에 코발트빛 하늘을 배경으로 노란

조명을 받고 있는 성당을 볼 수 있다면 더없는 행운이에요. 까렐 다리 교탑과 프라하 성 비뜨 대성당의 고딕 건축물 사이에 바로크 양식의 성 미꿀라쉬 성당이 없었다면 얼마나 허전했을까요?

이러한 건축물들이 거의 완벽에 가까운 조화를 이루고 있는 프라하는 보면 볼수록 아름다운 도시라는 생각이 들어요.

까렐 다리(까를루브 모스뜨—Karlův most)

까렐 다리의 서쪽 교탑

자, 이곳이 까렐 다리예요. 프라하를 가로지르는 블따바 강 한가운데 놓인, 중부 유럽에서 가장 오래된 석조 다리 중 하나죠. 너무도 유명한 다리고 프라하라는 도시를 떠올릴 때 많은 사람들이 가장 먼저 생각하게 되는, 정말 아름다운 전경을 자랑하는 다리예요. 매일같이 엄청난 사람들이 이 다리를 건너는데 이 다리에 대해 자세히 알고 있는 사람은 얼마나 될까요? 이제부터 이 다리에 대한 이야기를 들려드릴게요.

까렐 다리를 체코발음 그대로 읽으면 까를루브 모스뜨(Karlův Most)예요. '까렐의 다리'라는 뜻이죠. 처음엔 그냥 '돌다리' 혹은 '프라하 다리'라고 불리다가 1870년에 까렐 4세 왕의 이름을 따서 까렐 다리라고 부르게 됐어요. 프라하의 건축물이나 역사에 대해 이야기하면서 자주 언급하겠지만 까렐 4세는 프라하를 명실공히 중부 유럽 최고의 도시로 만드는 데 결정적인 역할을 했던 왕이에요. 그가 이룬 업적을 대략 살펴보면 1348년에 프라하에 신도시를 건설한 것, 같은 해 중부 유럽 최초의 대학인 프라하 대학, 지금의 까렐 대학을 설립한 것, 프라하를 대주교좌로 승격시키면서 프라하 성에 성 비뜨 대성당을 건설하기 시작한 것 등을 들 수 있죠. 그 외에도 그가 이룬 업적이 셀 수 없이 많지만 무엇보다 블따바 강의 동쪽과 서쪽을 연결해 주는 까렐 다리를 놓은 것도 빼놓을 수 없는 그의 중요한 업적이에요.

옛날부터 교역이 활발하게 이루어졌던 프라하에서 블따바 강의 동과

서를 이어주는 다리의 필요성이 얼마나 큰 것이었는지 짐작하는 것은 어렵지 않아요. 지금의 까렐 다리가 세워지기 전에 이 자리에는 유디띤 (Juditin-1170년경 세워졌으며 1342년의 대홍수로 인해 파괴되었음)이라는 다리가 있었는데 14세기 초에 있었던 홍수로 다리가 유실된 후에 까렐 4세는 이 크고 튼튼한 다리를 축조하기 시작했어요.

총길이 515.7미터 폭 9.4미터의 까렐 다리는 그 후 1496년, 1784년, 1890년에 일어났던 대홍수를 거뜬히 견디어 낼 수 있을 만큼 튼튼했어요. 성 비뜨 대성당을 설계한 까렐 4세 치하의 궁정 건축가 뻬뜨르 빠를레르쥬(Petr Parler)에 의해 축조되기 시작한 이 다리는 1402년에 공사가 마무리되었다고 해요.

다리를 건설하기 시작했던 때가 1357년 7월 9일 아침 5시 31분이라고 전해지는데 초석을 놓은 이 시각이 아주 특별한 의미가 있죠. 바로 이 시각이 나타내는 수열의 의미 때문이에요. 이 시간을 수로 열거해 보면 연도를 나타내는 1, 3, 5, 7, 그리고 중세 시대에 보통 날짜 표기를 할 때 일, 월의 순서로 썼기 때문에 9, 7 그리고 시, 분을 나타내는 5, 3, 1, 그래서 135797531이 되는데 이렇게 홀수가 커졌다가 작아지는 이 수열은 바로 시간의 영원함을 상징하는 것이었다고 하는군요.

이러한 주술적인 의미 말고도 이 다리를 튼튼하게 만들기 위한 과학적인 노력도 있었어요. 강물의 흐름으로 인한 저항을 줄이기 위해 다리를 S자로 휘게 했는데 다리의 교탑 위에서 내려다보면 그걸 확인할 수 있죠. 또 다리를 구성하는 사암 블럭을 견고히 붙이기 위해 접착제의 역할을 했던 회반죽에 우유와 치즈, 계란을 넣기도 했고요.

그런 노력 때문이었는지 수차례의 큰 홍수가 있었음에도 불구하고 까렐 다리는 지금까지 잘 보존되어 있어요.

동쪽 교탑 위에서 바라본 까렐 다리 – 살짝 휘어진 곡선임을 알 수 있다

다리의 양 끝에는 세 개의 멋진 탑이 서 있어요. 소지구 쪽에 두 개, 구도시 쪽에 하나. 소지구 쪽 탑들 중 키가 작은 탑은 옛날 유디띤 다리의 교탑으로 사실 지금보다는 좀 더 키가 컸었는데 1310년에 있었던 화재로 유실되었다가 복원되는 과정에서 지금의 높이가 됐어요. 그 옆의 키가

좀 더 큰 탑은 다리가 완공된 후 15세기 뽀데브라디의 이르지 왕 때 세워진 탑이고요.

두 개의 탑 사이 통로 부분에 보면 재미있는 흔적이 있는데 작은 탑 쪽의 벽면에 길쭉길쭉하게 패인 자국들이에요. 윗부분과 아랫부분에 불규칙하게 패인 이 자국들은 교탑을 지키던 병사들이 자신들의 창과 칼을 갈았던 흔적들이죠. 아래쪽에 있는 것은 칼, 위쪽에 있는 것은 창을 간 자국이겠죠. 사암이 원래 이렇게 무른 돌이라는 것을 이 자국들을 통해 알 수 있어요.

1970년대까지 전차가 다녔던 까렐 다리는 현재는 보행자들만 다닐 수 있어요. 프라하 관광에서 빼놓을 수 없는 코스이기 때문에 낮에는 많은 사람들로 북적거리지만 이른 아침 안개가 걷힐 때쯤 가 본다면 블따바 강과 까렐 다리, 그리고 멀리 보이는 성 비뜨 대성당과 강변의 건축물들이 이뤄내는 환상적인 전경을 만끽할 수 있을 거예요.

다리의 하단은 아치를 그리는 열다섯 개의 교각으로 구성되어 있는데 그 열다섯 개의 교각 위에는 각각 가톨릭 성인들의 조각상이 세워져 있어요. 다리 위에 서 있는 조각상 서른 개와 소지구 쪽 약간 낮은 곳에 서 있는 브룬쯔빅(Bruncvik) 기사상을 합해서 총 서른한 개의 조각상이 다리를 장식하는데 그 중 열일곱 개는 진품이고 나머지는 복제품이죠.

다리 위에 있는 조각상들 중 가장 유명한 것은 성 얀 네뽀무쯔끼의 청

동상이에요. 이것은 1683년 제작된 진품으로 다리 위의 조각상들 중에 청동으로 제작된 유일한 작품이죠. 동상의 아랫부분에 두 개의 청동 부조가 있는데 성인의 일화를 묘사하고 있는 이 그림을 사람들이 끊임없이 만지고 지나가는 것을 볼 수 있어요. 사람들이 왜 이토록 이 그림을 만지고 지나가는지에 대해 알기 위해서는 먼저 이 성인이 어떤 분이었고 왜 성인이 되었는지를 알아야 하죠.

네뽀무쯔끼는 14세기 말 바쫄라프 4세 시대에 이 지역에 살았던 신부였어요. 사람들의 고해성사를 많이 들어주던 신부였는데 그에게 고해성사를 하기 위해 자주 찾아온 사람들 중에는 바쫄라프 왕의 아내인 왕비 조피도 있었죠. 전해지는 이야기에 따르면 바쫄라프 왕은 왕비 조피와 결혼을 할 때 그녀가 결혼 서약을 제대로 하지 않았다는 이유로 줄곧 왕비를 의심하고 있었다는군요. 그런데 왕비가 얀 신부에게 그토록 자주 고해성사를 하는 것이 왕은 점점 기분이 나빠졌고 무슨 이야기를 그렇게 하는지 궁금해하기 시작했어요. 마침내 왕은 신부를 불러 왕비가 그동안 고해성사한 내용을 자신에게 밝히라고 명령했죠. 하지만 고해성사의 내용을 발설하는 것이 신부에게는 있을 수 없는 일이었기 때문에 얀은 왕의 요구를 단호히 거절했대요. 화가 난 왕은 그를 감옥에 가두고 혹독한 고문을 가하기 시작했지만 신부는 끝까지 입을 열지 않았죠.
혹독한 고문을 당하던 신부는 왕에게 제안을 하나 했는데 현재 감옥 안에 있는 한 고귀한 영혼에게 고해성사의 내용을 밝힐 테니 자신을 풀어달라는 것이었어요. 왕은 그 요구를 흔쾌히 승낙했죠. 신부는 먼저 감옥 안에 있던 사람들을 모두 밖으로 내보냈어요. 감옥에 남아 있는 사람은 신부와 사냥개를 데리고 있던 왕 단 둘뿐이었고요.

왕은 얀이 자신에게 그 내용을 이야기해 줄 것이라고 잔뜩 기대하고 있었지만 신부가 그 귓속에 비밀을 털어놓은 건 왕이 데리고 있던 사냥개였어요. 화가 머리끝까지 난 왕에 의해 신부는 결국 혹독한 고문을 견디지 못하고 죽게 됐고 왕은 떳떳하지 못한 자신의 행위를 감추기 위해 그의 시신을 한밤중에 몰래 까렐 다리 위에서 블따바 강으로 던져버렸어요.

하지만 얼마 후 가뭄이 오고 강물이 거의 마르게 되었을 때 신비한 다섯 개의 빛줄기가 강바닥에서 솟아났고 기이하게 여긴 사람들이 강바닥을 살펴보자 신부 시신이 발견되었다고 해요.

이것이 네뽀무쯔끼 성인에 대해 전해져 오는 이야기예요.

성 얀 네뽀무쯔끼의 동상

성 얀 네뽀무쯔끼 동상 밑에 보면 아래와 같은 그림이 있죠. 오른편의 그림은 병사들이 신부의 시신을 강으로 던져버리는 장면, 왼편은 왕비 조피가 신부에게 고해성사를 하고 있는 장면이에요. 거꾸로 매달려 있는 성 얀 네뽀무쯔끼의 몸에 손을 대고 평생 동안 지키고 싶은 비밀을 고백하면 얀 네뽀무쯔끼 성인이 그 비밀을 지켜준다는 이야기가 전해지고 있어요. 그래서 많은 사람들이 그 몸을 만지고 지나가죠.

조각상 아래 장식되어 있는 청동부조 – 사람들의 손이 닿았던 곳은 녹슬지 않고 반짝반짝 빛난다.

성인의 동상을 보면 머리 위에 다섯 개의 별이 장식되어 있는데 그것은 강물 위로 솟아났던 다섯 개의 성스러운 빛을 표현한 것이고 성인이 들고 있는 종려나무 잎은 순교자를 상징하는 거예요. 아, 왼쪽 청동 부조 속에 있는 사냥개를 만지는 이유를 얘기하지 않았는데 글쎄….여기에 대해선 확실한 설명이 없어요. 나름대로 장난삼아 추측해 볼 수는 있을 것 같은데, 그 개는 유일하게 고해성사 비밀 이야기를 들었으니까 개를 만지면 비밀을 알게 된다는 것일까요?

성인의 동상이 있는 곳에서 구도시 쪽으로 조금 가다 보면 다리의 난간 위에 다섯 개의 별이 작은 동판에 새겨져 있고 그 아래쪽 벽과 바닥에 보일 듯 말 듯한 동전 크기의 동그란 청동 표식이 되어 있어 있는 것을 확인할 수 있어요.

그 장소가 바로 성인의 시신이 던져진 장소인데 사람들은 그 표식 위에 손과 발을 올려놓고 성인을 위한 기도문을 외운다고 하네요. 일반적으로 관광객들은 잘 모르고 지나치는 경우가 많은데 가톨릭 신자라면 성인을 위해 잠시 기도를 하고 가는 것도 의미가 있겠죠.

까렐 다리 위에서 눈여겨 볼 조각상이 또 하나 있어요. 까렐 다리에 제일 처음으로 세워진 조각상인 갈보리산 위의 십자가상이죠. 가장 먼저 세워진 조각상이라는 의미도 있지만 그보다 더 의미 있는 것은 십자가상 주위에 장식되어 있는 히브리어 글자들이에요. 이사야서에 나오는 이 문구는 '거룩, 거룩, 거룩하신 우리 인류의 주'라는 말인데 라틴어가 아닌 히브리어로 이 문구가 적혀 있는 이유는 바로 유태인들이 이 글을 읽게 하기 위해서죠.

왜 유독 이 조각상에만 히브리어가 만들어져 있을까요? 이유는 이래요. 엘리아스 바꼬펜(Elias Backoffen)이라는 한 유대인이 예수의 십자가상을 비웃는 말을 했대요. 유태인들은 원래 예수를 구세주로 인정하지 않기 때문에 예수를 신으로 생각하는 가톨릭 측에서 보았을 땐 이교도나 마찬가지인 사람들이죠.

사람들은 그를 법정으로 데려갔고 신성모독의 발언을 한 그는 예수를 욕보인 죄로 그들 유태인이 사용하는 언어인 히브리어로 이 십자가상에 위에 성경 구절을 만들어 놓아야 한다는 판결을 받았어요. 유태인들은 민족적인 자부심은 강했을지 모르지만 실제로 한 사회를 통치하는 세력은 아니었기 때문에 법원의 판결을 따를 수밖에 없었고 스스로 굴욕을 느끼면서 이 문구를 새겨 넣어야 했다고 하는군요.

재미있는 것은 지난 2000년에 이 동상 아래에 이 히브리어 문구에 대한 설명을 체코어와 영어, 히브리어로 동판에 새겨 새로 아래에 부착해 놓았는데 이 설명을 읽어보면 이 글자가 유태인들이 자발적으로 한 것이 아닌 법원의 잘못된 판결로 생겨난 것이라는 것을 강조하고 있다는 점이에요. 아마도 프라하를 방문한 유태인들이 이 동상을 보고 느낄 오해를 풀기 위해 만들어 놓은 것이 아닌가 싶어요.

히브리어 장식이 되어 있는 십자가 상

앞에서 말한 두 조각상들 외에도 까렐 다리 위에는 29개의 조각상들이 더 있어요. 이들 조각상에 대한 자세한 설명은 하지 않겠지만 몇 개 동상에 대해서만 대략 누구를 묘사한 것인지, 그들이 들고 있는 물건이나 자세 등이 어떤 의미가 있는지 간단히 언급하고 지나갈게요. 소지구 교탑을 등지고 구도시 쪽을 보았을 때 왼편 소지구 쪽에 있는 조각상들부터 순서대로 열거해 보면 다음과 같아요.

성 아우구스틴: 아우구스틴 수도회의 수호성인이자 알렉산드리아의 주교, 철학자였던 성 아우구스틴은 주교의 옷을 입고 천사와 함께 서 있어요.

성 유다 다데오: 예수의 열두제자 중 하나였던 성 유다는 손에 몽둥이를 들고 있는데 이것은 누군가를 때리기 위한 것이 아니고 그가 몽둥이에 맞아 순교를 했기 때문이죠. 낙심한 사람들을 수호해주는 성인이고요.

파두아의 성 안토닌: 백합을 손에 들고 있는 프란치스코 수도회 출신의 성인인데 그의 조각상 양옆에 있는 꽃병에는 그에 대한 전설을 보여주는 부조가 있어요.

성 세례요한: 황금 십자가를 들고 있는 현재의 동상은 1706년 조각가 얀 브로코프(Jan Brokoff)가 만들었던 작품을 대체한 것이고요.

성 버나드: 성 버나드는 시토 수도회의 창시자인데 성모 마리아에게 경배하고 있는 모습을 하고 있고 그 아래에 있는 천사들은 주교관과 고난의 상징인 십자가를 들고 있어요.

성 바르보라, 성 마르께따, 성 알쥬베따: 광부들의 수호성인인 성 바르보라는 순교자의 상징인 왕관을 쓰고 있고 오른편의 성 알쥬베따는 불쌍한 노인에게 손을 내밀고 있어요. 왼편의 성 마르께따 역시 왕관을 쓰고 십자가를 들고 있는데 그녀는 용을 밟고 있죠. 성 바르보라 아래에 있는 사람은 얀 브로꼬프인데 이 조각상을 만든 조각가 자신의 모습이고요.

성 크리스토프: 전설에 따르면 이 성인은 원래 덩치가 큰 이교도였는데 기독교를 받아들인 후 순례자들을 위해 강을 건널 수 있도록 도와주었다고 하네요. 어린 예수를 어깨에 메고 있는 모습으로 조각되어 있고 순례자들의 수호성인이에요.

페라라의 성 빈센트와 성 프로코프: 이 성인들은 이교도들의 상징인 투르크인과 유태인 그리고 사탄의 몸통을 밟고 서 있어요. 성 프로코프는 사자바 수도원의 초대 수도원장으로 체코의 수호성인 중 한 사람이죠.

성 루이트가르트: 까렐 다리 위의 조각상들 중 가장 예술적인 작품으로 평가받는 조각상이에요. 시토수도회의 수녀였던 성 루이트가르트는 기도 중 예수가 나타나 그녀의 상처 난 몸에 키스하게 했다는 일화를 가지고 있어요.

브룬쯔빅 기사상: 전설에 따르면 그는 체코의 왕이었다고 해요. 그가 오른손에 들고 있는 검은 빼기만 해도 적들의 목이 달아났다는 신비한 칼이고 왼손에는 프라하 구도시의 문장이 그려진 방패가 들려 있어요.

자, 이렇게 까렐 다리 위에 있는 조각상들에 대해 살펴봤어요.

이제 교탑에 한번 올라가 볼까요? 소지구 쪽 탑과 구도시 쪽 탑 모두 전망대까지 올라갈 수 있도록 개방되어 있어요. 입장료는 두 탑 모두 들어갈 수 있는 입장료가 280꼬룬. 탑 내부에는 간단한 자료 전시와 기념품등을 파는 곳이 있는데 그보다는 탑 위에서 바라보는 까렐 다리 주변의 시가지 풍경이 볼만하니까 비싸지 않은 입장료를 내고 한번 올라가

볼만 하죠.

구도시 교탑이 서 있는 위치는 옛날 유디띤 다리의 교탑이 서있던 위치보다 약간 북쪽으로 올라와 있어요. 앞에서 비뜨 대성당을 설명할 때 말씀드렸는데 까렐 다리를 수호해 주는 성 비뜨 성인의 축일날 해가 지는 오후에 성 비뜨 대성당 동쪽 끝에 있는 성인의 석상 그림자가 가리키는 장소가 지금의 교탑 위치이기 때문이에요. 놀랍죠? 이러한 섬세한 부분까지 신경을 써서 건물의 위치를 정했다는 게.

교탑의 다리 쪽, 그러니까 서쪽 장식들은 30년 전쟁 때 스웨덴 군대와의 전투에서 소실되어 복원되지 못한 상태로 다소 단조로운 모습을 하고 있지만 구도시 쪽에는 조각상들이 비교적 잘 보존되어 있어요. 교탑은 아랫부분과 중간, 윗부분으로 나뉘는데 아랫부분은 보통 사람들의 비천한 세상을 상징하고 중간부분은 왕족들의 고귀한 세상, 그리고 가장 윗부분은 성인들의 성스러운 세상을 표현하고 있죠.

그래서 아랫부분에는 수녀의 치마 속에 손을 넣어 욕보이는 남자의 모습이나 약한 토끼를 잡아먹는 독수리 등의 모습이 조각되어 있고 중간부분에는 당시 왕인 까렐 4세와 그의 아들 바쯜라프 4세의 모습, 그리고 윗부분에는 성 지그문트와 보이뗴흐 두 성인의 경건한 모습이 조각되어 있는 거예요.

까렐 다리의 구도시 쪽 교탑

구도시쪽 교탑과 맞닿은 조금 넓은 장소는 십자기사단 광장이라고 불리는 곳이에요. 그리고 그 옆 화단에는 까렐 4세의 동상이 세워져 있죠. 중부 유럽 최초의 대학을 세운 업적을 기리는 의미에서 손에는 대학 설립 증서를 든 모습으로 광장을 내려다보고 있고 그 아래에는 대학 설립 당시의 4개 학부였던 법, 철학, 신학, 인문교양을 상징하는 인물들로 장식되어 있어요.

동쪽 교탑 뒤편, 십자기사단 광장에 세워져 있는 까렐 4세 황제의 동상

4

구도시

천문시계(오를로이—Orloj)와
구시청사(스따로메스뜨스까 라드니쩨—Staroměstská radnice)

천문시계 – 오를로이

앞에 보이는 게 오를로이(Orloj)라고 불리는 프라하의 천문시계예요. 바쯜라프 4세 때의 궁정 의사이자 천문학자, 대학교수였던 쉰델이 설계한 것을 1410년에 까단의 미꿀라쉬(Mikuláš z Kadaně)라는 사람이 제작하기 시작했는데 1490년에 루졔의 하누슈(Hanuš z Růže)라는 장인이 완성시켰죠. 무척 복잡하게 생겼죠? 처음 보면 이게 시곈지 뭔지 알 수가 없을 거예요. 이 천문시계는 지금 우리가 보는 시계와는 다르게 시간뿐 아니라 다양한 천체의 움직임을 보여주고 있죠. 자, 이제부터 보는 방법을 설명해 드릴게요.

천문시계는 상하로 배치된 커다란 두 개의 동그라미로 구성되어 있어 위쪽에 있는 것이 시계, 아래쪽에 있는 것은 달력의 역할을 해요. 먼저 위쪽의 시계를 보면 원의 한가운데에 지구가 그려져 있는 것과 바탕이 세 가지 색으로 칠해져 있는 것을 확인할 수 있죠. 파랑색과 주황색 그리고 검정색으로 나뉘어져 있는 원판의 이 부분들은 하루의 시간대를 나타내고 있는데 파랑색은 낮 시간, 주황색은 황혼이 지는 시간과 동이 트는 시간 그리고 검정색은 밤 시간이에요.

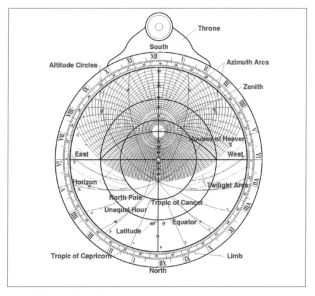

천문시계의 상징들을 설명해주는 그림

시계 원판 위를 도는 몇 개의 시곗바늘 중에 태양과 손이 달려있는 시곗바늘이 있는데 이 바늘의 태양이 파랑색 부분에 있을 때는 해가 떠있는 시간이고 주황색 부분에 있을 때는 황혼이 지는 시간과 동이 트는 새벽, 그리고 검은색 부분에 있을 때는 밤이 되는 거죠. 태양은 바늘의 아랫부분과 윗부분을 오르내리는데, 해가 길어지는 여름에는 바늘의 윗부분으로 이동해서 태양이 파란 부분을 지나는 시간이 길어지게 되고 반대로 겨울에는 바늘의 아랫부분으로 내려와서 검정색 부위에 더 오래 머물게 돼요.

그 바늘의 끝, 태양이 달려 있는 부분 바로 옆에 손이 붙어 있고 이 손이 시간을 알려주는 기능을 하죠. 시간은 두 가지로 표기되어 있어요. 로마 숫자와 아라비아 숫자. 원판의 안쪽에 있는 로마 숫자는 현재 중부 유럽의 시간이에요. 가장 위쪽에 XII는 정오, 가장 아래쪽 거꾸로 적혀 있는 XII는 자정이죠. 바깥쪽의 고딕 아라비아 숫자들은 중세 체코 시간이에요. 이 시각은 해가 지기 시작하는 시점을 0시 기준으로 삼기 때문에 그에 맞춰 움직이고 있어요.

천문학자들은 천체를 연구하기 위해 낮 시간을 다시 열두 시간으로 나누어 계산했는데 오전 5(V)시에서부터 오후 7(VII)시까지 따로 구분되어 있는 이 부분에는 검정색 아라비아 숫자가 1부터 12까지 적혀 있어요. 왼쪽 파란 부분이 시작되는 부분에 'ORTUS'라는 라틴어 글자가 있는데 이것은 '동쪽'이라는 말이고 그 아래 갈색부분에 적힌 AURORA는 '여명'이라는 뜻이에요. 반대편에도 글자가 있는데 각각 OCCASUS와 CREPUSCULUM입니다. 무슨 뜻일지는 짐작이 가죠? 맞아요. 각각 '서쪽'과 '석양'이라는 뜻이에요.

원판 안쪽에 있는 또 하나의 링 위에 적힌 낯선 기호들은 전갈좌, 쌍동이좌, 궁수좌 등등의 별자리를 나타내고 있어요. 이 링도 정해진 주기대로, 그러니까 1행성일에 한 번씩 천구를 한 바퀴씩 도는데 그 링 위를 원모양의 달이 돌고 있죠. 이 달의 위치를 통해서 지금 실제로 달이 어느 별자리 위를 운행하고 있는지, 언제 달이 뜨고 지는지를 알 수 있고 지금 달이 반달인지 보름달인지도 알아낼 수 있어요. 육안으로는 잘 보이지 않을 수도 있는데 자세히 들여다보면 달의 색이 반반으로 구분되어 있어요. 이것이 바늘 끝에서 뱅글뱅글 돌면서 달의 모양을 알려주죠. 마지막으로 자그마한 별이 끝에 매달려 있는 바늘을 볼 수 있는데 이 바늘은 행성의 시각을 알려준다고 하는군요.

이런 복잡한 메커니즘을 가진 천문시계지만 사실 많은 사람들은 다른 것에 더 흥미를 느껴요. 시계는 매 시마다 정각을 알리는 시보를 울리는데 그 과정이 독특하고 재미있기 때문에 광장 근처의 모든 사람이 그걸 구경하려고 구름떼처럼 몰려들어요. 어떻게 움직이기에 그렇게 사람들이 모이는 걸까요? 하나하나 설명해 드리죠.

시계의 좌, 우측에는 작은 인형들이 만들어져 있어요. 인형들은 각각 특정한 인물들을 묘사하고 있어요. 제일 우측에 있는 인형부터 살펴볼게요. 머리에 터번을 두르고 손에 악기를 들고 있는 인형은 투르크인으로, 인생의 즐거움을 노래하고 있어요. 해골은 오른손에 종의 줄을, 왼손에는 모래시계를 들고 있죠. 이 해골은 죽음과 심판을 상징해요. 시계 건너편 좌측에는 왼손엔 지팡이, 오른손에 돈 자루를 들고 있는 구두쇠 유태인이 있는데 그는 탐욕을 상징해요. 그 옆에 거울을 들고 있는 인형은 늙어가는 자신의 얼굴을 들여다보면서 인생의 허무를 느끼고 있고요.

정각이 되면 이 인형들이 일제히 움직여요. 해골은 왼손에 들고 있는 모래시계를 옆으로 기울이고 종을 치면서 죽음은 누구도 피해갈 수 없는 인간의 운명이라는 사실을 일깨워주죠. 나머지 세 인형들은 고개를 가로저으면서 다가오는 심판의 때를 거부하고 싶어 하는 인간의 마음을 표현

해요.

동시에 위쪽에 있는 두 개의 파란 창이 열리면서 예수의 열두 사도들이 지나가요. 심판이 끝나고 도래할 신의 통치를 예비한다는 의미로요. 이들이 창문 앞을 지나가고 문이 닫히면서 창문 위쪽에 앉아 있는 황금 닭이 길게 한 번 울고, 마지막으로 정시를 알리는 종이 울려요.

천문시계 안에 설치되어 있어 있는 12사도들의 인형
(https://www.orloj.eu/en/apostol1.htm)

30초가 채 안 되는 이 짧은 퍼포먼스를 보기 위해서 사람들이 10분 전부터 모여들기 시작한다는 게 좀 의아하게 느껴질 수도 있어요. 실제로 이것을 보고 난 사람 중 가벼운 허무함을 느끼는 이들이 있는 것도 사실이죠. 하지만 어쨌든 세계 각지에서 모여든 사람들이 프라하의 명물이라고 생각하고 반드시 보는 광경이니 가급적이면 제 시간에 가서 한번 감상해 보는 게 좋겠죠.

아래쪽에 있는 또 하나의 큰 원은 달력이에요. 가장 중앙에 있는 원 안에는 구도시의 문장이, 주위를 둘러싼 작은 열두 개의 원에는 열두 별자리, 그리고 바깥쪽의 큰 원에는 체코인들이 살아가는 모습이 그려져 있어요. 제일 바깥쪽 테두리에는 작은 글자들이 빼곡히 적혀 있는데 이것들은 모두 가톨릭 성인들의 이름이에요. 성인들의 이름은 날짜별로 적혀 있어 달력의 역할을 하는데, 위쪽에 있는 조그마한 검정 테두리 안쪽으로 원판이 돌아가면서 이름이 들어가게 되어 있죠. 검정 테두리 안의 날짜가 바로 오늘 날짜이고, 동시에 오늘이 어떤 성인의 축일인지도 알려줘요.

천문시계의 구조와 재미를 감상했다면 이젠 천문시계에 얽힌 전설을 음미해 볼 차례예요.

천문시계가 만들어진 뒤, 프라하 시민들은 시계를 보며 감탄에 감탄을 거듭했어요. 시간은 물론이거니와 태양이 뜨고 지는 것, 달의 위치 등을 정확히 보여주는 이 시계를 사람들은 매우 자랑스럽게 여겼어요. 그럴수록 시계를 완성한 하누슈를 더욱 존경하게 됐죠.

하누슈의 명성은 다른 도시들과 외국까지 퍼졌고 외국의 사람들은 이러한 천문시계를 가지고 있는 프라하 시민들을 부러워하게 됐다고 해요. 하지만 시계에 대한 소문이 점점 멀리까지 퍼지자 프라하 구도시의 의원들에겐 불안한 마음이 생기기 시작했어요. 하누슈가 언젠가 큰 돈을 받고 다른 도시에 이보다 더 훌륭한 시계를 만들어 주게 될 거라는 불안감 때문이었죠.

결국 그들은 비밀리에 음모를 꾸몄어요. 하누슈가 열심히 일을 하고 있던 어느 날 밤, 복면을 쓴 자객 세 사람이 그를 찾아갔죠. 시의원들이 보낸 자들이었어요. 그들은 하누슈를 결박한 다음 불에 달군 쇠막대기로 하누슈의 눈을 찌르고 도망쳐 버렸어요. 하누슈는 눈이 멀게 되었고 더 이상 어떤 일도 할 수 없게 됐고요. 그는 제대로 먹지 않아서 점차 야위어 갔고 머리도 새하얗게 변해 버렸죠. 사람들이 더 이상 그를 알아보지 못할 정도로요.

한이 맺힌 하누슈는 천문시계를 찾아갔어요. 보이지 않는 눈으로 자신이 만든 시계를 한참 바라보던 하누슈는 시계가 붙어 있는 탑으로 올라가서 그 한 맺힌 손으로 시계를 만졌죠. 시계는 곧 작동을 멈추었고 그 후로도 오랫동안 움직이지 않고 정지해 있었대요. 이 가슴 아픈 이야기가 꾸며진 것인지 아니면 정말로 일어났던 일인지는 알 수 없지만 시계를 둘러싼 고위 관료들의 어떤 모종의 음모와 희생이 있긴 있었던 것 같아요. 권력을 지닌 바보들이 비인간적인 만행을 저지르는 건 예나 지금이나 별반 차이는 없는 것 같네요.

오를로이의 종 치는 모습을 보았다면 종탑의 전망대를 올라가 보는 것도 괜찮아요. 프라하에는 전망대가 많이 있지만 프라하의 중심부를 가까이 볼 수 있는 전망대 중 유일하게 엘리베이터가 설치되어 있는 것이 구도시청사 시계탑 전망대거든요.

전망대를 올라가기 위해서는 먼저 구도시청사 건물의 3층으로 올라가야 돼요. 3층이라고 말했지만 우리식으로는 4층이에요. 체코를 비롯한 유럽의 대부분 나라들은 우리와는 다르게 0층이라는 개념을 쓰기 때문에 층 이름이 달라지죠. 체코에서는 0층을 프르지제미(Přízemí)라고 하고 줄여서 P라고 써요. 굳이 번역하자면 지층이고 이것이 우리식으로 1층이에요. 3층엔 매표소가 있는데 여기서 표를 사야 돼요. 어른 300꼬룬, 어린이나 노약자는 200꼬룬의 입장료를 내고 들어가면 엘리베이터 입구로 가게 되죠. 둥근 원통형의 전면이 유리로 된 이 현대적인 엘리베이터가 고풍스러운 종탑 안에 설치되어 있다는 것이 조금 이상하게 느껴질 수도 있겠지만 철골과 유리로 된 이 현대적인 설치물은 중세의 분위기를 해치지 않으면서 또 다른 건축의 묘미를 느끼게 해줘요. 공상과학영화에나 나올 법한 엘리베이터를 타면 곧바로 전망대로 올라가게 되고 이곳에서 광장 중심으로 펼쳐진 프라하 시내의 아름다운 경치를 즐길 수 있죠.

천문시계가 설치되어 있는 구도시청사는 1338년 9월 18일 까렐 4세의 아버지인 룩셈부르크가의 얀 왕 때 세워지기 시작했어요. 얀 왕으로부터 구도시의 자치권을 인정받은 후에 지금의 구시청사 건물 자리에 있던 집이 맨 먼저 시청으로 사용되기 시작했는데 그 집과 붙어 있어 있던 옆 건물들도 점차 매입되어 시청으로 사용됐어요. 지금까지 그 형태가 남아 있어서 건물의 외관을 자세히 살펴보면 몇 채의 서로 다른 건물들이 맞붙어 있어 있는 것을 확인할 수 있죠.

구도시청사는 오랜 세월을 거치며 증축되고 또 개축됐어요. 2차 세계 대전 이전까지만 하더라도 구도시청사는 구도시 광장에 있는 성 미꿀라쉬성당 근처까지 면적을 차지했던 큰 건물이었는데 아쉽게도 1945년 5월 독일 나찌의 지배가 끝날 무렵 일어난 프라하 시민봉기 때 파괴돼서 지금은 사라지고 없어요. 구도시청사를 구도시 광장 쪽에서 바라보면 건물이 잘려나간 흔적이 뚜렷이 남아 있는 것을 확인할 수 있죠.

구도시청사의 내부는 일반인들에게도 개방을 하고 있는데 입장권을 구입해서 들어가면 체코인 가이드의 설명과 함께 건물 내의 여러 방, 그러니까 종탑 아랫부분에 위치한 작은 채플과 천문시계가 움직일 때 모습을 드러내었던 '12사도 인형'들의 모습, 평귀족 출신의 체코 왕 이르지가 대관식을 거행했던 넓은 홀, 미술전시실, 고딕 시대에는 1층이었던 지금의 지하실 등을 둘러볼 수 있어요. 이 방들을 둘러보는 데는 대략 40~50분이 소요되죠.

눈여겨볼 것은 시기별로 변화되어 온 프라하 시의 여러 문장들과 금빛 쇠사슬로 묶여 있는 천장 서까래가 있는 회의실, 그리고 체코 화가 바쯜라프 브로쥑(Vaclav Brožik)의 커다란 그림 두 점이 걸려 있는 의회예요. 이 두 점의 그림은 각각 콘스탄츠에서 사형선고를 받는 얀 후스와 이르지 왕의 대관식 장면인데 이들 그림 속에 등장하는 여러 인물 사이에는 화가의 지인들이나 자신의 모습도 섞여 있다고 하네요.

시청 입구 옆에는 커다란 동판 두 개가 붙어 있어요. 1992년 프라하가 유네스코의 세계문화유산으로 지정된 것을 기념하여 그 배경을 설명해

주는 글이 동판 위에 새겨져 있는 거죠. 그 글의 원문과 번역을 잠시 적어보면 다음과 같아요.

Praha, historické jadro města, pražská památková rezervace prohlašena v roce 1971, je zapsana do seznamu světoveho dědictvi UNESCO pro svou urbanistickou, architektonickou a uměleckou krásu vyrostlou z kulturniho a duchovního soušiti narodů střední evropy s národem Českym. Její slohová bohatost výrostla v čase a podtržena dramatickou krajnou uprostřed čech je odevždy pokladem lidu teto země a niní i celeho světa.

프라하, 도시의 역사적 중심, 1971년에 문화재로 지정된 프라하의 유적들이 중부 유럽 민족들과 체코 민족의 정신적이고 문화적인 공동 생활로부터 성장해온 그 도시적인, 건축적인, 그리고 예술적인 아름다움으로 인해 유네스코의 문화유산목록에 등재되었다. 그 양식적인 풍성함은 긴 시간과 체코 중심부의 드라마틱한 풍경 속에서 발달되어 온 것이며 그것은 이 땅에 사는 사람들과 이제는 전 세계의 영원한 보물로 남을 것이다.

구도시 광장 쪽에서 바라본 구도시청사(2차 세계대전 막바지에 일어났던 프라하 봉기 때 파손된 건물의 잘려나간 부분이 남아 있다.)

유네스코의 문화유산이 된 것을 기념하는 동판이 구도시청사에 걸려 있는 이유는 이 건물이 바로 프라하를 대표하는 상징적 의미를 지니고 있기 때문일 거예요. 지금은 시청으로서의 기능을 하지 않고 실제 프라하 시청은 다른 곳으로 이전을 했지만 외국에서 국빈이 프라하를 방문할 경우 프라하 시장은 이곳 구도시 청사에서 국민을 맞는 영접행사를 할 만큼 이곳은 프라하를 대표하는 역사적인 장소죠.

프라하 구도시청사는 프라하 시민들을 위한 결혼식장으로도 이용되고 있어요. 주말 오후에 이 근처를 지나게 된다면 하얀 웨딩드레스를 입은 프라하의 신부를 만날 수 있을 거예요. 꽃다발을 든 신부의 환한 웃음만큼이나 프라하의 구도시청사와 천문시계는 사랑스러운 프라하의 유적이죠.

구도시 광장(Staroměstské náměstí),
틴 앞의 성모 마리아 성당(Kostel Panny Marie před Týnem)

구도시 광장(스따로메스뜨스께 남메스띠 Staroměstské náměstí)

구시청사의 시계탑, 그리고 천문시계 오를로이의 작동 모습을 봤다면 오른쪽으로 눈을 돌려 발걸음을 옮기게 될 거예요. 그리고 눈앞에 펼쳐지는 탁 트인 광장과 뾰족한 탑을 가진 틴 성당, 그리고 광장 한가운데 세워져 있는 청동 조각상의 모습을 만나게 되겠죠. 이곳이 바로 프라하의 구도시 광장이에요.

구도시 광장은 12세기부터 형성됐고 체코와 프라하의 역사를 대변하는 장소로, 프라하 시의 중요한 기능을 하는 장소로 여겨지고 있죠.

조금 전 둘러보았던 오를로이가 설치되어 있는 구시청사, 가장 눈에 띄는 건축물인 틴 성당(정식 이름은 '틴 앞의 성모 마리아 성당'인데 흔히 '틴 성당'이라고 줄여서 부릅니다.), 소지구 광장에 있었던 바로크 성당과 같은 건축양식, 같은 이름을 가진 '성 미꿀라쉬 성당' 그리고 광장 한 켠 넓은 공간을 차지하고 고고하게 서 있는 종교개혁가 얀 후스와 종교개혁가들의 군상 조각상. 이런 것들이 구도시 광장을 장식하고 있는 건물들과 예술품들이에요. 구도시 광장은 프라하 역사 지구의 가장 중심이 되는 곳이기 때문에 각종 크고 작은 이벤트들이 많이 열리는 곳이고 평소에도 많은 프라하 시민과 외부인들로 북적이는 곳이죠.

구도시 광장의 성 미꿀라쉬 성당

구도시 광장의 역사는 프라하라는 도시가 형성되던 10세기 경으로 올라가요. 프라하는 중부 유럽의 주요 교역지였기 때문에 상인들이 많이 모이는 곳이었고 이들을 위한 여관, 상점, 성당, 병원 같은 시설들이 이 구도시 광장을 중심으로 만들어졌죠.

수 세기 동안 광장은 다양한 이름으로 불렸어요. 가장 오래전에 불려진 이름은 큰 광장(벨께 남몌스띠―Velké náměstí), 13세기에는 구 시장 광장(스따레 뜨르쥬니 남몌스띠―Staré trnží náměstí)라는 이름이 등장했고 14세기부터는 시장 광장(뜨르쥬니 남몌스띠―Trnží náměstí) 또는 구도시 시장 광장(스따로몌스뜨스께 뜨르쥬니 남몌스띠―Staroměstské trnží náměstí)이라고 불렸으며 18세기에는 구도시 광장(스따로몌스뜨스께 남몌스띠―Staroměstské náměstí), 큰 구도시 광장(벨께 스따로몌스뜨스께 남몌스띠―Velké Staroměstské náměstí), 또는 큰 광장(벨께 남몌스띠―Velké náměstí)이라는 이름으로도 불렸어요. 지금의 이름은 1895년부터 적용되어 현재까지 사용되고 있죠. 12세기와 13세기에 많은 집들이 광장 주변에 지어졌는데 로마네스크 양식과 초기 고딕 양식의 기초, 지하실, 혹은 1층의 일부가 오늘날까지도 보존되어 있어요. 옛 로마네스크 양식의 1층 부분과 그 일부는 홍수를 방지하기 위한 조치의 일환으로 지반을 높이게 되면서 13세기 중반 경에 지하로 들어가게 되었고요.

광장을 에워싸고 있는 건물들 중 대표적인 건물 몇 개만 살펴보죠.

먼저 가장 눈에 띄는 건물은 거대한 뾰족탑이 세워져 있는 고딕 양식의 성당인 '틴 앞의 성모 마리아 성당'일 거예요. 보통 줄여서 틴 성당이라고도 불리지만 성당의 정식 이름은 이렇게 길답니다. 틴 앞에 있는 성모 마리아 성당이라는 뜻인데 틴이란 뭘까? 하는 궁금증이 생기겠지요. 체코어로 týn이라고 쓰는 '틴'은 체코어로 '성' 혹은 '성벽'이라는 의미에요. 독일의 유명한 노인슈반스타인 성이나 체코의 까를슈테인 성 같은 성 이름에 이 '틴(~타인, ~테인)'이라는 단어가 들어가 있죠. 성당이 만들어지기 전, 지금의 성당 앞을 가리고 있는 작은 건물들이 있었는데 그 중 하나가 '틴 학교'예요. 이 틴 학교 앞에 세워졌다는 의미에서 '틴 앞의…'라는 수식어가 이름으로 붙은 거죠.

성당은 14세기 중반부터 지어지기 시작해서 1510년경에 완공되었어요. 종탑의 높이는 대략 80미터. 두 개의 탑은 각각 아담과 하와를 상징한다고 하는데 자세히 보면 두 탑의 두께가 좀 다르다는 것을 확인할 수 있어요. 구도시 광장, 프라하를 상징하는 건축물로 종종 소개될 만큼 강렬한 인상을 주는 종탑 건물이지만 성당의 본체는 건물들에 둘러싸여 있고 내부도 그리 화려하지 않아서 대부분의 관광객들은 성당 안으로 들어가지는 않고 광장에서 성당 종탑을 배경으로 사진만 찍고 가죠. 다만 눈여겨보아야 할 것은 두 종탑 사이, 삼각 지붕 정면에 장식되어 있어 있는, 아기 예수를 안고 있는 황금 성모 마리아상이에요. 사실 이 자리에는 후스파 교도들의 상징물인 황금 포도주 잔이 장식되어 있었죠. 옛날 그림이나 도시를 묘사한 조각품들을 봐도 확인할 수 있어요. 그런데 30년 전쟁 중 프라하 구시가를 지배하던 개신교 세력이 합스부르크 가톨릭 세력에게 패배하고 쫓겨난 후, 프라하를 다시 손아귀에 넣은 가톨릭 세력이 이 종탑 사이에 있던 황금 포도주 잔을 떼어다가 그것을 녹여서 가톨릭의 상징인 성모 마리아상을 만들어 붙인 거예요.

틴 성당 중앙에 부착되어 있어 있는 성모 마리아상

성당은 주로 사암과 퇴적암의 한 종류인 말석(marl)으로 만들어졌어요. 성당 내부를 둘러보는 것도 좋겠지만 구도시 광장엔 볼거리도 무척 많고 다른 성당에 비해 볼거리가 특별히 많은 것도 아니니 굳이 성당 내부를 자세히 설명하진 않을게요.

광장 주변은 고풍스러운 건물들이 서 있고 위에서 소개한 틴 앞의 성모 마리아 성당 맞은 편에 오를로이가 붙어 있어 있는 구시청사 건물이 서 있어서 이 두 건물을 보는 것만으로도 광장에 대해 어느 정도는 알 수 있어요. 광장의 북쪽 빠르지쥬스까(Pařížská) 거리 모퉁이엔 바로크 양식의 성 미꿀라쉬 성당이 있고요.

광장에 서 있는 얀 후스의 동상에 대해선 잠깐 언급해 드렸죠. 이 동상은 얀 후스의 서거 500주년이 되던 해인 1915년 7월 6일에 개막되었어요.

체코의 가장 중요한 역사적 인물이자 체코인의 정체성을 대변해 주는 인물 얀 후스.

고고하고 의연한 모습으로 어딘가를 바라보는 그의 모습을 보면서 자신의 신앙과 신념을 목숨바쳐 지킨 이 종교개혁가를 존경하지 않긴 어렵게 되죠. 우리나라에서 만든 프라하의 연인이라는 드라마에서 이 후스 동상을 무슨 소원을 비는 장소쯤으로 묘사해 놓았던데 프라하에 그런 소원의 벽 같은 건 없어요. 후스 동상을 보면서 이 사람의 신앙과 개혁의 의지, 불의와 타협하지 않으려던 신념이 무엇이었을지 생각해보면 좋을 것 같아요.

구도시 광장 한쪽에 서 있는 얀 후스의 동상

후스와 개신교 전통의 흔적을 볼 수 있는 것은 구시청사 앞 광장 바닥에 장식되어 있는 역사 기록이에요.

21. Ⅵ. 1621이라는 날짜가 있고 그 위로 28개의 작은 십자가가 그려져 있는데 30년 전쟁 중 백산 전투가 끝난 이후인 1621년 6월 21일에 바로 이곳에서 처형당한 개신교 민족 지도자들을 기념하기 위한 장식이에요. 처형 도구였던 큰 칼 네 개가 양쪽에 그려져 있죠. 바로 뒤의 구시청사 벽면엔 처형당한 28명의 이름과 설명이 동판으로 제작되어 붙어 있어 있고요.

일반 관광객들은 잘 눈여겨보지도 않고 그냥 지나치기 쉬운 기록물이지만 그 의미를 알고 본다면 체코인들이 자신들의 역사를 잊지 않고 기록해 놓는다는 것에 존경심을 가지게 되겠죠.

구도시 광장에 기록되어 있는 역사적인 날짜

 광장을 대충 둘러보았다면 틴 성당 옆 쩰레뜨나 거리를 지나 화약탑 쪽
으로 이동해 볼까요?

 아, 그 전에 유태인 지구를 둘러보거나 명품을 쇼핑하고 싶은 분이 있
다면 미꿀라쉬 성당 옆 빠르지슈스까(Pařížská) 거리 쪽으로 이동하는 게
좋겠네요.

5

유태인
지구

프라하의 유태인 지구는 1850년까지 불렸던 이 구역의 이름이죠. 지금은 요제포프(Josefov)라고 불려요. 유태인 게토(빈민구역)라고도 불렸어요. 유럽에 있는 유태인 거주구역들 중 가장 잘 보존되어 있어 있는 곳으로 알려져 있지요. 화려하거나 웅장한 건축물들이 있는 것은 아니지만 그래도 한 번 살펴보는 것이 좋겠네요. 유태인들이 모여 살았던 곳이기 때문에 이곳에는 유대교 회당(시나고그)이나 자치회관, 묘지 같은 것들이 있었죠. 시간이 흐르면서 많은 것들이 사라졌지만 지금도 남아 있는 유적들이 있으니 살펴보면 좋을 것 같아요. 빈민구역이기도 했던 이 지역은 지금은 세계적인 명품 숍들이 즐비한 곳이죠. 우리가 잘 알고 있는 명품들, 루이비통이나 에르메스, 롤렉스 등등……. 빈민구역이었던 곳에 이렇게 값비싼 제품들을 판매하는 상점들이 즐비해 있다는 게 좀 아이러니할 수도 있지만 금융을 통해 부를 축적한 유태인들의 이미지에 어쩌면 어울린다고 할 수도 있겠네요.

유태인 지구를 둘러보기 전에 유태인들의 역사를 간단히 알아두면 좋겠죠. 체코 유태인들의 역사는 프라하라는 도시가 만들어지기 시작하던 10세기경으로 올라간다고 해요. 11세기 십자군 원정 때 유태인들에 대한 대학살이 있었고 유태인들은 성벽으로 둘러싸인 게토 안에서 살 수밖에 없게 되죠. 13세기에 프르제미슬 오따까르 2세 왕은 유태인들의 자치권을 어느정도 인정해주면서 자치권을 법령으로 발표하게 돼요. 1781년 마리아 테레지아 여황제의 아들이자 역시 신성로마 제국의 황제였던 요세프 2세는 관용칙령을 발표하면서 유태인들을 억압하던 관습을 철폐했는데 그를 기념하기 위해서 프라하의 유태인들은 이 구역을 요세포프 (Josefov)라고 이름지었고요. 제2차 세계대전 당시 프라하를 점령했던 나찌들이 이곳을 파괴하지 않고 그대로 놔둔 것도 이상할 수 있는데요, 그것은 히틀러가 앞으로 멸종될 인종들의 박물관으로 기념해 놓기 위해서였다고 하는군요. 그 덕분인지 프라하의 유태인 지구는 유럽에서도 가장 잘 보존된 유태인 보존구역이라고 하는데 그럼 이제 천천히 한번 둘러볼까요?

마이셀 시나고그(Maiselova synagoga)

마이셀 시나고그

구도시 광장에서 성 미꿀라쉬 성당 옆 도로로 빠져나오면 바로 유태인 지구로 들어서게 되는데 그 도로의 이름은 빠르지쥬스까(Pařížská) 거리예요. 이름이 좀 어렵게 들릴 수도 있는데 빠르지쥬(Paříž)는 프랑스의 수도 파리(Paris)의 체코식 이름이죠.

앞에서도 설명드렸지만 유태인 지구에 대성당 같은 건 없어요. 다만 유태인들의 예배 장소 시나고그(회당)가 있죠. 첫 번째로 가볼 곳은 마이셀 시나고그예요.

이 회당은 1592년에 만들어졌는데 당시 유태인 시장이었던 마이셀 시장의 이름을 따서 이름이 정해졌어요. 세 개의 본당으로 구성된 르네상스 스타일의 건축물이었는데 1689년에 일어났던 화재로 건물이 손상돼서 그 이후 여러 차례 개축됐죠. 지금의 모습은 1800년대 말에 신 고딕 스타일로 개축된 모습이에요. 현재 내부는 유태인들의 삶을 엿볼 수 있는 히브리어 책자들이나 지도, 그들이 중요하게 생각하는 유태인 인사들에 대한 정보 기록들이 전시되어 있어요.

아, 회당을 비롯한 유태인 지역을 세부적으로 살펴보려면 입장권을 구입해야 하는데 입장권은 각각의 회당에서 판매하지 않고 정해진 인포메이션 센터에서 판매해요. 유태인 지구의 여러 장소를 입장할 수 있는 통합입장권을 판매하고 있어서 입장권을 한 번 구입하면 유태인 지구의 여러 장소들을 두루 살펴볼 수 있고요. 통합 입장권은 성인 1인 가격이 500꼬룬, 26세 이하의 학생은 350꼬룬이니까 그렇게 저렴하진 않죠. 여기에다 개인당 80꼬룬을 추가로 내면 현지 가이드의 안내를 받을 수 있고 구체적인 설명도 들을 수 있어요. 아직 한국어 가이드는 없고 아마 많은 분이 영어 가이드를 원하실 텐데 영어 가이드 투어는 오전 10시 30분과 오후 2시, 이렇게 하루 두 번 진행하니 참고해 주시길 바라요.

마이셀 시나고그가 있는 블록의 한쪽에는 프란츠 카프카 서점이 있어요. 일반 서점이긴 하지만 서점의 이름이 카프카인 것으로 봤을 때 프란츠 카프카의 작품들이나 관련 기념품들이 많이 판매되고 있을 거라는 걸 짐작할 수 있겠죠? 문학에 관심 있는 분들이라면 들러보시길 바라요.

프란츠 카프카 서점의 길(쉬로까 로—Široká ulice) 건너편 블록에는 유태인 시청사와 비소까(Vysoká—높은) 시나고그가 있어요.

유태인 시청(쥐도브스까 라드니쩨—Židovská radnice)과

비소까 시나고그(Vysoká synagoga)

비소까 시나고그

유태인 시청과 비소까 시나고그는 1570년 경에 세워진 건물이에요. 비소까(Vyskoká)는 '높은' 이라는 체코어 형용사죠. 그러니까 한국어로 번역하면 '높은 회당'이 될 거예요.

지금의 모습은 1760년대에 후기 바로크 양식으로 개축된 모습이에요. 높은 회당은 이름 뿐 아니라 실제로 회당 자체가 지표면에서 높은 곳에 있기 때문에 붙여진 이름인데 20세기 들어 블따바 강변이 정비되기까지 이 지역은 강물의 잦은 범람으로 피해를 입었었고 낮은 지대에 있던 회당들에서 사람들이 모일 수 없게 되자 홍수에도 모임을 할 수 있는 회당에 대한 필요성 때문에 실제로 높은 곳에 회당을 만들면서 이런 이름을 붙였다는군요.

17세기 말에 화재를 겪은 후 18세기 중엽에 정비를 거쳤고 19세기 말에 다시 재건축됐어요. 2차대전 당시 유태인들이 핍박을 받았을 때 수용소로 끌려간 유태인들의 재산이 보관됐던 곳인데 20세기 후반에 다시 정비돼서 지금은 프라하 유태인 박물관의 상점과 매표소가 설치되어 있죠.

회당의 내부는 현재 일반인들에게는 공개되어 있지 않아요.

스따로노바 시나고그(Staronová synagoga)

스따로노바 회당

　이 회당의 이름을 한국어로 번역하면 '오래된 새 회당'이에요. 다소 아이러니한 이름을 가지고 있는 이 회당은 유럽에서 가장 오래된 회당 중의 하나고 당연히 이 유태인 지구에 보존된 유태인 회당들 중에서도 가장 오래된 건물이죠. 앞에서도 살짝 언급했는데 이 회당은 처음 만들어졌을 때 이름이 '새 회당'이었어요. 이 회당보다 더 오래된 회당이 이 구역에 있었거든요. 그 회당이 없어지고 나서 이 '새 회당'의 이름 앞에 '오래된'이라는 수식어가 붙어서 이런 이름이 된 거라고 생각할 수 있죠. 하지만 이 회당의 이름 알트네우(Altneu)는 '조건'이라는 뜻의 히브리어(לֹא תְּנַאי al tenai)에서 비롯된 독일어인데 전해지는 이야기에 따르면 이 회당의 초석을 예루살렘이 성전에서 가져왔고 예수가 재림할 때 돌을 다시 제자리로 돌려놓는다는 조건으로 이 돌을 가져왔기 때문에 '조건'이라는 이름이 붙은 거라고 하네요. 그래서 '알-테나이'라는 이름이 알트네우(altneu, old-new)로 변형되었다고 해요.

13세기에 지어진 이 회당은 유태인들의 비극적 역사의 현장이기도 했죠. 1389년 부활절 폭동이 일어났었는데 약 3,000명의 유태인들이 이곳에서 학살당했거든요. 17세기 초까지 그 피의 흔적이 건물에 남아 있었다고 하네요. 그 희생자들을 위한 비문이 회당 벽면에 새겨져 있었고요. 이것도 물론 1966~1967년에 이곳이 다시 재정비될 때 다시 복구되었다고 해요.

유태인 묘지(쥐도브스끼 흐르즈비또프—Židovský hřbitov)

유태인 묘지의 비석들

스따로노바 회당의 맞은편엔 커다란 공동묘지가 있어요. 유태인들이 묻혀 있는 유태인 묘지죠. 세계적 기준으로 봤을 때도 가장 오래된 유태인들의 묘지예요. 유럽에 남아 있는 유태인 묘지 중에서도 가장 규모가 크고 이 프라하의 유태인 구역에서는 가장 중요한 곳으로 여겨지는 곳이고요. 15세기에 조성된 이 묘지는 18세기 후반까지 묘지로서의 실질적인 기능을 했대요. 이곳에 있는 비석 중 가장 오래된 비석에는 1439년이라는 연도가 적혀 있다는군요. 마지막에 만들어진 비석은 348년 후인 1787

년이고요. 묘지가 처음 만들어졌을 땐 지금같은 규모가 아니었고 수 세기를 거치면서 조금씩 확장되었다고 해요. 지금 이 묘지에는 12,000개 정도의 묘비가 있는데 둘러보면 알겠지만 이 묘비들은 정갈하게 정비되어 있지 않고 매우 정돈되지 않은 상태로 땅에 마구 세워져 있어요. 매장지가 제한되어 있던 유태인들이 수백 년 동안 이곳을 묘지로 삼았는데 땅이 제한되어 있다 보니 기존의 매장지 위에 흙을 덮고 매장을 했던 거죠. 기존에 있던 묘비를 뽑아다가 그 위에 다시 꽂아놓았고요. 그러다 보니 묘지가 깔끔하게 정리되지 못하고 이렇게 어수선한 모습이 된 거예요. 게다가 유태인들은 화장하는 것을 전통적으로 금지했기 때문에 땅은 더더욱 필요했겠죠. 이곳에 묻혀 있는 사람들 중에 우리가 잘 아는 사람은 아마 거의 없을 거예요. 저명한 랍비들이나 유태교 지도자들일 테지만 세계적으로 유명한 분들은 아니죠. 프란츠 카프카도 이 지역에 살았던 유태인이었지만 무덤은 이곳에 있지 않아요. 민족 박물관 뒤편 비노흐라디 지역에 있는 또 하나의 유태인 묘지에 있어요.

유태인 박물관(쥐도브스께 무제움—Židovské muzeum)과
끌라우센 시나고그(끌라우소바 시나고가—Klausová synagoga)

유태인 박물관

유태인 박물관

　프라하의 유태인 구역을 제대로 보기 위해서는 유태인 묘지 옆 유태인 박물관을 둘러봐야겠죠. 프라하의 유태인 박물관은 1906년에 만들어졌어요. 유럽을 비롯, 세계에서 가장 큰 규모의 유태인 물건들이 갖추어진 곳이에요. 약 4만여 점의 물건들과 10만여 권의 서적이 보관되어 있거든요. 이곳에 있는 전시품들은 대부분 체코에서 사용되었던 유품들이고 이곳 체코에서 살아온 유태인들의 삶을 보여주는 그림들이 함께 전시되고 있어요.

끌라우센 시나고그는 프라하 유태인 지구에서 가장 규모가 큰 회당이에요. 겉으로 보기에는 그렇지 않지만 내부는 초기 바로크 스타일을 가지고 있죠. 그 일부가 유태인 박물관으로 이용되고 있고요.

끌라우센 시나고그

끌라우센 시나고그

끌라우센 회당은 1570년에 당시 유태인 지도자였던 모르데하이 마이셀(Mordechai Maisel)에 의해 유태인들을 위한 탈무드 학교와 회당에 대한 필요성으로 만들어지게 되었어요. 당시의 저명한 랍비들이 이곳에서 사람들을 가르쳤죠. 1689년에 대화재로 인해 회당이 손상됐는데 1694년에 바로크 스타일로 재건축되면서 지금까지 그 모습을 간직하고 있어요. 끌라우센 회당은 이 유태인 구역에서 가장 큰 회당이고 프라하의 유태인들 사이에서도 가장 중심이 되는 회당으로 손꼽히고 있어요.

끌라우센이라는 이름은 라틴어 claustrum에서 비롯된 이름인데 이것은 번잡한 외부와 구분되는 밀실 혹은 암자같은 것을 뜻한다고 해요. 이 회당은 세 개의 구역으로 나뉘었는데 첫 번째는 탈무드 학교로 사용되는 구역, 두 번째는 예배실, 세 번째는 침수 의례를 집행하는 공간이었다고 하네요. 유태인 묘지와 붙어 있어 있는 것으로도 알 수 있듯이 유태인들의 장례예식이 거행되는 중요한 장소였다고 해요. 회당은 1882년과 1921년에 개축됐고 그 이후에도 여러 차례 새로 꾸며졌어요. 가장 최근 개축된 것은 1996년이었고요. 회당이 처음 지어졌을 때부터 지금까지 보존되어 있는 것은 창문의 모양과 내부 기둥에 붙어 있어 있는 명판뿐이라고 하네요.

스페인 시나고그(Španělská synagoga)

프라하의 유태인 구역에서 마지막으로 방문해 볼 곳은 스페인 회당이에요. 1868년에 지어진 회당으로 이 구역에서는 가장 최근에 만들어진 회당이죠. 재미있게도 이 회당이 지어진 자리는 유태인 구역에서 가장 오래 전인 12세기에 지어졌던 알트슐(Altschul) 회당이 있었던 장소예요. 이 회당의 이름이 스페인인 것은 내부 인테리어 디자인이 스페인에 있는 알함브라 궁전의 인테리어에서 영감을 받았다는 데서 기인해요. 이곳 역시 프라하의 유태인 박물관의 일부로 사용되고 있는데 이곳과 관련

해서 알아두면 좋은 것은 현 체코의 애국가인 '내 고향은 어디에(그데 도모브 무이 - Kde domov můj)'라는 곡을 작곡한 프란띠섹 얀 슈끄로우쁘(František Jan Škroup)가 이 회당에서 1836년부터 1845년까지 오르간 연주자로 활동했었다는 점이에요.

말이 나온 김에 체코 애국가를 한번 불러볼까요? 멜로디는 생소하겠지만 그렇게 어려운 곡은 아니고 무척 서정적이면서 아름다운 곡이라는 느낌을 받으실 거예요.

Kde domov můj, kde domov můj, (그데 도모브 무이, 그데 도모브 무이 - 내 고향은 어디인가, 내 고향은 어디인가)

voda hučí po lučinách, (보다 후치 뽈 루치나 - 초원에 물이 소리내어 울고)

bory šumí po skalinách, (보리 슈미 뽀 스깔리나 - 소나무가 바위 틈에서 바스락거리는)

v sadě skví se jara květ, (브 사데 스끄비 쎄 야라 끄벳 - 과수원은 봄의 꽃봉우리로 아

름다운)

zemský ráj to na pohled! (젬스끼 라이 또 나 뽀흘레드 – 눈에 보이는 지상의 낙원)

A to je ta krásná země, (아 또 예 따 끄라스나 제몌 – 그리고 이곳은 아름다운 땅)

země česká domov můj, (제몌 체스까 도모브 무이 – 체코 땅 나의 고향)

země česká domov můj! (제몌 체스까 도모브 무이 – 체코 땅 나의 고향)

한글로 체코어 발음을 완벽히 표기하기엔 한계가 있지만 어느 정도는
비슷하게 발음할 수 있으니 어디선가 체코 국가가 흘러나온다면 한번 비
교하면서 들어보세요. 프라하의 유태인 구역을 소개하면서 체코 국가까
지 소개하게 되네요. 참고 삼아 불러보는 것이니 2절은 생략할게요.

6

공화국 광장과
신도시

유태인 구역을 둘러보았다면 다시 구도시 광장으로 나와서 다른 장소
로 이동을 해야 할 거예요. 틴 성당 옆으로 넓은 길이 있는데 쩰레뜨나
(Celetná)라는 이름의 길이죠. 이 길을 따라 쭉 걸어가면 프라하의 구도시
를 빠져나가게 돼요. 이 길의 끝에는 구도시에서 마지막으로 봐야 할 두
개의 건축물이 있죠. 바로 화약문과 시민의 집 건물이에요.

화약문(쁘라슈나 브라나—prašná brána)

화약문

화약탑이라고 보통 알려져 있는 이 건축물의 정확한 번역은 '화약문'이에요. 왕의 대관식 행렬이 프라하 구도시로 들어가는 입구의 역할을 했던 곳이죠. 까렐 다리의 교탑과 비슷하게 생긴 이 문은 후기 고딕 양식으로 만들어졌어요. 문이 만들어지기 시작한 것은 1475년이죠.

처음 이 탑이 만들어지고 나서 화약을 저장하는 곳으로 이용됐어요. 그래서 '화약'이라는 이름이 붙은 거예요. 가장 높은 전망대의 높이는 44미터고 탑 전체의 높이는 65미터고요.

원래 이 자리에는 호르스까 문(Horská brána)이라는 건물이 서 있었는데 13세기 중엽에 파손되어 같은 자리에 이 문이 새롭게 만들어졌던 거예요.

이 문은 왕이 대관 행렬이 시작되었던 장소로서의 의미가 있는 곳이에요. 이 문이 초석이 놓인 것이 1475년인데 그 기초는 현재 지표면의 9미터 아래쪽에 위치해 있다는군요. 나중에 구도시를 에워싸고 있었던 해자가 메꿔지면서 구도시의 입구 역할을 하던 이 문의 중요성도 낮아졌어요. 더욱이 15세기 중후반부터 당시까지 구도시에 있었던 왕의 거처가 다시 프라하 성으로 옮겨져서 그 존재가치가 더 떨어졌고요. 이 문은 완성되지 못한 채로 방치되어 있다가 1592년에야 비로소 완공을 위한 재공사가 시작되었지요. 이때 나선형 계단과 함께 새롭게 만들어진 입구가 지금까지 남아 있어요. 그리고 18세기 초반부터 이곳에 화약을 저장하기 시작하면서부터 화약문이라고 불리게 됐죠.

1757년에 프러시아와의 전투에서 이 문의 장식들이 파손됐고 1817년에 이 장식조각들은 다 제거됐어요. 1823년엔 시계가 설치되었었는데 이 시계도 나중에 철거돼서 지금은 남아 있지 않아요. 지금의 모습은 1886년에 최종 마무리 개축이 신고딕 양식으로 건축가 요셉 모께르(Josef Mocker)에 의해 이루어진 당시의 모습이죠.

건물 외벽에 장식되어 있어 있는 것은 보헤미아의 주요 왕들이에요. 뽀데브라디가의 이르지 왕, 블라디슬라브 2세, 프르제미슬 오따까르 2세와 까렐 4세의 모습이 각각 조각되어 있죠. 왕들을 둘러싸고 있는 문장들은 그들이 통치했던 지역의 문장들이고요. 왕들의 조각상 위에는 날개 달린 천사들과 프라하 구도시의 문장을 지키고 있는 사자들이 조각되어 있어요.

그리스도 예수와 성모 마리아의 조각상도 보헤미아의 수호성인들과 함께 조각되어 있죠. 그 밖에도 '보라! 프라하여. 정직한 이들에게 나는 어머니고 사기꾼들에게 나는 계모이니라. 사기꾼 너희들은 멀리 달아나고 선한자들은 내게 오라.'라는 라틴어 글귀가 적힌 띠를 들고 있는 기사의 흉상, 아담과 하와의 모습, 성 베드로와 바울 등의 모습이 조각되어 있는데 우리가 그 조각들을 하나하나 다 체크할 필요는 없으니까 이 정도만 설명하고 넘어갈게요.

시민의 집(오베쯔니 둠—Obecní dům)

시민의 집

프라하의 봄

  프라하의 봄이라는 말 많이 들어봤죠? 프라하가 어디에 붙어 있어 있
는 도시인지 잘 모르는 사람들이라도 프라하의 봄이라는 말은 알고 있을
거예요. 이 말이 세계인들에게 알려지게 된 것은 1968년 8월에 일어났던
체코인들의 민주화 투쟁이 프라하의 봄이라는 말로 보도되기 시작하면
서부터죠. 프라하에 왔다면 이 사건과 이 사건이 갖는 역사적 의미를 한
번쯤 알아볼 필요가 있어요. 그런데 지금 설명할 프라하의 봄은 1968년
의 민주화 운동이 아닌 또 다른 프라하의 봄이에요. 역사적으로도 먼저

있었던 일인데 그걸 설명해 드릴게요.

매년 5월 12일부터 6월 4일까지의 약 3주간 프라하는 아름답고 부드러운 음악의 선율 속에 휩싸여요. 바로 프라하의 봄 음악 축제가 열리는 거죠. 길고 혹독한 겨울을 보내고 초록의 화사함과 따뜻함으로 생동감이 넘치는 프라하에서 봄의 분위기는 음악제라는 모습으로 절정을 이루는 것 같아요. 1946년에 처음 시작된 프라하의 봄 음악축제는 70년이 넘는 세월 동안 체코인들에게 음악의 기쁨을 선사해 줬어요.

제2차 세계대전이 끝난 직후인 1946년에 종전과 해방의 기쁨 속에서 체코 필하모닉 오케스트라는 창단 50주년을 맞이했고 그것을 기념하기 위한 대규모의 음악제가 준비되었는데 그것이 바로 프라하의 봄 음악축제의 시작이었어요. 음악제가 처음 열리던 그 해 동서유럽과 구미 음악인들은 화합을 상징하듯이 각국에서 모여들었고 그런 분위기 속에서 체코인들은 그 의미 있는 잔치의 주인으로 세계인들을 맞아들였죠.

음악제가 시작되던 1946년 5월12일은 체코인들이 가장 아끼는 음악가인 '베드르지흐 스메따나'의 서거 62주년이기도 했어요. 5월 11일 포스터(Foester)의 「축제의 서곡(Festive Overture)」, 오스트르칠(Ostrčil)의 「십자가의 길(Křížová cesta)」, 드보르작(Antonín Dvořák)의 교향곡 제7번(7th Symphony)으로 축제 전야의 콘서트가 꾸며졌고 다음 날인 12일엔 스메따나의 교향시 「나의 조국」이 체코 지휘자인 '라파엘 꾸벨릭(Rafael Kubelik)'에 의해 오전 11시 루돌피눔에서 연주되면서 본격적인 축제의 막이 올랐어요. 다음날인 프라하의 봄 음악축제 개막일, 5월 12일에 스메따나의 「나의 조국」이 연주되었는데 축제 개막일에 「나의 조국」이 연주되는 것은 지금까지 전통으로 이어져 내려오고 있죠.

6월 4일까지 계속 이어진 축제 기간 중에는 3일간의 '슬라브 음악의 밤'이라는 프로그램이 준비되어 있어서 체코 현대 음악가들의 작품 34편이 연주되기도 했어요. 당시 초청되었던 음악인들의 이름만 살펴봐도 그 음악제가 얼마나 폭넓은 호응과 관심 속에서 이루어진 친선의 장이었는지 짐작할 수 있죠.

리오나드 번스타인(Leonard Burnstein)과 유진 리스트(Eugene List)(미국), 샤를 뮌슈(Charles Munch), 지네트 느뵈(Ginette Neveu), 칼벳 콰르테(Calvet Quartet)(프랑스), 에이드리언 보울트(Adrian Boult), 모라 림파니(Moura Lympany)(영국), 예브게니 므라빈스키(Yevgeny Mravinsky), 레프 오보린(Lev Oborin), 다비드 오이스트라흐(David Oistrakh)(소련) 그리고 체코의 음악인들인 야로슬라브 끄롬브홀리쯔(Jaroslav Krombholic), 라파엘 꾸벨릭(Rafael Kubelik), 얀 빠넨까(Jan Panenka), 프란띠셱 스메따나(František Smetana) 등 각국의 대표적인 음악가들의 이름이 이 첫 번째 프라하의 봄 음악제의 프로그램 속에 나타나 있었어요. 그리고 24일간의 음악제는 6월 4일 꾸벨릭의 지휘로 연주된 야나첵(Janáček)의 신포니에타(Sinfonietta)를 끝으로 막을 내렸죠. 체코 필하모닉 오케스트라의 창단 50주년과 2차 대전 종전이라는 중요한 의미를 지녔던 이 첫 번째 프라하의 봄 음악제는 이렇게 성공적으로 끝났어요.

그런데 사실 이 음악제는 단순한 1회적인 행사로 기획됐었고 어느 누구도 70년이 넘게 이어지는 축제가 될 거라고는 생각하지 못했어요. 첫 번째 축제가 성공적으로 끝난 후에 매년 개최하기로 결정돼서 지금까지 이어져오고 있는 프라하의 봄 음악제는 이제 세계인의 축제로 사랑받고 있죠.

프라하의 봄 국제 음악제의 오프닝 콘서트가 열리는 시민의 집은 공화국 광장의 화약문 옆에 세워져 있어요. 1905년에 건설되기 시작해서 1911년에 완성된 시민의 집은 프라하의 대표적인 아르누보 양식의 건물로 체코의 두 건축가, 안또닌 발샤넥(Antonín Balšánek)과 오스발드 뽈리브까(Osvald Polívka)의 작품인데 이들이 디자인한 이 건축물은 당시 시민의 집 건립을 위한 건축디자인 공모전에서 우승한 작품이었어요.

스메따나 홀

건물의 2층 중앙에는 1200명의 관객을 수용할 수 있는 콘서트장인 '스메따나 홀'이 있고 그 외에 각종 전시장, 회의실, 카페와 레스토랑, 맥주집과 와인바 그리고 게임 룸까지 있죠. 이러한 여러 가지 복합적인 기능의 시민의 집이 건설될 수 있었던 이유는 19세기 말에 일어났던 산업의 발달로 인한 시민들의 경제적 환경이 향상되었기 때문이에요.

프라하 시 의회는 시민들의 경제적 성장에 걸맞은 문화시설 확충의 필요를 느끼고 있었고 그 결과 이렇게 각종 공연과 행사, 여가생활이 가능한 시민의 집 건립을 추진했던 거죠. 시민의 집의 건축 디자인은 위에서 말한 두 건축가에 의한 것이었지만 건물을 가득 메우고 있는 장식들과 벽화, 조각 등을 제작한 것은 당시 체코의 대표적인 예술가들이었어요.

우리가 잘 알고 있는 화가 알폰스 무하(Alfons Mucha)를 비롯하여 라디슬라브 샬로운(Ladislv Šaloun), 까렐 슈삘라르(Karel Špilar), 까렐 노박(Karel Novák), 안또닌 마라(Antonín Mára), 요젭 마르쟈뜨까(Jozef Mařatka)등 당대의 내로라 하는 화가, 조각가들이 자신들의 빛나는 예술성을 마음껏 발휘하여 형상화시킨 결과물이 바로 이 시민의 집인 것이죠. 바로 이 시민의 집의 스메따나 홀에서 프라하의 봄 오프닝 콘서트가 열려요. 프라하의 봄 음악제 기간뿐 아니라 평소에도 이곳에서는 각종 콘서트가 열리는데 체코인들보다는 관광객들을 유치하기 위해 만들어진 1시간 남짓의 콘서트는 최상급 공연이라고 할 수는 없지만 프라하를 여행하는 사람들에게 예술적 감흥과 추억을 선사하기에는 부족함이 없죠.

중세시대에 지금의 시민의 집이 있던 자리에는 왕궁이 있었어요. 이 왕궁은 1380년경 바쯜라프 4세 때 만들어진 것으로 왕의 거처뿐 아니라 왕실 사무국을 비롯한 대신들의 방과 목욕탕, 사자우리, 정원 등이 있는 작은 성채였어요. 15세기 말 야겔론가의 블라디슬라브 왕이 거처를 다시 프라하 성으로 옮기면서 그 후로 왕궁의 기능은 하지 않았지만 프라하 성까지 이어졌던 역대 체코왕들의 대관식 행렬이 시작된 '왕의 길'의 출발점으로 그 상징적 의미를 지금까지 간직하고 있죠.

시민의 집은 체코 현대사의 중요한 현장이기도 했어요. 1918년 10월 28일 제1차 세계대전이 끝난 후 체코슬로바키아라는 나라가 처음 역사에 등장했을 때 이곳에서 독립이 선포되었고 1989년 프라하의 봄 민주화 운동 때 바쯜라프 하벨을 대표로 하는 시민포럼이 처음으로 체코 공산당과 만나 협상을 했던 곳이기도 해요.

프랑스어로 아르누보(Art nouveau), 독일어로는 융겐스틸(Jugendstil), 영어로 시세션(secession)이라고 불리는 이 미술사조를 체코에서는 쎄쩨쎄(secese)라고 불러요. 19세기 말과 20세기 초에 나타났던 이 아르누보 양식은 전 유럽에 영향을 준 마지막 미술사조라고 할 수 있죠. 아르누보 양식은 미술과 건축에서만 아니라 여러 가지 장신구와 생활용품에 이르는 넓은 분야에서 유행했는데 그 풍부한 장식성과 우아한 색채로 보는 이의 눈을 부시게 하는 매우 여성적인 미술양식이에요.

아르누보의 대표적인 화가가 〈The Kiss〉라는 작품으로 잘 알려진 오스트리아의 화가 구스타프 클림트(Gustav Klimt)고 체코의 화가로는 물론 알폰스 무하(Alfons Mucha)를 들 수 있는데 이들의 작품이 왜 이렇게 지나칠 정도로 장식적이고 모든 사물이 너무도 예쁘게만 묘사되는지는 아르누보가 탄생된 배경을 통해 이해될 수 있어요.

앞에서도 잠시 이야기했듯이 19세기 말에 일어난 산업의 발달은 시민들의 삶의 질을 높이는 결과를 가져오기도 했지만 반대로 공장의 건설과 기계화로 인해 삭막한 환경을 야기하기도 했어요. 이러한 현상의 반동으로서 당시 예술가들은 더 화려하고 아름다운 것을 추구하게 되었고 인공적이고 딱딱한 사물들이 넘쳐나는 가운데서 마치 그러한 환경을 치유하듯 작품들을 제작하고 보급했으며 그것이 유럽인들의 호응을 얻으며 아르누보 미술이 발달하게 된 거죠.

아르누보 예술가들은 이전엔 생각하지 않았던 다양한 소재들을 그 재료로 사용했어요. 색유리들을 이용한 스테인드글라스와 세라믹 타일의 모자이크, 철제 등을 대담한 방식으로 사용하기 시작했고 그것은 여러 가지 건물 장식이나 제품들로 응용됐어요. 꽃과 나무 등 식물들을 모티브로 한 장식들이 많이 나타나는 것도 아르누보 미술의 특징이라고 할 수 있죠.

유럽의 다른 도시들, 빈이나 빠리, 베를린 같은 도시에도 아르누보 양식의 건물들이 많이 있지만 시민의 집으로 대표되는 체코의 아르누보 건축물들 역시 아르누보 미술의 전형적인 스타일을 보여주고 있어요. 시민의 집과는 사뭇 다른 분위기이기는 하지만 프라하 중앙역 건물이나 바츨라프광장의 호텔 에브로빠(Hotel Evropa) 건물, 비셰흐라드의 성 베드로와 바울 성당 내부 장식 등이 프라하에서 볼 수 있는 아르누보 미술이죠.

1층 레스토랑

바쯜라프 광장(바쯜라프스께 남몌스띠—Václavské náměstí)

바쯜라브스께 남몌스띠(Václavské náměstí—일상적으로는 바쯜라박(Václavák)이라
고도 하며 독일어로는 벤쩰스쁠라쯔(Wenzelsplatz), 이전에는 스바또바쯜라
프스께 나몌스띠(성 바쯜라프 광장—Svatováclavské náměstí), 처음엔 말시장(꼰뉴스
끼 뜨르흐—Koňský trh)라고 불리던 곳.)

화약문을 빠져나와 오른쪽으로 꺾어 걸으면 구도시를 감싸던 옛 해자
를 메꾸어 만든 거리를 만날 수 있어요. 이 거리의 이름이 나 프르지꼬뻬
(Na příkopě)로 '해자 위'라는 뜻인데 프라하의 구도시와 신도시의 경계가 되
는 지역으로 체코 국립은행과 고급 상점들이 있는 지역이죠. 넓고 쾌적
한 분위기의 나 프르지꼬뻬 거리를 따라 걷다 보면 아주 넓은 사거리를

만나게 돼요. 무스떽(Mùstek)이라는 곳으로 신도시 지역의 바쯜라프 광장과 구도시가 연결되는 곳이죠. 무스떽이라는 이름은 다리를 뜻하는 모스뜨(most—까렐 다리의 체코 이름이 까를루브 모스뜨(Karlův most)예요)에서 비롯된, 작고 앙증맞은 것을 일컫는 명사죠. 그러니까 '작은 다리'쯤으로 이해하면 될 거예요.

무스떽을 등지고 정면을 바라보면 넓고 긴 거리가 보일 거예요. 정면으로는 멀리 둥근 돔 지붕에 어깨를 넓게 펼친 건물—민족박물관이 보일 거고요. 이곳이 프라하 신도시의 중심인 바쯜라프 광장이에요.

자동차들이 다녀서 구도시 광장과는 사뭇 다른 분위기지만 14세기에 만들어진, 역사가 깊은 곳이죠. 물론 프라하의 다른 유적들 대부분은 역사가 더 오래됐기 때문에 이곳이 그렇게 유서 깊은 장소라고는 느껴지지 않겠지만요.

무스떽 쪽에서 바라본 바쯜라프 광장의 모습

지금 서 있는 무스떽에서 정면에 보이는 민족박물관까지의 길이는 750미터가 돼요. 광장의 폭은 60미터고요. 프라하 구도시에서 남쪽으로 길게 뻗은 이 광장은 역사적인 현대사의 무대가 됐던 곳이에요.

까렐 4세 황제는 1348년 3월 8일에 프라하의 신도시를 세우겠다는 칙령을 발표했어요. 같은 해 3월 26일에 신도시 건설을 위한 초석이 놓이게 되죠.

이 신도시는 도심 밖에 있던 시장을 포함했고 당시 프라하의 남동쪽에 있던 말 시장이 그중 하나였어요. 그 남동쪽 지역이 프라하 신도시의 경계가 됐던 부분이죠. 이 말 시장 외에도 지금의 까렐 광장은 가축 시장이 있던 곳이었고 지금의 융만 광장은 양계 시장이 있었던 장소였어요. 말 시장의 끝부분에는 마문(馬門)이 있었고 프라하 신도시를 경계 짓는 성벽이 있었는데 이 성벽과 마문은 1875년에 철거됐고요.

지금 서 있는 무스떽 안쪽으로는 하벨 시장이라는 작은 시장이 형성되어 있어요. 예전에는 비노흐라디(vinohrady)시냇물이 이 시장 앞에 있었던 연못까지 흐르기도 했었다는군요. 지금은 그 연못도, 시냇물도 물론 다 사라졌지만요.

철거된 마문 자리에 새로운 건축물이 세워지는데(1885년부터 1890년까지) 그 건물이 지금 보이는 민족박물관 건물이에요.

1800년대 말에는 광장 바닥이 돌로 포장이 됐고 전차들도 운행을 했다고 하네요.

이 바쯜라프 광장이 역사적 사건들의 현장이 됐던 곳이라고 위에서 말씀드렸는데 그 대표적인 것이 아무래도 1918년 10월 28일에 있었던 사건이겠지요. 제1차 세계대전이 끝난 1918년 10월에 바로 이곳 바쯜라프 광장에서 체코슬로바키아의 독립이 선언됐던 사건이에요.

제2차 세계대전이 시작되던 1939년 3월 15일엔 독일군의 탱크가 이곳에 진입을 했었고 1942년 7월 3일엔 독일 나찌에 맞서기 위한 대규모 민중 시위가 열리기도 했지요. 전쟁의 막바지였던 1945년엔 이곳에서 몇 차례의 민중봉기가 일어나기도 했었고요.

공산주의 정권이 통치하던 1968년에도 프라하의 봄이라는 민주화 운동이 이곳에서 펼쳐졌고 그 때문에 1972년에는 이곳 광장에 위치했던 지하철 역이 폐쇄되기도 했죠.

국립 민족박물관 쪽으로 쭉 걸어 올라가 보면 성 바쯜라프의 기마상을 볼 수 있어요. 성 바쯜라프는 앞에서도 설명했으니 더 이상의 설명은 하지 않을게요.

다만 기마상 뒤쪽에 있는 어떤 기념비는 눈여겨봐야 할 필요가 있어요.

1968년 프라하의 봄 민주화 항쟁 당시 분신했던 민주열사 얀 빨라흐의 기념비

　바로 프라하의 봄 민주화 항쟁 시기인 1969년 1월 16일에 체코슬로바
키아의 민중항쟁을 진압하려 했던 바르샤바 조약 군대의 억압에 항의하
기 위해 얀 빨라흐(Jan Palach)라는 청년이 몸에 불을 붙이고 시위를 했던
곳이죠. 우리나라의 전태일 열사께서 분신을 하신 것이 1970년 11월이니
까 그보다 1년 10개월 정도 앞선 시기의 사건이군요.

1968년 프라하의 봄 민주화 운동 당시의 바쯜라프 광장 시위

그 밖에도 냉전 시대였던 1970년대와 80년대에 반정부 시위가 끊임없이 일어났던 곳이 바로 이 바쯜라프 광장이에요. 우리나라의 광화문 광장과 비슷한 의미를 가진 곳이라고 생각하면 되겠죠.

이런 민중항쟁의 현장이 됐던 바쯜라프 광장.

단순히 유명 관광지를 유람하는 것이 아닌, 이곳의 역사를 살펴보고 그 의미를 되새겨 기억해볼 수 있다면 프라하 여행이 단순히 보고 즐기는 관광이 아닌, 역사의 의미를 느낄 수 있는 좋은 기회가 될 거예요.

PART
3

프라하
주변
명소들

1

체스끼 끄루믈로프(Český Krumlov)
: 중세 모습을 간직한 도시

체스끼 끄루믈로프 전경

체고를 여행하는 사람들에게 프라하 이외의 가보고 싶은 곳을 꼽으라고 하면 많은 이들이 체스끼 끄루믈로프라고 이야기할 거예요. 소위

'300년 이상 모습이 변하지 않은 도시'라고 이야기하는 유네스코의 또 하나의 문화유산 체스끼 끄루믈로프. 오늘은 이 도시에 대한 이야기를 잠시 들려드릴게요.

　체스끼 끄루믈로프는 프라하에서 남쪽으로 약 150킬로미터가량 떨어져 있는 남부 체코의 소도시예요. 블따바 강이 시작되는 슈마바 산맥과 가까운 곳이고 강의 상류가 이 도시를 지나고 있기 때문에 오래전부터 남부 체코 지방 교역의 중심지로 중요한 역할을 해왔죠.

　끄루믈로프라는 이름은 독일어에서 온 것인데 독일어로 Krumme Aue 라는 말은 구불구불한 목초지라는 뜻으로 중심부를 지나는 강물이 도시를 S자로 휘어 감아 돌아가기 때문에 이러한 이름이 붙었어요. 우리나라의 안동 하회마을과 비슷한 이름을 가진 셈인데 체코 남부의 유서 깊은 문화유산 도시와 우리나라 남쪽 지방의 대표적인 이 전통 마을이 서로 이름까지 비슷하다는 것이 참 재미있죠.

도시를 휘감아 흐르고 있는 블따바 강

어쨌든 라틴어로는 끄루믈로비아(Crumlovia) 혹은 끄루믈로비움(Cruml-ovium)이라고도 불렸던 이 도시는 오스트리아 헝가리 제국의 통치를 받던 1900년대 초까지도 독일식 이름인 크룸베노베(Chrumbenowe)라고 불렸어요. 이미 15세기 중반부터 체스키(Český─체코의)라는 말이 종종 붙곤 했지만 공식적으로는 그냥 Krumau 등으로 표기되었고 체스끼 끄루믈로프라는 현재의 체코 이름으로 바뀐 것은 1차대전이 끝난 1918년이었어요.

블따바 강이 발원하는 슈마바 산기슭에 자리잡은 체스끼 끄루믈로프는 이 블따바 강 덕분에 오래전부터 중요한 교역의 중심지가 됐고 자연스레 사람들이 모여 살기 시작하면서 도시의 모습을 갖추게 되었어요.

구석기와 신석기, 그리고 청동기 시대와 켈트인들이 정착한 시기에도 이 지역에는 많은 사람들이 모여 살았다고 하며 블따바 강을 따라 이루어진 교역이 이 시기에도 활발했었음을 짐작할 수 있어요. 돈과 물건들을 가진 상인들이 많이 모였던 곳이었기 때문에 강도떼들이 종종 출몰했는데 힘을 가진 귀족이 이 지역을 평정하면서 이곳을 자신의 세력권하에 두었고 그때부터 이 지역은 체코와 독일계 귀족 가문이 통치하는 영지가 됐어요.

가장 처음 이 지역을 자신의 영향권 하에 둔 귀족 가문은 '슬라보닉(Slavonik)'이라는 가문으로 슬라보닉 가문이 이 지역을 통치하기 시작한 것은 대략 9세기경이에요. 이 슬라보닉 가문은 체코의 첫 왕조를 이루는 프르제미슬리드(Přemyslid) 가문과 경쟁 관계에 있었는데 두 가문의 패권 다툼에서 슬라보닉 가문이 패하면서 이 가문은 체코에서 자취를 감추게 되었고 그 이후 프르제미슬리드 가문과 친분 관계를 맺고 있던 비떽(Vitek)이라는 인물이 대신 이 지역을 차지하게 됐죠.

그는 남부 체코지역에 세력을 가지고 있던 귀족으로 프르제미슬리드가의 블라디슬라브 2세(Vladislav II)라는 왕을 위해 충성했던 사람이었어요. 비떽이 끄루믈로프를 통치했던 시기가 12세기경이고 그의 후손들이 약 100년간 이 지역을 통치하다가 직계자손의 대가 끊기면서 통치권은 로줌베르크(Rožmberk)라는 가문으로 넘어가게 돼요.

재미있는 것은 비떽이 자신의 가문에 대한 정통성을 확립하기 위해 가문의 기원을 그럴듯한 전설로 포장한 점이에요. 주장하는 바에 따르면 비떽은 원래 로마시대 때부터 있었던 '우르시니(Ursini)'라는 귀족 가문 출신이고 이 가문은 수도 로마 근처에 있는 '몽스 로자룸(Mons Rosarum)'이라는 곳에 자신의 세력 기반을 두고 있었다네요.

546년 로마가 멸망했을 때 그는 일가족을 이끌고 로마를 빠져나와 도나우강 북쪽까지 피신했고 지금의 남부 체코 지방에 정착해서 새로운 가문을 만들었다고 해요. 죽기 전 그는 다섯 아들에게 영지를 나누어 주었는데 그들은 다섯 개의 꽃잎이 있는 장미를 자신들의 문장으로 삼았고 이 다섯 아들로부터 비롯된 여러 체코 귀족 가문은 자신들의 가문 문장에 이 장미를 그려 넣고 있죠.

물론 이 전설은 조작된 것이고 실제로 비뗵이라는 인물은 12세기 프르제미슬리드 가문과 연관이 있는 귀족 가문 출신이에요. 1173년의 기록에 그는 황제 프리드리히 바르바로사에게 파견되었던 사절로 언급되어 있는데 당시 보헤미아의 패권을 쥐고 있던 프르제미슬리드 가에 충성한 대가로 남부 체코 지방의 넓은 지역을 봉토로 받은 듯해요. 그는 자신이 봉토를 받은 것뿐 아니라 이것을 자신의 후손들에게까지 물려줄 수 있는 허락을 얻었는데 실제로 그는 자신의 네 아들에게 땅을 나누어 주었고 그 네 아들 중 하나가 끄루믈로프를 통치할 로쥼베르크 가문의 시조가 되죠.

로쥼베르크 가문은 1302년부터 체스끼 끄루믈로프를 통치하기 시작했어요. 1602년까지 정확히 300년 동안 끄루믈로프를 통치한 이 가문은 끄루믈로프를 남부 체코 지방의 중심도시로 만드는 데 가장 중요한 역할을 했어요. 지금도 체스끼 끄루믈로프 성은 물론, 시내에 있는 건물들 곳곳에서 붉은 꽃잎 다섯 개가 있는 장미 문장을 발견할 수 있는데 이것은 로쥼베르크 통치 시대 때 만들어진 것들이죠. 그 후 황제 루돌프 2세(Rudolf II)가 잠시 소유했던 이 도시는 에겐베르그(Eggenberg) 가문과 슈바젠베르그(Schwarzenberg) 가문의 통치를 받았으며 20세기에 들어 체코슬로바키아의 독립과 함께 자치도시가 됐어요.

1992년 프라하와 함께 유네스코의 문화유산으로 등재된 이 도시는 한 폭의 그림 같은 아름다운 풍경과 잘 보존되어 있는 문화재들로 끊임없이 외부인들의 방문을 받고 있는 도시예요.

체스끼 끄루믈로프는 크게 체스끼 끄루믈로프 성과 라뜨란(Latrán)지역, 그리고 구도시로 나누어 볼 수 있어요. 이 세 지역을 천천히 걸으며 둘러보도록 하죠.

블따바 강변 위의 언덕을 따라 길게 누워있는 체스끼 끄루믈로프 성은 체스끼 끄루믈로프를 통치했던 여러 귀족 가문들의 흔적과 도시의 역사를 고스란히 안고 있는 곳으로 프라하 성 다음으로 체코에서는 규모가 큰 성이에요. 1250년경 비떽 가문의 영주들에 의해 고딕 양식으로 지어진 이 성은 르네상스 시대와 바로크 시대를 거치며 오늘의 모습으로 바뀌었고 내부는 옛 영주들의 유품들로 가득 차 있어 이 성의 역사를 보여주고 있어요.

 성 안에는 이 성의 상징인 울긋불긋한 종탑과 아름다운 정원, 바로크 시대의 극장, 가면의 방, 외투 다리 등의 유적이 있으며 내부는 체코의 여타 다른 성들과 마찬가지로 시간에 맞추어 가이드를 따라 들어가 설명을 들으면서 방들을 관람하는 형식으로 되어 있어요.

 몇몇 경로를 통해서 성으로 들어갈 수 있는데 대체로 라뜨란 거리를 지나 정문인 '붉은 문'을 거쳐 들어가는 것이 일반적이에요. 붉은 문을 지나 들어서게 되는 곳이 성의 제1궁정으로 이곳을 둘러싸고 있는 건물들은 자연스레 라뜨란 지역과 경계를 이루고 있죠.
 다소 어수선한 장소였던 이곳은 약국과 예전에는 맥아 제조실과 곡식 창고로 쓰였던 소금 창고, 지금은 갤러리와 공예품 상점으로 쓰이고 있는 옛 마구간, 대장간, 양조장과 치즈 제조장, 병원 등의 건물들이 남아 있어요.
 다양한 경제활동이 이루어지던 이곳은 성의 가장 아랫부분에 위치하고 있고 라뜨란 거리와 맞붙어 있어서 성 안에 있다는 느낌도 있지만 도시의 한 부분이라고 여겨질 수도 있는 분위기를 가지고 있어요. 경제활동이 이루어지던 건물들 외에도 성을 지키던 병사들과 하급 관리들이 살았던 집들도 있던 곳이 바로 1궁정이죠.

1궁정에서 2궁정으로 가기 위해서는 해자 위에 만들어진 작은 다리를 지나야 해요. 실제로 성의 방어시설은 2궁정부터 시작된다고 볼 수 있어요. 2궁정으로 들어서는 입구에는 문장을 든 두 마리의 사자상이 있는데 그 문장은 슈바젠베르크 가문의 요젭 아담과 그의 아내인 리히텐슈타인(Liechtenstein) 가문의 마리에 테레지에의 두 집안 문장이에요. 지금은 튼튼한 석조다리로 되어 있지만 처음에는 목조다리로 만들어져 전쟁이 일어났을 때는 다리를 철거할 수 있게 되어 있었고요.

해자에는 커다란 곰 두 마리가 살고 있어 관광객들의 눈길을 끌고 있어요. 1500년대부터 곰을 사육하기 시작한 것이 지금까지 체스끼 끄루믈로프 성의 전통으로 이어져오고 있다네요.

체코에 있는 많은 성들에서 곰을 사육하고 있지만 체스끼 끄루믈로프의 곰은 조금 특별한 의미를 지니고 있어요. 곰을 일컫는 라틴어 학명이 ursidae인데 이 말은 도시의 영주였던 비떽이 자신의 선조라고 주장한 로마의 오르시니 가문의 이름과 일맥상통하고 곰은 곧 이 가문의 조상님 대접을 받게 된 거죠.

2궁정으로 들어가는 입구 위에는 세 개의 문장이 장식되어 있어요. 로쥼베르크 가문의 빌렘(Vilem z Rožmberka 1535-1592), 에겐베르크 가문의 얀 안토닌 1세(Jan Antonin I. z Eggenberku 1610-1649) 그리고 그의 아내였던 브라니보르가문의 마리아 안나(Marie Anna Braniborske 1609-1680)의 문장이 그것이에요.

2궁정에는 옛 총리 관저와 화폐 제조국, 버터 제조장 건물, 그리고 탑의 전망대로 올라가는 입구가 있어요. 끄루믈로프 성 입장료를 구입하고 낡은 계단을 따라 전망대로 올라가면 체스끼 끄루믈로프 전 시내를 내려다볼 수 있는데 사실 종탑 위에서 보는 전망이나 성에서 그냥 내려다보는 전망이 큰 차이가 없기 때문에 굳이 올라가 볼 것을 강요하진 않을게요. 하지만 입장료의 값어치는 하는 전경이니 여유가 된다면 올라가 보는 것도 나쁘진 않을 거예요.

2궁정의 지하에는 거대한 규모의 지하실이 있어요. 길이 48미터, 높이 4.6미터 그리고 8.5미터 넓이의 이 큰 지하실은 고딕 시대였던 당시에는 프라하 성을 제외하곤 체코에서 가장 큰 규모의 지하실이었어요. 1궁정과 연결되어 있던 이 지하실은 마구간으로 사용되었던 곳이고 그 옆에 좀 더 작은 규모의 지하실은 곰 우리와 맞붙어 있는 지하 감옥이었고요.

성의 내부 관람은 보통 1코스와 2코스, 바로크 극장, 성 박물관을 볼 수 있는 투어코스로 나뉘어져 있어요. 1코스의 입장료는 성인의 경우 1인당 300꼬룬, 2코스는 260꼬룬, 바로크 극장 360꼬룬, 성 박물관 280꼬룬이며 어린이와 노약자의 경우 약 20~30%의 할인이 적용돼요.

2궁정에서 제법 가파른 오르막을 올라가면 3궁정으로 연결돼요. 3궁정은 4궁정과 함께 영주들이 살았던 건물로 둘러싸여 있고 1, 2궁정에 비해서 작고 닫혀 있는 느낌이 드는 곳이죠.

건물 자체는 고딕 시대에 지어진 것이지만 르네상스 시대에 개축되면서 고대 신화에 나오는 인물들의 모습이 묘사된 스그라피토가 그려졌는데 사실 지금 볼 수 있는 스그라피토는 20세기에 들어 대대적인 복원작업을 하면서 만들어진 것이기 때문에 르네상스 시대의 오리지널은 아니에요.

내부 투어를 위한 입장권을 산 사람들은 3궁정에서 성의 내부로 들어갈 수 있어요. 성 안에 있는 방들을 자세히 설명하고 싶지만 여기서는 간단히 중요한 몇몇 장소의 특징들에 대해서만 간단히 설명할게요.

성의 내부에 있는 방들에는 이 도시를 통치했던 세 귀족 가문의 영주들이 사용했던 가구나 유품들이 잘 보존되어 있어요. 하나하나 상세히 설명드리고 싶지만 짧은 지면에 모든 것을 다 이야기하기는 어렵고 중요한 장소와 전시품들 몇 가지만 설명하도록 하죠.

1코스의 첫 번째 장소는 성 이르지 채플이에요. 지금의 모습은 1750~53년에 개축된 로코코시대의 것으로 성 이르지(sv. Jiří)에게 봉헌된 이 채플의 중앙제단 위에는 그의 동상이 있으며 제단 양쪽에는 파두아의 성 안토닌(Antonín z Padovy)과 성 얀 네뽀무쯔끼(sv. Jan Nepomucký)의 모습을 담은 성화가 장식되어 있어요. 채플의 나무 의자들은 물론 미사를 드리는 신자들이 앉았던 곳인데 여기 앉았던 사람들은 성에서 일을 하던 하인들과 관리들이었고 영주와 그의 가족들은 겨울철에 따끈따끈하게 난방이 되었던 오라토리움에 앉아서 미사를 드렸다는군요.

이어지는 방들은 르네상스 홀과 르네상스 방이라는 이름을 가지고 있어요. 르네상스 홀에는 고딕 시대에 그려진 그림이 하나 있는데 이 그림의 배경은 다름아닌 바로 이곳 체스끼 끄루믈로프 성이며 그 앞에 다섯 무리의 깃발을 든 병사들은 비뗵의 다섯 아들들의 군사들이에요. 깃발에는 색깔만 서로 다른 장미꽃이 그려져 있어서 이들이 서로 같은 뿌리를 둔 형제라는 것을 알 수 있죠.

로줌베르크 가문과 에겐베르크 가문, 갈가마귀가 그려져 있는 슈바젠베르크 가문의 문장이 그려져 있는 복도를 지나면 안테카메라(antecamera)라고 불렸던 바로크 스타일의 방으로 들어가게 되는데 이곳은 성을 방문한 손님들이 영주를 기다리던 곳이에요. 이 방에 걸려 있는 두개의 커다란 초상화는 슈바젠베르크 가문의 엘레오노르 아말리에(Eleonor Amalie)와 아담 프란띠섹(Adam František)의 것으로 이 사람은 마리아 테레지아 여황제의 아버지였던 칼 5세와 사냥을 나갔다가 황제가 쏜 총에 맞아 참으로 운 없게도 세상을 하직한 양반이에요.

이 방을 나와 주방을 지나면 에겐베르크 홀이라는 곳으로 들어가게 되는데 이 방에는 체스끼 끄루믈로프의 보물인 황금마차가 있어요. 이 마차는 1638년 로마에서 제작된 것으로 이 마차를 제작함으로써 자신들의 권력과 부를 과시하려 했던 에겐베르크 가문은 당시 신성 로마 제국의 새로운 황제 선출에서 그들의 영향력을 행사할 수 있었죠. 호두나무 구조에 실제 금을 덮어씌워 만든 이 번쩍거리는 마차가 로마 시내를 돌아다녔을 것을 상상하면 당시 사람들에게 얼마나 큰 구경거리가 되었을지 짐작할 수 있겠죠?

로코코 양식의 가면의 방은 1748년 빈의 화가 요제프 레데레르(Josef Lederer)가 정확히 6개월에 걸쳐 완성된 그림들로 채워져 있는 곳으로 이 성의 방들 중에 가장 유명한 곳이에요. 벽에 그려진 그림은 카니발 축제를 즐기는 135명의 인물들을 묘사한 것으로 그 사람들 중에는 화가 자신도 슬쩍 들어가 있는데 각양각색의 가면을 쓴 사람들과 르네상스 시대 이탈리아 연극을 대표하는 〈꼬메디아 델 아르떼〉의 배우들이 유쾌한 모습으로 그려져 있죠.

이 방은 물론 무도회장으로 주로 사용되었고 종종 연극이나 콘서트가 열리기도 했어요. 지금도 역시 크고 작은 각종 행사와 연주회가 열리고요.

가면의 방을 끝으로 제1코스의 투어는 끝나요. 투어를 마치고 나오는 곳은 성의 4궁정으로 3궁정과 비슷한 모습의 4궁정 역시 르네상스 즈그라피토를 볼 수 있는 곳이에요.

4궁정에서 5궁정으로 건너가기 위해서는 까마득한 계곡 위에 걸쳐 있는 다리를 하나 지나야 하는데 이 다리가 외투 다리예요. 이 다리가 외투 다리라고 불리게 된 이유는 4궁정을 둘러싼 성이 두터운 외투처럼 성을 보호하는 듯한 모습을 지녔기 때문에 사람들은 그 부분을 '외투'라고 불렀고 다리가 그 앞에 세워져 있기 때문에 붙여진 거죠.

고소공포증이 있는 저로서는 얼른 지나가 버리고 싶은 곳이지만 다리 위에서 바라보는 시내 전경이 무척 아름답기 때문에 많은 사람들이 기념 촬영을 하는 곳이기도 해요.

외투 다리

체스끼 끄루믈로프 성의 또 하나의 자랑거리인 이 극장은 유럽에 단 두 개밖에 남아 있지 않은 바로크 시대의 극장으로 당시의 극장 시설들과 의상, 소품 등이 가장 잘 보존되어 있는 곳이에요.

체스끼 끄루믈로프 성에 남아 있는 바로크 극장

체스끼 끄루믈로프 성의 극장 외에 유럽에 남아 있는 이 당시의 극장 건물로는 드로트닝홀름(Drottningholm)에 있는 스웨덴 왕궁 극장만 유일하며 1682년에 처음 세워져 1766년 객석 일부가 개축된 이후 현재까지 당시의 모습을 그대로 간직하고 있는 문화적 가치가 매우 높은 극장이에요. 이곳에서는 셰익스피어나 몰리에르, 라신과 같은 유명 극작가들의 작품이 상연되었고 현재는 일반적으로 공연을 하지는 않지만 매년 가을에 있는 체스끼 끄루믈로프 미라꿀룸 국제 연극제 기간에 바로크 시대의 연극을 한 차례씩 상연해요.

극장이 있는 5궁정을 나오면 성 아래쪽으로 다시 내려갈 수 있는 길이 나와요. 하지만 길을 내려가지 않고 조금 더 위로 올라가면 성의 정원으로 가게 되죠. 11헥타르의 넓은 면적을 가진 이 정원은 아름다운 분수대와 시원스런 조경으로 보는 이들의 눈을 즐겁게 해 주는 곳이에요. 정원이 처음 조성된 17세기에는 바로크 양식으로 아기자기하게 꾸며져 있었지만 19세기에 들어 영국식으로 재구성되면서 지금과 같은 모습을 하게 됐어요.

정원의 뒤쪽으로는 객석이 360도로 회전하는 공연장이 있고 다시 성 쪽으로 내려오다 보면 옛 겨울 승마장을 볼 수 있어요.

사실 체스끼 끄루믈로프는 크지 않은 도시이기 때문에 한 두어 시간만 둘러보아도 대략 다 볼 수 있는 곳이죠. 하지만 성의 내부를 둘러보고 극장과 정원까지 둘러본다면 이 조그마한 도시가 우리에게 보여줄 수 있는 것이 얼마나 많은지 실감할 수 있을 거예요.

지금까지 체스끼 끄루믈로프의 역사와 성에 대해 간략하게 설명했어요. 이어서 체스끼 끄루믈로프 시내에 있는 옛 건물들과 이곳에서 살았던 화가 에곤 실레에 대한 이야기를 하도록 할게요.

체스끼 끄루믈로프 성의 바로크 극장과 정원을 둘러보고 외투 다리 위에서 사진도 찍었다면 이제는 성 아래로 내려와 시내를 둘러볼 차례예요. 시내라고 해봐야 걸어서 한 시간만 돌아다니면 구석구석을 다 볼 수 있는 크기지만 의외로 볼거리들이 많은 곳이니 한 군데씩 짚어보며 이야기를 풀어나갈게요.

시내로 들어오는 방법은 성 뒤쪽에 있는 넓은 주차장에서 외투 다리 아래를 지나 강을 건너 들어오는 방법과 시립극장이 있는 동쪽에서 장미여관과 시립 박물관 앞을 지나 들어오는 방법 두 가지가 있어요. 어떤 방법을 택하든 상관이 없으나 여기서는 두 번째 루트를 따라 들어갈 때 만날 수 있는 유적들의 순서로 설명할게요.

장미여관이라고 말씀드렸지만 물론 이곳의 정식 명칭은 '호텔 루제(Hotel Růže)' 즉, 장미 호텔이에요. 이곳을 300년간 통치했던 로줌베르크 가문의 문장이 장미였기 때문에 이 호텔의 이름도 장미인데 왠지 장미호텔이라는 말보다는 우리에게 친숙한 장미여관이라는 말이 더 친근하게 느껴져 그냥 장미여관이라고 부르기로 했어요.

이 장미여관은 사실 원래 그 이름처럼 야릇한 느낌을 풍기는 곳이 아니라 예수회 수도사들이 살았던 경건한 곳이었어요. 예수회는 30년 전쟁에서 가톨릭이 체코지역을 차지한 후 강한 개신교 전통을 가지고 있던 체코를 다시 가톨릭으로 개종시키기 위해 조직적으로 뿌리를 내린 가톨릭 수도회죠.

프라하 곳곳에도 이 예수회 수도원이 자리 잡고 있는데 지난번 소개한 적이 있는 성 미꿀라쉬 성당 같은 곳이 수도원과 함께 세워져 있는 예수회의 대표적인 건물이라고 할 수 있어요. 기억해야 할 사실은 프라하에 있었던 예수회는 대부분 1620년, 30년 전쟁의 백산 전투가 끝난 후 개신교세력이 몰락함과 동시에 들어왔던 것과는 달리 이곳 체스끼 끄루믈로프의 예수회는 그보다 앞서 1580년대에 들어왔다는 거예요.

그건 이 건물이 바로크 스타일이 아닌 르네상스 양식으로 지어졌다는 사실로도 알 수 있죠. 르네상스 건축의 전형적인 즈그라피토로 장식된 이 건물에는 예수회의 문장과 성인들의 모습이 함께 장식되어 있으며 로줌베르크 가문의 문장인 장미문장도 함께 장식되어 있어요.

예수회 수도원이었던 이곳은 1770년 오스트리아 제국 시절 요젭 2세의 수도원 철폐령으로 인해 병영으로 바뀌었다가 1889년 장미(Růže)라는 이름의 호텔이 됐어요. 호텔로서도 100년이 넘은 곳이니 만큼 이 장미여관은 이곳 체스끼 끄루믈로프의 대표적인 호텔이죠.

호텔 루제

장미여관 맞은편에는 작은 공터가 있어요. 이곳에서 장미여관의 모습을 전체적으로 볼 수도 있지만 그보다는 체스끼 끄루믈로프 성의 그림 같은 전경을 감상할 수 있다는 점에서 여행자들이 반드시 거쳐 가야 할 장소라고 할 수 있죠. 체스끼 끄루믈로프에서 가장 아름다운 전경을 감상할 수 있는 두 장소를 꼽는다면 그 한군데가 성에서 정원으로 올라가는 언덕길의 길목이고 다른 한 장소가 바로 이곳 장미여관 맞은편 공터예요.

공터 옆에는 체스끼 끄루믈로프 시립 박물관이 있어요. 1650-52년에 바로크 양식으로 지어진 이 건물은 예수회 대학건물이었어요. 예수회는 학교를 세움으로써 교육을 통한 선교활동을 활발히 하는 수도회로도 유명한데 우리나라에도 서강대학교 같은 학교가 예수회 수도회에 의해 건립된 학교라는 것은 잘 알려진 사실이죠.

이 박물관 안에는 고딕 시대의 조각품들과 바로크 시대의 의약기구들, 그 밖의 민속 공예품과 전통 농기구, 공구 등이 전시되어 있어요.

박물관을 나와 길을 따라 조금 더 내려가다 보면 왼편으로 계단이 있고 그 위에 성당이 하나 세워져 있는 것을 볼 수 있어요. 이것은 성 비뜨 성당으로 프라하 성의 성 비뜨 대성당과 같은 이름을 가진 이 성당은 체스끼 끄루믈로프 성과 함께 이 중세 도시의 랜드마크가 되는 건축물이에요. 1400년에 건축이 시작되어 1439년 봉헌된 성 비뜨 성당은 1500년경에 음악 갤러리가 증축되었고 바로크 시대에도 크게 개축됐다는군요.

유럽의 대도시에서 엄청난 규모의 성당들을 본 사람들에게는 그다지 대단하게 느껴질 만한 특징은 없지만 그래도 이 도시를 대표하는 교구 성당이니만큼 한 번쯤은 둘러보고 나오는 것도 괜찮을 거예요.

성당을 나와 아래로 좀 더 내려오면 광장을 만나게 돼요. 스보르노스뜨(Svornost), 체코어로 '화합'이라는 뜻을 가진 이 광장에는 바로크 시대의 흑사병 탑이 세워져 있고 체스끼 끄루믈로프 시청과 광장을 에워싸고 있는 르네상스 양식의 건물들이 있어요. 이 흑사병 탑에는 체스끼 끄루믈로프 수호성인과 흑사병을 막아주는 성인 여덟 명—**바쯜라프, 비뜨, 요한, 유다 다데오, 성 프란치스, 세바스챤, 게타노, 로흐**—의 동상이 있고 꼭대기에는 성모 마리아의 모습이 조각되어 있어요.

광장에서 성으로 올라가는 방향에는 시청이 있어요. 원래 고딕 시대에 세워진 두 채의 건물이었던 시청은 17세기에 한 건물로 합쳐졌으며 가장 윗부분, 화병들로 장식되어 있는 난간은 18세기 말에 덧붙여진 거예요. 난간의 왼쪽 끝에는 작은 종이 있는데 이건 1520년에 제작된 것으로 시청에서 회의가 열릴 때 사람들을 불러 모으던 역할을 했고 화재나 사고가 났을 경우 사용되기도 했던 거죠.

시청의 정면에는 네 개의 문장이 장식되어 있어요. 체스끼 끄루믈로프의 영주였던 로즘베르크, 에겐베르크, 슈바젠베르크 가문의 문장들이고 그와 함께 체스끼 끄루믈로프 시 문장이 그려져 있는 거예요.

광장의 뒤편으로 넓은 거리라는 뜻의 쉬로까(Široká) 거리가 있어요. 옛날엔 이 도시에서 가장 넓은 길이었기 때문에 이러한 이름이 붙었던 것으로 생각되는데 어쨌든 이곳에는 체스끼 끄루믈로프에서 반드시 들러봐야 할 에곤 실레(Egon Schiele) 기념 미술관이 있죠. 오스트리아 툴린에서 태어난 화가 에곤 실레는 그의 어머니의 고향인 이곳 체스끼 끄루믈로프에서 몇 해 동안 머물면서 작품 활동을 했고 그것을 기념하는 미술관이 이곳에 들어선 거예요.

실레라는 이름이 낯선 사람들에게도 그의 대표적인 작품인 '무릎을 구부리고 앉아 있는 소녀'는 한 번쯤 본 기억이 있을 거예요. 구스타프 클림트와 함께 오스트리아 아르누보 미술을 대표했던 그는 불행히도 젊은 나이에 유행성 독감으로 짧은 생을 마감해야 했지만 그가 남긴 작품들은 빈과 이곳 체스끼 끄루믈로프에 전시되어 미술을 사랑하는 사람들의 마음을 설레게 하고 있죠.

결코 순탄하지 않았던 그의 삶을 잠시 살펴보도록 할까요?

에곤 실레

에곤 실레

실레는 15세에 아버지를 잃었어요. 오스트리아 국립 철도청에서 일을 했던 그의 아버지는 매독으로 세상을 떠났죠. 아버지를 잃은 후 실레는 외삼촌의 보호를 받으며 살게 되는데 그의 삼촌은 실레가 학업에 열의를 보이지 않는 것에 매우 실망했지만 그가 예술적인 재능이 있다는 사실을 발견하고 그를 빈 예술 공예학교로 진학시켜 줬대요.

구스타프 클림트가 공부했던 이 학교에서 본격적인 미술 수업을 받았던 그는 한 해가 지난 뒤 몇몇 교수들의 추천으로 좀 더 전통 있는 학교였던 빈 순수미술 아카데미(Akademie der Bildenden Kunste)로 진학하게 돼요. 하지만 전통을 강조했던 그 학교에서 오히려 그는 자유로이 자신의 스타일을 발전시킬 수 없음을 깨닫고 크게 실망했다고 하네요.

재미있는 사실은 실레가 이곳으로 진학한 그 이듬해 아돌프 히틀러 역시 이 학교에 진학하려고 했었다는 사실이에요. 다행인지 불행인지는 모르겠지만 히틀러는 입학을 거부당했는데 만약 그가 이 학교에 입학을 해서 화가가 됐다면 인류 최대의 비극 중의 하나인 2차 대전이 없었을 수도 있지 않았을까 하는 순진한 생각도 해봐요.

실레가 화가로서 성장할 수 있도록 도와준 사람은 이전에 아르누보 미술에 대해 소개할 때 잠시 언급한 적이 있는 구스타프 클림트예요. 젊은 후배들을 위해 많은 도움을 베풀었던 클림트는 특히 실레의 예술적 재능을 알아보고 그의 그림들을 사거나 자신의 작품과 바꾸기도 했고 그를 후원해 줄 후견인들을 소개하고 모델들을 구해주는 등 지원을 아끼지 않았대요. 뿐만 아니라 클림트는 자신이 활동하던 예술가 그룹인 비엔나 워크숍에 실레를 소개시켜 주었는데 실레는 그 모임의 멤버들과 교류를 나누며 자신의 활동 범위를 넓혀 나갈 수 있었어요.

1909년 3학년을 마친 후 실레는 학교를 그만두고 학교 수업에 만족을 느끼지 못한 다른 친구들과 함께 신예술 그룹 노이쿤스그루페 (Neukunstgruppe—New Art Group)를 결성해서 자신만의 스타일로 활동을 하기 시작해요. 이 시기에 그는 인간의 신체와 섹슈얼리티를 대상으로 하는 많은 작품을 창작했죠. 그것은 종종 사람들에게 오해를 불러일으키기도 했지만 자신의 스타일을 다듬어 나가는 데 중요한 밑거름이 되었던 시기의 작품들이었어요.

1911년, 실레는 17살의 발레리 노이질(Valerie Neuzil)이라는 소녀를 만나요. 그녀는 실레와 함께 빈에서 동거하면서 그의 작품의 모델이 되기도 했죠. 일반적으로 보기에 가장 파격적으로 보이는 그의 작품들의 모델이 되었던 것이 바로 이 소녀였어요. 그녀는 실레의 스승인 클림트의 모델로도 일을 했는데 그 둘의 관계 역시 단순한 화가와 모델의 관계는 아니었던 것으로 추측하고 있다네요.

실레와 발레리는 꽉 막힌 빈의 환경에 적응하지 못하고 남부 보헤미아의 작은 도시, 실레의 어머니의 고향인 크루마우, 오늘의 체스끼 끄루믈로프로 이주하게 돼요. 그의 어머니가 태어난 곳이긴 했지만 실레와 그의 어린 애인은 이곳에서 환영받지 못했어요. 비정상적으로 보였던 그들의 생활과 무엇보다 마을의 십대 소녀들을 모델로 쓰려 했던 실레의 의도가 강한 반발을 샀기 때문이었죠. 그들은 함께 빈에서 서쪽으로 35킬로미터떨어진 노일렌바흐로 이주했고 그곳에서 자신의 스튜디오를 만들었어요. 시내에 있었기 때문에 동네 문제아들이 많이 모였고 그런 아이들과 어울리는 실레의 생활방식은 이곳에서도 환영받지 못했다는군요.

1912년에 그는 미성년의 어린 소녀를 추행했다는 혐의를 받고 체포되기도 했어요. 그가 체포될 때 그의 그림 백여 점이 압수당했는데 그의 작품을 보면 이해가 되겠지만 이 그림들의 대다수는 포르노그라피로 간주되어 사람들의 따가운 시선을 받아야 했죠.

구금돼서 재판을 기다리는 동안 소녀를 추행했다는 혐의는 벗었지만 어린이들이 접근할 수 있는 곳에서 음란물을 전시했다는 유죄판결을 받았어요. 재판장에서 판사는 증거물로 제시된 그의 그림 한 점을 태웠는데 21일간 구금된 것을 감안해서 3일간 옥살이를 했고 그 기간 동안 실레는 감옥 안에서 고통받는 사람들을 묘사한 작품들을 남기게 돼요.

3년 후 실레는 길 건너편에 살던 에디트와 아델레라는 두 자매를 만나요. 그들의 아버지는 열쇠공으로 중산층 집안이었는데 실레는 그 자매들 중 에디트와 약혼하게 돼죠. 그동안 실레에게 헌신했던 발레리는 실레에게 차갑게 외면당하고 약혼자 집안의 반대를 무릅쓰고 실레는 에디트와 1915년 6월에 결혼하게 돼요.

1차 대전의 발발에도 불구하고 그는 창작을 멈추지 않았어요. 이 시기에 그가 남긴 작품은 훨씬 성숙해진 그의 예술세계를 보여주고 있죠. 1918년에 빈에서 열린 제 49회 시세션 작가들의 전시회에 그는 메인 작가로 초청받았고 그의 작품 50여 점이 전시장의 중앙홀에 전시됐어요.

그는 이 전시의 포스터를 직접 디자인하기도 했는데 〈최후의 만찬〉을 연상시키는 이 포스터에는 자신의 모습이 예수가 앉았던 자리에 그려져 있어요. 이 전시는 매우 성공적이었고 그 결과 실레의 작품은 값이 올랐으며 초상을 그려달라는 많은 주문을 받기도 해요. 그의 작품은 프라하, 취리히, 드레스덴 등의 대도시에서 전시되었고 뮌헨에서는 단독 전시를 하기도 했죠.

하지만 한창 꽃을 피우던 그의 창작활동은 그리 오래가지 못했어요. 1918년 가을에 유럽 인구 2,000만의 목숨을 앗아간 스페인 독감으로 임신 6개월이었던 실레의 아내 에디트가 세상을 떠났으며 실레 역시 아내가 죽은 3일 후 세상을 떠났어요. 그가 남긴 마지막 작품은 아내가 죽은 후 3일 동안 병상에서 그렸던 아내의 모습이었어요.

아까운 나이에 세상을 떠난 그의 고귀한 작품들 중 일부가 이곳 체스끼 끄루믈로프 에곤 실레 문화센터에 상설 전시되고 있죠. 비록 생전에는 환영받지 못했던 곳이지만 에곤 실레라는 이름은 오늘의 체스끼 끄루믈로프를 대표하는 또 하나의 상징이 되고 있어요.

에곤 실레 문화센터에서는 상설 전시되고 있는 에곤 실레의 작품들 외에도 다양한 현대 작가들의 회화, 조각 작품들을 함께 만나 볼 수 있어요. 또한 갤러리 숍에서는 포스터나 책으로 그의 작품들을 판매하고 있으니 이곳을 찾는 외부인들에게는 좋은 기념품이 될 수 있을 거예요.

문화센터가 있는 쉬로까 거리와 성으로 이어지는 들로우하(Dlouhá) 거리 등 도시의 뒷골목에는 작은 카페와 상점들, 인형 박물관, 왁스 박물관 등 소소한 재미를 주는 장소들이 있어서 여행자들과 방문객들의 지루함을 덜어주고 있어요. 안타깝게도 대부분의 여행자들은 이곳을 약 서너 시간만 둘러보고 또 다른 곳으로 이동을 하거나 다시 프라하로 올라가는데 그럴 경우 지난 시간에 소개했던 성의 내부나 환상적인 야경을 볼 수 없고 또 저녁에 종종 열리는 음악회나 공연들을 보기 어려워지죠.

블따바 강의 물소리를 듣고 그림 같은 성의 야경을 보며 어두운 골목 길을 산책하거나 안개가 채 걷히지 않은 아침에 새소리를 들으며 아침 식사를 할 수 있다면 이 보석같이 아름다운 중세 도시의 매력을 훨씬 더 깊이 느낄 수 있을 거예요.

2

꼬노삐슈떼 성(zámek Konopiště)
: 오스트리아 마지막 황세자의 성

꼬노삐슈떼 성의 전경

꼬노삐슈떼 성은 오스트리아 제국의 마지막 황세자였던 프란쯔 페르디난드(Franz Ferdinand)와 그의 가족이 살았던 곳이에요. 물론 성은 성 자체로 오랜 역사를 가지고 있지만 그보다는 1차 세계대전의 발발 원인이 되었던 페르디난드 대공과 그 가족들의 흔적이 있기 때문에 더 흥미가 가는 곳이죠. 이 사람에 대해서 아주 간략하게 이야기해 드릴게요.

프란쯔 페르디난드는 오스트리아-헝가리 제국의 마지막 황제였던 프란쯔 요셉 1세 황제의 조카였어요. 프란쯔 요셉 1세 황제는 1848년부터 1916년까지 무려 68년 동안 제국을 통치했던 황제였고 그의 부인이 당시 유럽에서 가장 아름다운 여자로 알려졌던 엘리자베스 씨씨였죠. 이 두 사람의 이야기도 무척 재미있지만 여기서는 그의 조카 프란쯔 페르디난드의 이야기만 하도록 할게요. 황제의 조카였던 그가 황세자가 된 이유를 이야기해야겠군요. 사실 황제와 황후 사이에는 루돌프(Rudolf Franz Karl Joseph)라는 아들이 있었어요. 황제의 자리는 당연히 아들인 루돌프에게 주어지는 것이었죠. 그런데 정치적으로 아버지와 대립했던 황세자 루돌프는 오스트리아 황실과 사이가 별로 좋지 않았어요. 더욱이 벨기에의 스테파니(Stéphanie of Belgium)라는 공주와 결혼을 했는데 그건 자신이 원하지 않았던 것이었고 그 결혼생활 때문에 무척 우울해했어요. 결국 그는 1889년 30세의 나이로 빈 근방의 마이얼링이라는 곳에서 애인 마리아 폰 베체라(Maria von Vetsera)와 동반자살을 했죠. 황위는 황제의 동생 칼 루드비흐(Karl Ludwig) 대공에게 넘어갔는데 그도 병에 걸려 죽게 되자 그의 아들이었던 프란츠 페르디난트가 황위를 계승하게 된 거예요.

그런데 프란츠 페르디난트는 황세자임에도 불구하고 합스부르크 가문의 본거지였던 빈이 아닌 이 곳 꼬노삐슈떼에서 살게 돼요. 바로 그의 결혼 때문이었죠. 그는 보헤미아, 즉 체코의 신분 낮은 귀족 호떽(Chotek) 가문의 조피라는 여성과 결혼했어요. 호떽 가문은 합스부르크 가문과는 비교도 할 수 없을 만큼 신분 낮은 가문이었기 때문에 합스부르크 왕가에서는 이 결혼을 반대했죠. 하지만 조피에게 마음을 빼앗긴 프란츠 페르디난드는 자신으로서는 받아들이기 힘든 여러 가지 요구들을 감수하고 그녀와 결혼을 했어요. 그 조건들을 보면 일단 두 사람 사이에서 태어난 아이들은 합스부르크 가문의 일원으로 인정되지 못한다는 것, 합스부르크라는 가문의 이름을 붙일 수가 없고 왕위 계승권도 가질 수 없으며 대신 호헨베르크 공자, 공녀의 지위 밖에 가질 수 없다는 것, 또 조피는 결혼 후에도 대공비의 지위를 가질 수 없다는 것이었어요. 황세자비 조피는 공식 석상에서 남편과 나란히 앉을 수도 없었다고 해요. 두 사람의 결혼은 귀천상혼, 즉 신분이 다른 두 계급의 남녀가 하는 결혼이라는 공식적인 발표가 있었고 결혼식에는 황제와 합스부르크 왕가의 귀족들이 참석하지 않았다는군요.

자연스럽게 프란츠 페르디난드 대공은 황제와 사이가 멀어졌고 수도 빈이 아닌 이곳 꼬노삐슈떼에서 살게 됐어요.

프란츠 페르디난드와 그의 아내 조피 호텍

　지금의 성의 모습은 그가 살았던 당시의 모습을 거의 그대로 간직하고 있어요. 사냥광이었던 페르디난드는 생전 약 100만 마리의 동물을 사냥 했는데 그 동물들의 트로피가 성의 내부를 온통 장식하고 있죠. 또 이 양 반은 무기를 광적으로 수집했는데 성 내부의 큰 방 한곳에는 엄청난 규 모의 무기 컬렉션이 있어서 굉장한 볼거리를 선사하고 있어요.

　꼬노삐슈떼 성은 1290년경 프라하 주교 또비아쉬(Tobiáš)에 의해 고딕 양식의 요새로 처음 만들어졌어요. 꼬노삐슈떼 성이 자리잡고 있는 곳이 베네쇼프라는 곳인데 또비아쉬가 바로 베네쇼프 가문 출신이었죠. 처음 만들어질 당시에 이 성은 프랑스 스타일의 요새로 지어졌는데 성벽 사 이에 통로가 있는 이중 방어벽과 네 개의 방어용 탑, 해자와 철거 가능한 다리를 갖추고 있었어요. 1327년에 베네쇼프 가문의 대가 끊긴 뒤에 이 성은 쉰베르그(Schoenberg) 가문의 소유로 넘어가게 되는데 이 가문은 거의 300년 가까이 이 성을 소유하게 되죠.

 그 이후에 호데요프(Hodejov), 발트슈테인(Waldstein), 로브코비츠(Lovkovic) 가문 등의 소유로 넘어갔다가 프란쯔 페르디난드 대공이 1887년 황세자로 책봉된 이듬해 이 성과 주변의 영지를 사서 거주하기 시작했어요. 오랜 시간이 흐르는 동안 이 성도 다른 건물들처럼 여러 차례 개축됐는데 황세자는 성에 아주 현대적인 시설들을 갖췄어요. 성 내부를 투어하다 보면 당시에 이미 온수가 나오는 욕실과 수세식 화장실, 엘리베이터 등이 설치되어 있었다는 것을 확인할 수 있죠. 뿐만 아니라 바로크식 정원이 있던 성 주변에 장미정원이라는 이름의 정원을 만들었는데 여기엔 유리로 만든 식물원이 있고요.

장미정원

3

까를슈떼인 성(hrad Karlštejn)
: 중세 체코의 역사를 간직한 성

까를슈떼인 성의 전경

까를슈떼인 성은 14세기 까렐 4세에 의해 건설된 전형적인 중세 성이에
요. 왕가의 유물들과 보물들을 저장해 놓기 위해 만든 이 성은 아쉽게도

지금은 당시의 보물들을 보관하고 있지 않지만 중세 체코의 역사와 왕가의 흔적을 보여주는 데 부족함이 없는 체코의 소중한 문화유산이죠. 체코에 있는 수백 개의 성들 중에서도 건축구조의 독특함과 규모, 의미와 보존 상태 등을 고려했을 때 이 성은 매우 중요한 위치를 차지하고 있어요.

이제 이 성의 방들 하나하나를 둘러보면서 중세 체코로 시간여행을 해보죠.

까를슈떼인 성을 짓기 위한 초석이 놓인 날은 1348년 6월 10일이에요. 까렐 4세는 체코, 독일의 왕이자 신성 로마 제국의 황제로서 자신이 유산으로 물려받은 보물들을 안전하고 의미 있는 장소에 보관을 해야겠다는 필요를 느끼고 있었고 그 결과로 까를슈떼인 성의 건립을 추진하게 돼요. 황제 본인이 이 성의 구조를 스스로 구상했고 또 엄숙한 의례를 통해 그 초석을 직접 놓았다는 사실로 황제가 성의 건립에 얼마나 깊은 관심과 애착을 가지고 있었는지를 알 수 있죠.

엄밀히 말하면 까렐 4세는 성의 기초를 놓은 직후인 1350년 3월에 독일의 아헨(Achen)에서 로마황제 대관식을 하고 황실 유물들을 프라하로 가져오게 되었어요. 이 유물들은 원래 프라하 성의 성 바쯜라프 채플에 이미 보관되어 있던 체코 왕가의 보물들과 함께 보관될 예정이었지만 까렐 4세는 새롭게 건축되고 있던 까를슈떼인 성에 이것들을 보관하기로 마음먹었죠.

까를슈떼인 성에 보관된 이 유물들은 매년 '복 받은 성례의 날(den svatosti)'에 까를슈떼인 성에서 프라하의 신도시 까렐 광장으로 옮겨 와서 많은 이들에게 전시되었는데 까렐 4세는 이 행사를 통해 1년에 한 차례씩 순례자들을 프라하로 불러 모음으로써 신성 로마 제국의 중심지로서 프라하의 위상을 높일 수 있었고 또 황제의 권위를 과시할 수 있었다고 해요.

까를슈떼인 성은 그 건물들의 배치가 매우 독특하고 또 의미 있어요. 우물 탑에서 큰 탑까지 이어지는 건물들의 배치는 그 높이와 규모가 점점 커지는 단계적 상승구조를 취하고 있는데 이건 예루살렘의 시온산을 상징하는 것으로 당시 세계의 중심이자 성스러운 장소로 여겨졌던 이 성지를 대신한다는 의미로 심오한 종교적 의미를 내포하고 있는 것이었죠.

1348년 시작된 건축은 7년 후인 1355년 마무리됐어요. 까렐 4세는 왕궁의 건축이 어느 정도 마무리되자 그곳에 머물면서 성의 다른 부분들이 건축되는 과정과 내부 공사를 직접 살펴보면서 성의 건축에 관여했어요.

까를슈떼인 성을 비롯한 체코의 많은 고성들은 일반인들에게 개방되어 있어요. 다만 성의 내부를 둘러보기 위해서는 입장 시간에 맞추어 가이드를 따라 들어가야 하죠. 가이드들이 들려주는 성의 역사와 유물들에 얽힌 이야기를 들으며 성의 내부를 관람하는 데 소요되는 시간은 짧게는

30분, 길게는 1시간 40분 정도 돼요.

까를슈떼인 성의 경우 크게 1코스와 2코스로 나뉘어서 둘러볼 수 있어요.

1코스는 까렐 4세의 황실 거주지를 둘러볼 수 있는 코스이고 2코스는 성의 채플들을 비롯한 다른 중요한 장소들을 관람할 수 있는 코스죠. 그 외에도 저녁에 성을 둘러보는 코스도 있고 다른 특별 코스도 있지만 가격도 비싸려니와 시간적인 조건도 썩 적절하지 않으니 자세한 안내는 하지 않을게요. 이 부분들을 보지 않고 1, 2코스에 있는 방들의 역사만 알고 가더라도 이성의 많은 부분들을 이해할 수 있어요.

까를슈떼인 성은 프라하에서 약 40킬로미터 정도 떨어져 있기 때문에 개인적으로 단기 여행을 하는 이들에게는 접근하기 쉬운 곳이 아니에요. 프라하 시내에 까를슈떼인 성의 일일투어를 제공하는 여행사들이 있지만 비용이 그리 저렴하지 않고 한국어 안내가 없기 때문에 이용하는 데 어려움이 있죠. 대중교통을 이용해서 갈 수 있는데 프라하 스미호프 기차역에서 까를슈떼인으로 가는 기차를 타고 기차역에서 내린 후 그곳에서부터 성까지 걸어 올라가야 해요. 거리가 꽤 멀기 때문에 그리 권장할 만한 방법은 아니지만 그런 방법도 있다는 정도만 알려드리도록 할게요.

까를슈떼인 성을 찾아오는 관광객들은 대부분 단체 여행을 하는 사람들이에요. 유럽 각지에서 온 단체 관광객들과 수학여행을 온 사람들, 가족과 함께 모처럼의 나들이를 한 체코 사람들이 많죠. 물론 그 중에는 한국 관광객들이나 일본 관광객들도 있어요. 이들도 주차장에서부터 성까지 걸어 올라가야 하기는 마찬가지인데 기차역에서부터 걷는 것보다는 훨씬 가깝고 큰 부담이 되지도 않아요. 성으로 올라가는 길을 따라가다 보면 멀리 산 중턱에 그림처럼 자리 잡고 있는 성의 모습을 볼 수 있게 되는데 웅장하면서도 아기자기함을 느낄 수 있는 이 성의 모습에 누구든 매력을 느끼게 될 거예요.

자, 그럼 이제 순례자들처럼 우리도 성의 아랫부분부터 윗부분까지 차근차근 따라 올라가 보죠.

성의 정문을 통과해서 좁은 길을 따라 들어가다 보면 또 하나의 문을 지나게 되고 그 문을 통과하면 성주의 궁전 앞에 있는 작은 궁정에 들어서게 돼요. 성주의 궁전은 현재 성의 관리사무소로 쓰이고 있고 1층에는 작은 매표소가 자리 잡고 있죠. 매표소를 바라보고 오른편으로 작은 기념품점과 간단한 음료를 판매하는 매점이 있으며 그 아래쪽으로 나 있는 계단을 내려가 좁은 돌문을 지나가면 성 아래 펼쳐진 전경과 우물 탑을 볼 수 있어요.

우물 탑 역시 지금은 작은 상점으로 이용되고 있지만 그 옛날 사용했던 깊은 우물의 모습이 그대로 남아 있어 흥미 있는 볼거리를 제공해 줘요. 이 우물은 그 깊이가 무려 80미터나 되기 때문에 위에서 아래를 내려다보면 누구든 아찔함을 느끼게 되죠. 또한 물을 퍼올리기 위해 우물 위에 엄청난 크기의 도르래를 설치해 놨는데 언덕 위에 자리 잡은 견고한 성을 지키던 사람들에게 식수를 공급받는 일이 얼마나 중요한 것이었는지 짐작할 수 있어요.

이 우물 탑은 성의 가장 낮은 부분을 구성하고 있어요. 다시 매표소가 있는 성주의 궁전 앞으로 나와 입장권을 구입한 후 성 안으로 들어가보죠. 입장권에 대한 기본 정보는 아래와 같아요.

I. 코스: 까렐 4세의 황실 거주공간

• 황궁, Courtier Hall, 성 미꿀라쉬 예배당이 있는 기사 홀, 마리아 안뜰, 집무실의 르네상스 인테리어, 성 바쯜라프 예배당이 있는 침실, 청중 홀, 조상 왕실 홀 및 연회장, 성 재무부, 재무부 및 마리아 탑 1층의 전 성 감옥

입장권: 성인 300꼬룬

18세 ~ 24세 청년, 학생, 65세 이상의 노인 240꼬룬

6세 ~ 17세 아동 청소년 90꼬룬

소요시간: 55분

II. 코스: 까를슈떼인 성 채플 투어

- 성 갤러리, 성모 마리아의 가정 교회, 성 까떼르지나 예배당, 현수교, 성 라피다리움, 갤러리, 건축가 요젭 모께르 연구실, 탑 계단, 성 십자가 예배당

입장권: 성인 640꼬룬

　　　18세 ~ 24세 청년, 학생, 65세 이상의 노인 510꼬룬

　　　6세 ~ 17세 아동 청소년 190꼬룬

소요시간: 100분

* 최대 16명 입장, 관람 시 예약 필수

그 외: 성 전체 투어 1800꼬룬

　　　저녁 까를슈떼인 채플 투어 1700꼬룬

III. 코스(성 십자가 채플 포함)

입장권: 성인 300꼬룬

　　　6세 미만의 어린이, 학생, 노인, 장애인 150꼬룬

* 위에 명시한 입장권의 경우 10명 이상의 단체 그룹은 반드시 예약을 필요로 하며 예약비로 1인당 30꼬룬의 금액을 지불해야 한다.
* II. 코스의 경우 최대 인원은 15명으로 제한한다.

　까를슈떼인 성의 입장권이 얼마인지는 이제 어느 정도 알 수 있을 거예요. 체코 꼬룬이 없는 경우에는 카드 지불도 가능하죠. 그리고 입장 시간은 매일 바뀌며 매표소 앞에 어떤 언어의 입장이 몇 시에 있는지 명시

되어 있으니까 성을 입장하기 전 꼭 확인하고 표를 구입하면 돼요. 한국어 안내는 아직 준비되어 있지 않기 때문에 대부분의 한국인들은 아마 영어로 설명해 주는 가이드를 따라 입장해야 할 거예요. 입장 시간이 되면 가이드가 문 입구에 서서 자기의 안내를 받을 여행객들을 부르죠.

성주의 궁전 앞 궁정과 왕궁은 또 다른 성벽으로 격리되어 있고 성문을 통과해서 오른 편으로 나 있는 계단을 따라 올라가면 왕궁으로 들어가게 돼요.

총 세 개 층으로 구성된 왕궁은 까렐 4세와 왕비가 거처했던 곳이에요. 1층은 식품 저장고나 마구간 등으로 사용되었고 2층은 왕의 가신들이나 궁정에서 일했던 사람들이 사용하는 방들로 구성되어 있으며 3층에 왕의 침실과 식당 등이 있죠. 가이드를 따라 올라가서 처음으로 들어가게 되는 장소는 '정신들의 방'이에요. 특별한 장식이 없는 방이지만 몇 가지 눈여겨볼 만한 것은 까를슈테인 성을 축소시켜놓은 모형과 벽에 걸려 있는 옛 체코 지도, 그리고 창문 위쪽에 장식되어 있는 까렐 4세와 왕비들의 흉상이죠.

가이드는 먼저 성의 모형 앞에서 위에서 언급한 간단한 성의 역사와 건물들을 소개할 거고 지도를 보며 옛 보헤미아 왕국의 영토와 신성 로마 제국이 세력을 떨쳤던 중부 유럽의 지역들에 대해 설명을 할 거예요.

재미있는 것은 까렐 4세와 그의 왕비들에 대한 이야기들이에요. 까렐 4세는 생전에 총 4명의 왕비를 맞았는데 그들은 각각 발로이스의 블란까(Blanka z Valois), 안나 팔쯔까(Anna Falcka), 안나 스비드니쯔까(Anna Svidnicka), 알쥬베따 뽀모쟌스까(Alžběta Pomožanska)죠.

먼저 첫 번째 왕비인 블란까부터 살펴보죠. 그녀는 까렐 4세가 자신의 고모가 왕비로 있었던 프랑스에서 교육받으며 살았던 어린 시절에 그에게 시집왔던 나이 어린 신부였어요. 이들이 결혼했던 해가 1323년이고 블란까와 까렐은 둘 다 1316년생이니까 이들이 결혼할 당시의 나이는 7세라는 이야기죠. 우리에게도 조혼의 풍습이 있었으니 그리 괴이한 현상으로 받아들일 사실은 아니지만 현대를 사는 우리들에게 흥미 있는 사실임에는 틀림없어요.

어쨌든 이 어린 부부는 7년을 프랑스 파리에서 살았고 1330년부터 34년까지 까렐이 아버지 얀을 도와 북부 이탈리아에서 전쟁을 하고 돌아온 후 1334년에 다시 프라하에서 만나 두 딸을 낳아 키우며 살았어요. 하지만 잠시 병을 앓는 듯하던 그녀는 결국 1348년 8월 세상을 떠났고 까렐 4세는 그녀의 죽음을 슬퍼하다가 1년이 채 안 돼서 두 번째 왕비를 맞는데 그녀는 팔츠의 안나라는 여자였어요.

20세에 시집을 온 이 왕비는 까렐 4세와 당시 라이벌 관계에 있었던 팔츠의 루돌프 2세의 딸이었고 이들의 결혼은 까렐 4세의 정치적 외교의 결과였어요. 안나는 1350년 까렐 4세의 후계자가 될 아들 바쯜라프를 낳았지만 이 어린 아기는 두 살이 채 되기 전에 사망했고 그녀 역시 그 이듬해인 1353년 24세의 나이로 세상을 떠났어요.

나이 서른일곱에 두 번째 홀아비가 된 까렐 4세는 세 번째 아내를 맞았어요. 그의 세 번째 아내가 된 안나 스비드니쯔까는 네 살에 아버지를 여의고 삼촌인 루드빅 1세의 궁정에서 어머니와 함께 살았던 여자로 자식이 없었던 삼촌의 재산을 물려받은 상속녀였어요.

까렐 4세는 원래 그녀를 자기의 아들 바쯜라프와 결혼시킬 생각이었으나 아들이 두 살도 되지 않아 사망하자 며느리감으로 점찍어 놓았던 그녀와 직접 결혼을 해요. 신부는 신랑보다 스물세 살이 어렸고 당시 시집오던 해의 나이는 14세. 나이 차이가 좀 나긴 하지만 어쨌든 이들은 딸인 알쥬베따와 아들 바쯜라프—후에 까렐4세를 이어 황제의 자리를 물려받게 되고 얀 네뽀무쯔끼 신부를 고문해 죽였던 그 사람—를 낳아 잘 살았어요. 하지만 그녀도 세 번째 아이를 낳다가 세상을 떠나게 되었고 까렐 4세는 다시 홀몸이 되어 네 번째 아내를 맞을 준비를 하게 되죠.

이 네 번째 왕비인 알쥬베따가 좀 특별한 사람인데 그녀는 1347년생으로 까렐 4세보다 무려 서른한 살이나 어린 여자였고 여자로서는 보기 드물게 엄청난 괴력을 소유했던 사람으로 알려져 있어요. 떠도는 이야기에 의하면 쇠 말발굽을 손으로 접었다 폈다 할 정도로 힘이 셌고 물론 이전 아내들과는 달리 까렐 4세보다 먼저 죽지도 않았죠.

아이도 많이 낳아서 총 여섯 명의 자식을 까렐 4세에게 안겨주었는데 이는 이전 세 명의 왕비들이 낳았던 자식의 총 숫자보다 많은 것이었어요. 그녀는 자기 자식들에 대한 편애가 남달랐는데 그중에서도 장남 지그문트를 끔찍히 사랑해서 전 부인이 낳은 까렐 4세의 첫째 아들 바쫄라프에 대한 적대감을 공공연히 드러냈고 지그문트가 헝가리의 왕이 될 수 있도록 온갖 수단을 가리지 않았다고 해요.

이들 네 명의 왕비들의 모습이 물론 생전 그대로의 모습은 아닐 테지만 위의 이야기들을 상기하면서 얼굴들을 찬찬히 뜯어보기 바라요.

예전에는 '흰방' 혹은 '기사들의 방'으로 불렸던 이곳은 왕의 측근에서 여러 가지 일을 했던 기사들이 이용했던 곳이에요. 기록에 의하면 까를슈떼인 성에는 총 18명의 기사들이 상주하고 있었다고 하며 이들이 했던 여러 가지 일이란 성문을 수비하며 열고 닫는 일, 하루에 세 번씩 성모 마리아 채플에 있는 종을 치는 일, 성의 궁정 마당을 쓰는 일 등이었어요. 이들은 성 수비대의 핵심 인물들이었죠.

방의 동쪽 끝에는 조그마한 성 미꿀라쉬 채플이 있어요. 성 미꿀라쉬의 작은 석상이 있는 제단 뒤쪽 면은 지금은 비어 있어 있지만 한때는 벽화들로 가득 차 있었는데 이 벽화는 프라하의 성 프란치스 수도원에서 일어났던 성 미꿀라쉬의 기적의 내용을 담고 있었어요.

그 기적이란 까렐 4세가 성 미꿀라쉬의 유해 중 손가락뼈 하나를 떼어 다른 곳으로 옮겨놓았는데 그때 손가락 마디에서 피가 흘러내렸다는 사실이고 그 얼마 후 대주교 아르노슈뜨가 그 손가락뼈를 다시 제 위치로 가져다 놓았을 때 떨어진 마디가 기적적으로 붙었다는 거예요. 어떤 대단한 기적을 기대했던 사람들에게는 다소 실망스러운 사건이겠지만 어쨌든 그것이 사실이었다면 목격자인 까렐 4세나 대주교에게는 신이 베푸신 기적으로 받아들여졌을 거예요. 이 사건을 기념하기 위해 까렐 4세는 벽화를 그려 넣었는데 아쉽게도 지금은 남아 있지 않아요.

이 방의 벽을 따라 귀족들의 문장이 그려져 있는 장농들이 줄지어 있어요. 이 장농들은 성 수비대의 갑옷과 무기 등을 보관했던 곳이죠. 성을 지키던 기사들의 역할은 매우 중요한 것으로 여겨졌기 때문에 그 일을 게을리 한다거나 이행하지 못했을 경우 매우 엄중하게 처벌되었다고 해요. 실례로 야힘이라는 한 기사는 자신이 지켜야 할 자리에서 성문을 지키지 못했다는 이유로 참수되었다는 기록이 있어요.

가신들의 방을 나와 3층으로 올라가면 수많은 초상화들이 걸려 있는 방으로 들어가게 돼요. 룩셈부르크 홀, 혹은 선조들의 방이라고 불리는 이곳은 까렐 4세의 아버지인 룩셈부르크의 얀과 어머니인 엘리슈까 프르제미슬로브나의 조상이 되는 왕들의 초상화들이 걸려 있는 곳이에요. 체코의 첫 번째 왕가였던 프르제미슬리드 가문의 피를 이어받았다는 것을 중요하게 생각했던 그는 어머니의 고향이자 자신이 태어났던 곳인 체코의 왕으로서 체코 땅의 왕이었던 그들을 기념하고 또 자신이 그들의 후손임을 강조했다고 해요.

성서의 인물에서부터 시작되어 메로빙거 왕조(Merovingian dynasty)의 왕들과 샤를마뉴(Charlemagne) 대제, 브라반트(Brabant)와 로트링겐(Lothringen)의 대공들까지 또 한 갈래의 왕들이 있는데 이들은 까렐 4세의 아버지 쪽 조상들이에요. 이 방에 걸려 있는 초상화들은 총 57점이며 방의 북쪽 면에는 까렐 4세 자신의 모습도 걸려 있는데 그 초상화의 뒤쪽 배경에 까를슈떼인 성이 그려져 있는 것은 눈여겨볼 만하죠.

룩셈부르크 홀과 연결된 접견실은 벽면이 목조 패널로 장식되어 있어요. 이 패널들은 대부분 19세기에 성이 개축될 당시 새로 제작된 것들이지만 그 중에는 14세기의 오리지널 패널들도 있어요. 남쪽에는 출창이 있는데 그 위쪽은 보헤미아와 모라비아의 문장들로 장식되어 있고 'Roma caput mundi regit orbis frena rotundi' 라는 문구가 적혀 있는 것을 볼 수 있죠.

라틴어로 된 이 글을 번역하자면 '로마는 세상의 고삐를 그 손에 쥐고 있다'라는 뜻이 돼요. 그 창문들 사이에 까렐 4세의 왕좌가 있죠. 이 접견실은 말 그대로 성을 방문했던 사람들이 왕을 알현하는 장소였어요. 왕이 앉았던 자리가 위에서 말한 두 개의 출창 사이에 있었던 이유는 왕이 그 자리에 앉았을 때 남쪽에서 들어오는 빛 때문에 왕을 보고 앉았던 방문객들이 왕의 얼굴을 제대로 볼 수 없게 하기 위해서였어요. 물론 반대로 왕은 그들의 얼굴을 자세히 볼 수 있었을 거고요.

계단을 따라 3층으로 올라가면 까렐 4세의 침실로 들어가게 돼요. 벽난로와 왕의 개인 오라토리가 있는 이 침실 벽에는 그 당시 침실을 장식했던 커다란 천이 걸려 있어요. 이 천은 방을 장식하는 용도로만 쓰인 것은 아니고 실제로 벽에서 나오는 한기를 막는 난방시설의 역할 또한 했던 거예요.

이 방에서 눈여겨봐야 할 것은 남쪽 벽면에 걸려 있는 성 까떼르지나(성 캐더린)의 조각상이에요. 1400년경 제작된 것으로 추정되는 이 조각상은 몸매가 살짝 S자로 휘어져 있는 것으로 보아 후기 고딕 시대의 '아름다운 양식'이라고 불렸던 스타일에 따라 제작된 것이라고 할 수 있어요. 성 까떼르지나는 발 아래 어떤 왕을 밟고 있는 모습으로 묘사되어 있는데 그는 로마 황제 막센시우스(Maxentius)예요.

기독교인이었던 까떼르지나를 자신의 아내로 맞고 싶어 했던 이 왕은 그녀가 왕이 기독교인이 아니라는 이유로 결혼하기를 거부하자 그녀를 고문해 죽인 인물이라고 알려져 있죠. 그를 밟고 있는 모습은 물론 이교도들에 대한 기독교의 승리를 상징하는 거예요. 이 성 까떼르지나는 까렐 4세의 수호성인으로 까렐 4세가 극진히 모셨던 성인이에요. 까렐 4세가 그녀를 자신의 수호성인으로 모신 이유는 그가 이끌었던 전투에서 처음으로 승리한 날이 바로 성 까떼르지나의 축일이었기 때문이죠.

침실을 나와서 왕궁의 외부로 통하는 길로 나가다 보면 이 전의 방들보다 작은 두 개의 방을 볼 수 있어요. 침실과 맞붙어 있는 방 하나는 왕의 근위병들이 썼던 방으로 벽 한쪽에 놓여 있는 자그마한 전시대 안에 이들이 가지고 놀았던 카드와 체스 같은 것들이 전시되어 있죠. 16세기와 17세기에 이 방은 사제실로 쓰이기 시작했어요. 이 방에 있는 나무책상과 옷장, 벽면에 걸려있는 학자들과 고위 성직자들의 초상은 어딘지 모르게 아카데믹한 느낌을 줘요. 사제실에 있는 아름다운 무늬의 가구들은 르네상스 시대의 것들이에요.

사제실에서 나오는 문은 왕궁 바깥쪽으로 연결돼요. 작은 마당을 지나서 나무 계단을 따라 올라가면 왕궁의 다음 단계 건물인 마리아 탑 안으로 들어가게 되죠.

이렇게 1코스의 내부를 대략 설명드렸어요. 일단 여기서는 1코스만 설명드릴게요.

4

까를로비 바리(Karlovy Vary)
: 300개가 넘는 온천의 도시

까를로비 바리 전경

체코에 여행 온 사람들이 프라하 외의 다른 도시를 찾는 곳이 있다면

앞서 소개드렸던 체스끼 끄루믈로프와 또 다른 한 곳, 바로 까를로비 바

리일 거예요. 일반인들에게는 잘 알려진 도시는 아니지만 영화계 종사자들이나 영화에 관심 많은 분들이라면 한 번쯤 그 이름을 들어봤을 법한 도시죠. 까를로비 바리 국제 영화제. 어때요? 들어보셨나요?

베를린 영화제나 베니스 영화제 같은 명성은 아니지만 가끔 한 번씩은 영화 관련 기사에 등장하는 영화제죠. 하지만 영화제 이야기를 하려는 것은 아니고 일반 여행객들이 체코를 여행할 때 꼭 한번 들러보면 좋을 것 같은 곳이어서 이 도시를 소개하려는 거예요.

2022년도 제 56회 까를로비 바리 국제 영화제 포스터

까를로비 바리. 체코식 이름인데요, 체코의 도시니까 당연히 체코 이름으로 우리도 기억을 해야겠지만 영미식이나 독일식 이름도 많이 알려져 있기 때문에 이 이름들이 친숙하다고 생각하시는 분들도 있을 거예요. 영미식으로 칼스바드(Carlsbad), 독일식으로도 스펠링만 약간 다른 칼스바드(Karlsbad). 까렐의(Karlovy, Carls) 온천(Vary, bad). 그러니까 까렐 왕의 온

천이라는 의미를 담고 있는 이름이죠.(vary는 사실 '끓다'라는 의미인데 뜨겁게 끓어오르는 온천수를 일컫는 말이니까 그냥 온천이라고 번역해도 무방할 거예요.)

온천? 네 맞아요. 까를로비 바리는 이름 자체가 그렇듯 온천으로 비롯된 도시예요. 까렐 4세 왕이 이 지역에서 사냥을 하다가 온천수를 발견했고 그 온천수를 개발하면서 도시가 형성된 거죠. 까를로비 바리에는 13개의 주 온천과 300개가량의 작은 온천이 있어요. 도시 한 가운데로 흐르는 작은 강이 있는데 그 강의 이름도 떼쁠라(Teplá—'따뜻한'이라는 의미의 체코어 형용사)죠. 떼쁠라 강을 중심으로 한 까를로비 바리의 도심은 도시 기념물 보존구역으로 보호받고 있어요. 유네스코의 세계문화유산(유럽 온천 마을)으로 지정되어 있고요.

까를로비 바리는 프라하에서 서쪽으로 106킬로미터 떨어져 있어요. 13세기부터 사람들이 거주했다는 기록이 남아 있고 지금은 약 4만5천 명 정도의 인구가 거주하고 있죠. 온천을 찾는 방문객들이 많아 서비스업이 발달되어 있지만 눈여겨봐야 할 산업이 두 개가 있어요. 세계적으로 유명한 약주를 제조하는 양조산업과 역시 마찬가지로 세계적 명품 브랜드로 인정받는 크리스탈 산업이죠.

먼저 술.

바로 베헤로브까(becherovka)라는 약술이에요. 20여 종의 약초와 온천수를 배합해서 만든 이 술은 아이러니하게도 위장을 보호해 주는 효과가 있다고 해요. 알콜 도수가 38도나 되는 독한 술이 위장을 보호하는 역할을 한다는 게 잘 납득되지는 않죠? 하지만 처음에 위장약을 만들려는 시험을 하다가 만들어진 위장약이 변형돼서 이 술이 만들어졌다는 것을 말씀드리면 조금은 이해가 되실 거예요.

까를로비 바리에서 생산되는 체코의 약술 베헤로브까

술의 이름인 베헤로브까는 베헤르(Becher)라는 가문의 이름에서 비롯된 거예요. 베헤로브까는 1807년 까를로비 바리에 거주하던 약사 요제프 베헤르(Josef Becher)가 약초를 배합해서 만든 강장제를 판매해서 성공을 거두게 되면서 사람들로부터 인기를 얻었고 1841년에 그의 아들 얀 베헤르(Jan Becher)가 모든 사람이 마실 수 있는 술을 만들게 되면서 대량 생산을 하게 되었어요.

베헤로브까에 들어가는 원료는 체코뿐 아니라 전 세계에 분포되어 있는 다양한 약초들이에요. 38도나 되는 독한 술 베헤로브까는 보통 식사 전에 에피타이저로 마셔요. 소화에 문제가 생겨 속이 답답할 때 마시기도 하고요. 우리나라 가스 활명수와 비슷한 맛을 내는데 38도라는 높은 도수임에도 그렇게 독하게 느껴지지는 않아요. 향긋한 약초 향이 나서 아주 풍미가 있는 술이죠.

가격도 그렇게 비싸지 않아요. 일반 수퍼마켓이나 구멍가게에서도 구입할 수 있는 대중적인 술이에요. 체코를 여행한 분들이라면 지인들을 위한 선물로 사가기에도 썩 괜찮은 기념품이죠.

까를로비 바리에는 얀 베헤르 박물관이 있어요. 베헤로브까의 역사와 원료들에 대한 설명, 효능 등에 대한 상세한 설명을 들을 수 있고 베헤로브까의 역사를 보여주는 짧은 영상물도 감상할 수 있어요. 또한 그동안 생산되었던 여러 종류의 베헤로브까의 샘플들을 볼 수 있죠. 월요일은 문을 닫고 화요일부터 일요일까지 오전 9시부터 오후 5시까지 오픈해요. 위치도 아주 관광지역 중심부는 아니지만 충분히 걸어갈 수 있는 시내에 위치해 있으니까 까를로비 바리를 방문하신 분들은 꼭 한번 들러보면 좋을 것 같아요.

그리고 두 번째로 소개해드릴 까를로비 바리의 명품. 바로 모제르라는 크리스탈이에요. 이제는 상품들이 많이 소개돼서 다들 잘 아시겠지만 여기서 말하는 크리스탈은 땅 속에서 캐낸 광물이 아닌 일종의 유리제품이죠.

모제르 크리스탈

모제르 크리스탈

유럽에 유리가 소개된 것은 13세기쯤이라고 해요. 이탈리아 니스에서 유리가 처음 만들어졌는데 같은 시기에 체코, 그러니까 보헤미아의 북부 루쥐쯔께 호리 지역에서도 유리가 만들어져요. 극비리에 제조되던 유리 제조기법이 영국으로 유출됐고 그렇게 영국에서 유리가 생산되다가 1676년에 조지 레이븐스크래프트(George Ravenscraft)라는 유리제조공이 유리에 산화납 탄산칼륨을 배합해서 첨가하는 방식으로 기존의 유리보다 투명도가 높고 연삭성이 뛰어난 유리를 만들어내면서 수정처럼 맑고 투명한 유리라는 의미로 크리스탈이라는 이름이 알려지게 되었대요. 크리스탈도 산화납의 함유량에 따라 종류가 나뉘어지기는 하지만 우리가 세세한 것까지 알 필요는 없을 거고요, 유리의 한 종류로 산화납 성분을 비롯한 규석, 탄산나트륨, 석회석 등의 원료가 첨가, 혼합된 더 투명하고 연하며 맑은 소리를 내는 유리라고 이해하면 될 것 같아요.

프라하 시내에도 크리스탈 제품을 판매하는 기념품 상점들이 무척 많은데 이 모제르 크리스탈은 일반적인 기념품 크리스탈 제품보다 좀 더 고급스러운 느낌이 들어요. 물론 일반 크리스탈 상품들도 충분히 예쁘지만요. 그리고 모제르 크리스탈은 전문 대리점에서만 판매를 하고 일반 기념품 상점에서는 판매하지 않죠. 좀 더 고급스러운 체코 여행 기념품을 찾는 분이 계시다면 이 모제르 크리스탈을 추천드려요.

PART
4

체코를
이해하기 위해
알아야 할 인물들

Czech & Praha

1

얀 후스(Jan Hus)와
얀 지쥬까(Jan Žižka)

얀 후스(Jan Hus)

제가 신학에 관심이 많아서 그런 것일 수도 있겠지만 체코를 여행할 때 이 한 사람만큼은 꼭 기억을 했으면 하는 사람이 있어요. 바로 얀 후스라는 인물이죠.

체코는 오랜 가톨릭 문화를 전통으로 하고 있는 나라예요. 그 역사는 기독교를 받아들이기 시작하면서 시작되었다고 할 수 있죠. 체코가 처음 기독교를 받아들인 것은 9세기 비잔틴의 동로마제국으로부터였지만 그 후 이미 10세기 초부터 로마 가톨릭의 영향권으로 들어가게 되면서 체코는 동방교회의 전통을 버리고 철저한 가톨릭 국가가 됐어요. 지금도 종교 인구의 대부분은 가톨릭이죠.

　하지만 간과해서는 안 될 것이 하나 있는데 그건 체코가 종교개혁의 발상지이고 또 그 자랑스러운 전통이 지금까지 이어져오고 있다는 사실이에요. 보통 기독교 역사에서 종교개혁을 이야기할 때 1517년 독일 마틴 루터의 종교개혁을 그 시작이라고 하는데 사실 그보다 훨씬 오래 전부터 유럽의 각지에서는 타락한 가톨릭교회의 개혁을 요구하는 목소리들이 많이 있었어요. 그 중에서 가장 강력한 저항이라고 할 수 있는 것이 체코 땅에서 일어난 얀 후스의 개혁운동이었고요.

　체코 이름 '얀(Jan)'은 '요한'의 체코식 이름이에요. 그래서 영어로 번역될 때 'John Hus'라고 표기되기도 하죠. 하지만 정확한 체코식 발음은 얀 후스예요.

　얀 후스와 그의 종교개혁을 이해하기 위해서는 당시 체코를 비롯한 유럽의 사회적 상황을 이해해야 할 필요가 있어요. 자, 먼저 중세 시대에 가톨릭교회가 어떤 모습이었는지 한번 보죠.

로마 가톨릭교회는 13, 14세기에 그 권력이 절정에 달했어요. 교회는 모든 사회 구성원들의 정신세계를 지배했고 법체계를 이루는 데 큰 영향을 미쳤죠. 사회의 도덕적 규범을 결정하기도 했고요. 또한 엄청난 영지를 소유함과 동시에 세속 권력에 맞먹는 힘을 가지고 있었어요. 신앙에 대한 해석을 독점하고 있었고 종교적 행위의 원칙을 결정했어요. 그야말로 모든 사람의 일상생활을 통제하는 그런 막강한 힘을 가지고 있었던 거죠.

사람들은 모든 교회 행사에 참여해야만 했고 정기적으로 돈을 바칠 의무가 있었어요. 일상적인 가족의 생활을 교회가 원하는 대로 따라야 했죠. 기독교가 공인되기 시작한 후부터 권력을 지니기 시작한 교회는 교황을 중심으로 다른 어떤 세력에도 견제받지 않는 절대적 권력 집단이 되어버리고 말았던 거예요.

그런데 1309년에 가톨릭교회는 교황청의 분열이라는 위기를 맞게 돼요. 정통성과 권위에 있어서 절대적인 의미를 가지고 있던 교회가 분열되는 것, 그러니까 교회의 우두머리가 둘이 된다는 건 당시의 모든 사람들에게 매우 심각한 혼란을 불러일으켰죠. 게다가 그건 더 이상 교회가 사람들에게 신뢰를 주지 못한다는 것을 의미했어요. 그리고 아비뇽으로 새로 이주한 교황청은 교황의 도시를 새로이 건설하기 위한 많은 재정을 필요 하고 있었죠.

이러한 상황을 해결하기 위해 교황청은 온갖 수단을 가리지 않고 돈을 긁어모으기 시작해요. 성직자의 지위나 관직, 면죄부 같은 것들을 만들어 팔았는데 성직을 얻기 위해서 자리를 예약하는 것에 대해서도 수수료를 받을 정도였으니까요. 또 교회의 권력이 몇몇 사람에게 집중되는 현상도 발생했는데 그것은 많은 관직을 가지고 있는 사람이 그것을 대리인에게 임대해 주고 있기 때문이었어요. 높은 학식과 책임감을 갖춘 몇몇 교회 지도자가 활동하기도 했지만 교회의 분열로 비롯된 내부적인 위기를 타개하기에는 그들의 노력도 역부족이었죠.

성서가 말하는 가르침과 교회의 실제 모습은 완전히 달랐어요. 사람들은 점차 불만을 가지게 됐고 한편에선 교회를 새롭게 개혁해야 한다는 주장이 나타나기 시작하죠. 가톨릭교회의 기득권 세력은 위협을 느껴요. 그들은 아주 비열하고 무식한 방법으로 개혁 세력의 목소리를 잠재우려고 하는데 그게 바로 종교재판이라는 것이었죠. 이를 통해 이단자로 낙인찍힌 사람들은 추방을 당하거나 사형을 당했어요.

이러한 상황 속에서 민심은 점점 흉흉해지기 시작했고 기존 교회 질서를 파괴하는 이단 종파들이 생기기도 했어요. 체코 지역에서의 이교도 운동은 다른 유럽 지역에 비해 늦은 편이었죠. 14세기에 활동했던 왈도파라는 종파는 교회의 재산축적을 비판했고 15세기까지 존속하다가 후에 후스운동에 스며들었어요. 그 외에도 '걸식수도회(beghard, pikarti)'나 '천

년왕국 운동(chiliasmus)' 등이 있었고 이러한 집단 내에는 당시 사회에 불만을 가지고 있었던 사람들이 다수 참여하고 있었어요.

지식인들 사이에서는 또 다른 경향의 움직임이 있었는데 그 사상들은 주로 상류층 사회에 퍼졌어요. 그들은 교회가 위에서부터 변화되기를 원했고 주로 설교나 저술을 통해서 그 가르침을 확산시켰죠. 1360년대에 빠르두비쩨(Pardubice)의 대주교 아르노슈뜨(Arnošt)는 오스트리아의 설교가 '콘라드 발드하우저(Konrad Waldhauser)'를 프라하로 초청했는데 그는 교회의 도덕적 타락과 걸식수도회를 비판했던 인물이었고 또 한 사람의 중요한 개혁가인 끄로메르지쥬의 '얀 밀리치(Jan Milič z Kroměříže)'는 까렐 4세 궁정에서의 높은 위치와 교회 내에서의 직책을 버리고 설교가로 활동하였던 사람이었어요.

그는 금욕적인 삶을 살면서 교회의 타락과 부패한 세계에 종말이 올 것을 설교했고 모범적인 교구를 만들기 위해 노력했는데 그 안에는 설교가들을 위한 학교와 나이든 창녀들을 위한 보금자리도 있었어요. 이단자로 몰렸을 때 아비뇽으로 거처를 옮겼는데 얼마 후에 그곳에서 일생을 마쳤죠.

베들레헴 채플

　개혁사상의 확산은 1391년 베들레헴 교회의 건립과 더불어 더욱 활기를 띄었어요. 당시로서는 매우 이례적으로 3천 명 가량의 사람들 한 곳에 수용할 수 있었던 이 교회는 프라하의 상인 크르지쥬(Kříž)라는 사람의 사재로 건립된 교회였어요. 또 이 당시에 이미 체코어로 번역된 성서가 발행되어 있었기 때문에 이를 통해 일반 평신도들도 성서를 이해할 수 있게 됐죠.

　1390년대에 들어서면서 프라하 대학의 교수들 중에서도 개혁적인 사고를 가진 사상가들이 등장하기 시작했어요. 이들은 영국의 사상가였던 옥스포드 대학의 존 위클리프(John Wycliffe)의 가르침을 지지하고 있었죠. 위클리프의 사상은 당시 가톨릭교회에 큰 위협이 되고 있었고 이미 영국에서 이단적인 것으로 낙인찍혀 있었어요.

그리고 프라하 대학에서는 1403년에 많은 교수들이 위클리프의 저술 중 45항목을 이단적인 사상으로 규정하면서 가톨릭교회와 개혁 세력 간의 갈등을 고조시켰죠. 당시의 왕인 바쯜라프 4세는 종교적 문제에 대해서는 미온적인 입장을 취하고 있었고 젊은 대주교였던 하즘베르크의 '즈비넥 자이쯔(Zbyněk Zajíc z Hazmburka)'도 이러한 분쟁의 심각성을 깨닫지 못하고 있었죠. 오히려 자신의 고문들의 영향으로 개혁적인 움직임에 동조하고 있었고 위클리프의 사상에 대한 논쟁에는 관여하지 않았어요.

그때 대학에서, 또 일반 대중들 사이에서 활동하면서 후에 체코 역사에 근본적인 영향을 주는 인물이 활동하기 시작했는데 그가 바로 당시 프라하 대학 철학부의 젊은 교수 '얀 후스(Jan Hus)'였어요.

1371년에 '후시네쯔(Husinec)'라는 작은 마을에서 태어난 그는 1390년부터 프라하 대학의 교양학부에서 수학했고 1396년 신학부를 졸업하여 사제서품을 받았어요. 1401년 자신이 졸업한 프라하 대학의 교양학부 학장이 된 그는 그 후 1409년에 프라하 대학의 총장이 됐는데 학식과 인품으로 많은 이들의 존경을 받았죠.

후스는 설교가로서 명성을 날렸어요. 많은 사람들이 그의 설교에 매료되었는데 그의 설교를 듣기 위해 찾아왔던 사람들 중에는 바쯜라프 4세의 두 번째 아내인 바바리아의 조피 왕비도 포함돼 있었죠.

후스가 주장했던 것은 크게 몇 가지로 정리될 수 있어요. 그는 먼저 성직자들의 재산축적을 강하게 비판했고 죄를 지은 사람은 지위고하를 막론하고 공평하게 법의 처벌을 받아야 한다고 주장했어요. 성직자들이 독점하고 있었던 성서의 말씀이 모든 사람에게 이해되어야 한다는 주장도 했어요. 당시의 성경은 일반인들이 이해하기 힘든 라틴어로 되어 있었고 설교도 라틴어로 했기 때문에 보통 사람들은 성직자들의 말만 믿고 따를 수밖에 없었거든요.

또 한 가지 중요한 것은 당시 성찬예식에서 평민들에게 포도주를 주지 않았던 가톨릭교회의 관행을 비판하며 후스는 모든 사람이 성경의 말씀에 따라 빵과 포도주로 성찬을 받아야 한다고 주장했다는 사실이에요. 이런 이유 때문에 후스의 사상을 따르는 사람들은 '우트라퀴스트(Utraquist)' 즉 '양종성찬주의자'라는 별명을 얻게 됐죠.

후스파 교도들의 신앙의 상징인 성배

이렇게 가톨릭교회의 개혁을 주장했던 후스는 당시 교황청과 대립관계에 있었던 바쫄라프 4세의 지지를 얻고 있었어요.

하이델베르그 대학의 지원을 받고 있었던 독일인 교수들의 항의가 있은 후 1408년에 교황청은 위클리프 사상의 확산을 금지했어요. 프라하의 대주교청도 곧 이에 동조했죠. 이때 후스는 프라하의 성직자들로부터 이단자라는 누명을 쓰고 처음으로 도피를 해야 했어요. 또 프라하 대학은 개혁을 지지하는 체코인 교수들과 이를 반대하는 외국인 교수들, 특히 독일인 교수들로 양분돼서 민족적인 분쟁의 색채를 띠게 됐고요.

당시에 프라하 대학은 민족구성의 원칙에 따라 외국인 교수들의 수가 체코인 교수들의 수보다 많았는데 교황청과 갈등을 빚고 있었던 왕권의 개입으로 이러한 비율이 완전히 뒤바뀌게 됐어요. 교회 내의 위기를 타계해 보려는 시도로 피사 공의회가 소집됐는데 바쫄라프 4세도 개인적인 이해관계 때문에 이 회의를 지지했죠.

왕은 1400년부터 잃고 있었던 로마제국 황제의 지위를 이 회의를 통해 교회가 승인해주기를 바랐고 이 회의를 소집하기 위해 프라하 대학의 지원을 요청하고 있었어요. 하지만 당시 교황 그레고리 12세의 편에 서 있었던 프라하 대학의 독일인 교수들은 다수의 표를 이용하여 왕에 반대하는 입장을 공식으로 표명했죠. 왕은 이에 대해 즉각 대응해서 1409년에 '꾸뜨나 호라 칙령(Dekret kutnohorsky)' 통해 '체코대학의 교수로는 체코인이

4분의 3을 점유해야 하고 다른 민족의 교수는 나머지 4분의 1을 점유하도록 한다'는 원칙을 새롭게 규정했어요.

그리고 후스가 프라하대학의 총장이 된 것이 이때였죠. 이로 인해서 프라하 대학에는 체코인 교수들이 다수를 차지하게 됐고 800명가량의 외국인들, 특히 독일인 교수와 학생들은 이에 항의하면서 제국의 다른 도시인 하이델베르그, 라이쁘찌히 등으로 떠났어요.

1410년이 되면서 프라하의 상황은 더 악화됐어요. 대주교 즈비녝 자이쯔가 위클리프의 저서를 대주교 궁정에서 불태웠고 바로 이어 후스를 파문했기 때문이었죠. 피사에서 새로 교황으로 선출된 요한 23세도 후스를 파문했고 바쯜라프 왕은 이를 무마하기 위해 노력했어요. 우니쵸브의 알빅(Albík z Uničova)이 새로 프라하의 대주교가 되면서 상황이 나아지는 듯했지만 1412년에 들어서는 바쯜라프 왕조차도 교회의 편으로 돌아서고 말았죠.

피사의 교황 요한 23세는 당시 로마 교황을 보호하고 있던 네아폴리의 왕과 전쟁을 하기 위해 많은 돈을 필요로 하고 있었고 그러한 필요성을 채우기 위해 면죄부를 판매하기 시작했어요. 면죄부란 이미 잘 알려진 대로 신도들이 죄를 고백할 필요도 없이 자동으로 죄를 용서해 주는 보증서 같은 것이었어요. 면죄부를 사지 않으면 사람들은 자신의 죄를 용서받는 대가로 교회를 위해 노동을 해야만 했기 때문이었죠.

물론 후스를 비롯한 일련의 개혁가들은 이러한 면죄부 판매를 강력하게 비판했고 후스에 대한 교황의 파문이 이어지면서 후스는 프라하에서 어떤 종교적 활동도 할 수 없게 됐어요. 후스는 프라하를 떠나 피신했는데 개혁을 위한 활동을 그만두지는 않았죠. 그는 먼저 꼬지 흐라덱(Kozí Hrádek)으로 피신했고 후에는 끄라꼬베쯔(Krakovec u Rakovníka)성에서 머물렀어요. 그는 그곳에서도 사람들 앞에서 설교하면서 자신의 입장을 변호하는 내용이 담긴 책을 저술했는데 결국에는 공의회에 나가서 자신의 입장을 밝히기로 결심하죠.

　　당시 공의회는 교회의 문제를 전혀 해결하지 못하고 있었어요. 로마와 아비뇽의 두 교황을 모두 물러나도록 요청을 했지만 그렇게 되지 않았고 오히려 새 교황이 다시 선출돼서 교황이 셋이나 되는 상황으로 문제가 확산됐죠. 새로 로마 왕이 된 룩셈부르크의 지그문트(Zikmund Lucemburský)는 교회의 문제해결을 주도함으로써 제국 내에서의 자기 입지를 강화하길 원했어요. 그래서 자신의 요청으로 1414년 11월 콘스탄츠에서 공의회를 소집했는데 이 회의에서 후스 문제도 주요한 사안으로 거론됐죠.

　　왕은 후스가 안전하게 공의회에 도착하고 또 돌아갈 것을 보장하면서 그를 공의회에 초청했고 후스는 이에 응했어요. 하지만 후스는 도착하자마자 바로 체포되었고 자신의 입장을 변호할 기회조차 주어지지 않은 채 이단으로 선고받은 다음 1415년 7월 6일 라인 강변에서 화형에 처해졌죠.

화형당하는 얀 후스를 묘사한 그림

후스는 한 줌의 재로 라인강에 뿌려져 흔적도 없이 사라져 버렸어요. 하지만 그의 사상을 따랐던 체코의 대다수 평민들과 일부 귀족들은 그의 죽음에 분노해서 가톨릭교회와 교황청을 상대로 대규모의 전쟁을 치르게 되는데 이 전쟁이 1420년부터 약 10년 동안 지속된 후스 전쟁이에요.

후스 전쟁과 그 이후의 역사는 조금 복잡하게 전개되는데 간략히 말하면 일단은 후스파가 승리했다고 말할 수 있어요. 이 후스 전쟁을 이끌었던 인물이 얀 지쥬까라는 장군인데 이 흥미로운 인물에 대해서는 다시 한 번 자세하게 이야기할 기회가 있을 거예요.

기억해야 할 것은 이 후스의 전통을 따르는 개신교 종파가 지금까지 남아 있다는 거예요. 매년 7월 6일, 후스의 서거일을 기념하면서 그가 활동했던 프라하의 베들레헴 채플에서는 대규모의 특별 예배가 열리는데 체코는 이날을 국경일로 기념하고 있죠.

프라하 구도시 광장에 세워져 있는 얀 후스의 동상

프라하 구도시 광장 한가운데에는 아르누보 양식의 아름다운 후스 동상이 세워져 있어요. 지적이고 날카로운 눈빛으로 먼 곳을 응시하고 있는 이 위대한 스승의 모습에는 거짓과 위선에 맞섰던 체코 민중들의 저항정신이 깃들어 있죠. 이 동상이 제막된 것이 1915년 7월 6일이에요. 후스가 화형을 당한 지 정확히 500년이 되는 날을 기념한 거죠. 동상 아래쪽 기단부에는 '진리를 사랑하고 모든 이에게 이것을 바라십시오'라는 문구가 적혀 있어요.

예전에 우리나라에서 방영되었던 드라마 〈프라하의 연인〉에서 이 동상이 '소원의 벽'이라는 다소 로맨틱한 장소로 설정돼서 나오는데 그건 드라마 상에서의 설정일 뿐이에요. 프라하에 '소원의 벽' 같은 건 없어요.

17세기 초에 체코에서 시작된 30년 전쟁의 결과로 후스를 따랐던 체코의 민족 세력은 대부분 외국으로 추방됐어요. 전체인구의 80퍼센트나 되었던 개신교 인구는 추방과 처형 그리고 치밀한 재 가톨릭화 정책으로 다시 한 번 큰 변화를 겪게 되었고 지금은 체코 전체 인구의 약 5퍼센트만이 후스 교단의 신자들로 남아 있을 뿐이죠.

하지만 후스가 남긴 위대한 정신적 유산이 체코인들에게 있어 얼마나 소중한 것인지에 대해서는 어떤 체코인도 이의를 제기하지 않아요. 그가 가졌던 진실에 대한 순수한 열정을 우리도 체코에 와서 한 번쯤은 생각해 보는 것이 좋겠죠.

얀 지쥬까(Jan Žižka)

후스와 함께 체코에서 기억해야 할 인물이 있어요. 얀 지쥬까라는 인물이죠. 후스가 체코에서 종교개혁을 일으키고 안타까운 죽음을 맞았지만 후스를 따르던 사람들이 많이 있었다는 건 앞에서도 잠깐 말씀드렸어요. 지쥬까도 후스의 가르침을 따르던 사람이었고요. 나이는 후스보다 10살 더 많았지만 후스의 사상에 깊은 감동을 받고 그 가르침을 실천했던 제자였죠.

우리나라에서 지덕을 갖춘 영웅을 꼽자면 누구나 서슴없이 이순신 장군을 꼽을 텐데 비교를 하자면 지쥬까가 체코의 이순신 장군 같은 명장이자 국민적 영웅이에요. 후스를 따르던 체코인들은 후스가 죽은 후에 군대를 조직해서 후스교도들을 없애려 했던 십자군들과 맞서 싸웠는데 지쥬까는 그 후스군을 이끌고 세 차례나 십자군 원정을 해서 단 한 번도 패배하지 않았던 지략가였어요.

지쥬까의 전술은 매우 혁신적이었다고 해요. 지형지물을 잘 활용했고 군사훈련을 받지 못했던 체코의 농민군들을 위해 정통 무기가 아닌, 농민들에게 친숙했던 농기구를 활용한 무기를 개발해서 정규군인 십자군들을 혼란에 빠뜨렸다는군요. 또 농민들의 마차에 방패를 두른 장갑마차를 만들어 효과적인 방어 전술을 사용했고요.

지쥬까는 어렸을 때 한쪽 눈을 잃었어요. 사람들은 그를 '애꾸눈 지쥬까'라고 불렀죠. 그를 묘사한 그림이나 조각들을 보면 그걸 확인할 수 있어요.

후스를 따르던 후스파 교도들도 크게 두 분파로 나뉘었는데 첫 번째는 평신도들에게도 빵과 포도주로 성찬을 하게 해야 한다는 것을 주요 개혁 요건으로 내걸었던 양종성찬주의(Utraquists) 온건파였고 또 하나는 양종성찬은 물론 다른 것들도 개혁을 해야 하며 후스파는 기존 가톨릭 세력과 연합되어선 안 된다는 입장을 가졌던 급진파였어요. 이 급진파의 본거지가 보헤미아의 남부 도시였던 따보르(Tabor—요새, 진지라는 뜻)였기 때문에 이들을 '따보르파'라고도 불렀죠. 지쥬까는 급진파인 이 따보르파를 이끌었어요.

　지쥬까는 체코의 하급 귀족가문 출신이어서 처음엔 왕실 군대의 군인으로 활동했죠. 하지만 그 이후엔 용병으로도 활동했고 도적단의 일원이 돼서 부유한 귀족들을 습격하고 약탈하는 활동을 했다고 해요. 돈 많은 귀족들을 주로 약탈해서 그것을 가난한 평민들에게 나누어 주는 의적이었다고 하니 홍길동이나 임꺽정 같은 우리의 의적들과도 비슷한 점이 있네요.

　프라하에는 지쥬까의 기마상이 서 있는데 그곳은 관광지 중심부는 아니고 조금 떨어져 있는 프라하 3구역의 지쥬꼬프라는 지역이에요. 원래는 비뜨꼬프라는 이름이었는데 지쥬까 장군의 이름을 따서 지금은 지쥬꼬프라고 불리는 곳이에요. 언덕 위에 세워져 있는 지쥬까의 기마상은 세계에서 세 번째로 큰 기마상이라고 하는군요.

지쥬까의 기마상

2

바쫄라프 왕
(Václav)

성 바쫄라프

　체코가 낳은 세계적인 인물들 중에 우리 귀에도 익숙한 사람들이 있어요. 드보르쟉이나 스메따나같은 작곡가, 『참을 수 없는 존재의 가벼움』이란 소설로 유명한 작가 밀란 꾼데라, 여자 테니스의 전설적인 존재인 나브라띨로바, 68년 프라하의 봄이라는 체코 민주화 운동을 이끌었던 작가이자 후에 체코의 대통령이 된 바쯜라프 하벨 등등..

이렇게 우리가 익히 들어왔던 이름들 외에도 체코의 위인들은 물론 무수히 많아요. 체코를 여행하면서 이들의 흔적을 찾아내고 그들이 엮어내었던 이야기들과 역사를 상기할 수 있다면 그 여행이 가지는 가치는 그렇지 못한 경우보다 훨씬 높아지고 뜻깊어지리라 믿어요.

이 시간에 이야기할 체코의 위인은 우리에게 친숙한 인물은 아니에요. 하지만 체코에서 이 사람의 이름을 들을 기회가 무척 많을 거고 또 프라하 성 이야기에서도 간혹 언급된 적이 있죠. 바로 체코의 제3대 왕 성 바쯜라프예요.

선한 왕 벤체슬라스

영화 〈Love Actually〉를 보신 분들이 있을지 모르겠네요. 크리스마스를 배경으로 여러 인물의 가족과 이성 간의 사랑에 대한 에피소드들을 감칠맛 나게 다룬 이 영화에서 유명한 영국배우 휴 그랜트가 영국 수상의 역으로 열연하죠. 그가 영국 수상으로 부임했을 때 그는 자신의 여비서 나탈리에게 관심을 갖게 되고 오랜 고민 끝에 결국 크리스마스 이브에 자기의 사랑을 고백하기 위해 그녀의 집을 찾아가요. 어느 동네인지는 알지만 정확한 주소를 몰랐던 그는 자기의 수행원들과 함께 하는 수 없이 이집 저집 문을 두드리며 혹시 이집에 나탈리가 살지 않느냐고 물어보는데 어떤 한 집의 문을 두드렸을 때 어린아이들이 나와 수상 일행을 맞죠. 그녀가 살지 않는다는 것을 아이들로부터 확인한 후 돌아서려고 할 때 아이들이 뒤에서 크리스마스 캐롤을 불러달라고 부탁을 하고 아이들로부터 뜻하지 않은 요구를 받게 된 수상 휴 그랜트는 대략 난감한 표정을 지으며 어떻게 빠져나가려고 하지만 옆에 서 있던 수행원의 장난기 어린 눈총을 받으며 어쩔 수 없이 한 곡 불러야 할 처지에 놓이게 돼요. 그때 그가 아이들에게 불러준 노래가 유명한 영국 전통 크리스마스 캐롤인 〈착한 왕 벤체슬라스(Good King Wenceslas)〉라는 노래고 이 노래의 주인공 벤체슬라스가 바로 지금 이야기 할 체코의 왕, 성 바쫄라프예요.

비서 나탈리를 찾아 집집마다 방문하는 영국 수상 – 영화 〈Love Actually〉

영국 민요 Good king Wenceslas의 악보

어쩌다가 체코의 왕 바쯜라프가 영국 캐롤의 주인공까지 되었는지 그 연유는 정확지 않으나 먼 나라 영국에서까지 착하다고 칭송하는 것을 보

면 결코 나쁜 왕은 아니었던 것 같아요. 체코의 이전 대통령이었던 바쯜
라프 끌라우스(Vaclav Klaus), 그리고 첫 번째 대통령이었던 바쯜라프 하벨
(Vaclav Havel)의 이름이 모두 바쯜라프라는 예를 들어서도 알 수 있듯이 바
쯜라프라는 이름은 체코에서 무척 흔하게 쓰이는 이름이고 바쯜라프 광
장, 바쯜라프 레스토랑, 성 바쯜라프 성당 등 여러 지명이나 건물의 이름
으로도 많이 쓰여요.

바쯜라프는 체코에서 가장 중요하게 모시는 가톨릭 성인으로 체코 민
족의 상징적인 인물이라고 할 수 있는데 그를 둘러싼 당시 체코의 상황
과 그의 삶을 한번 살펴보도록 하죠. 아래의 내용은 15세기 경 라틴어로
기록된 성 바쯜라프의 전기를 간략히 번역한 것인데 기독교적 관점에서
쓰인 것이지만 각색된 부분을 고려하고 읽는다면 대략 그의 삶에 대한
윤곽을 짐작할 수 있을 거예요.

성 바쯜라프의 생애와 순교

성 바쯜라프는 기독교도였던 아버지 브라띠슬라브(Vratislav)와 이교도였
던 어머니 드라호미라 루쯔까(Drahomira Lucka) 사이에서 태어났다. 바쯜라
프의 어머니 드라호미라는 기독교도들에게 매우 배타적이었고 때로는 잔
인하기까지 했기 때문에 대공 브라띠슬라브의 어머니 루드밀라와 큰 마
찰을 빚고 있었다. 루드밀라는 자신의 손자들 중 하나를 맡아 키우고 싶었
다. —대공 브리띠슬라브에게는 두 아들이 있었는데 하나는 바쯜라프였고 또 다른 하나는 볼레슬

라브(Boleslav)였다— 그들의 부모인 브라띠슬라브와 드라호미라가 두 아들 중 하나를 선택할 기회를 주었을 때 그녀는 큰 손자인 바쯸라프를 선택했다. 그녀에게 바쯸라프가 더 총명하고 선해 보였기 때문이다. 그녀는 손자의 스승으로 사제였던 빠벨(Pavel)을 선택했는데 그는 성자로 평판이 나 있었던 경건한 사람이었다. 빠벨은 그의 집에서 얼마간 바쯸라프를 가르치다가 부데쯔(Budec)의 주임교사이자 사제였던 니세누스(Nisenus)에게로 그를 보냈는데 바쯸라프는 그곳에서 다른 기독교도 학우들과 함께 공부하며 학문과 기독교 신앙을 키워나가게 된다. 기독교에 대한 지식과 경건함을 갖게 하는 것은 그의 할머니인 루드밀라의 가장 중요한 목적이었다. 그러던 중 바쯸라프가 열세 살이 되던 해 그의 아버지 브라띠슬라브가 세상을 떠났고 그의 어린 두 아들을 후계자로 남겨놓게 되자 잔인한 이교도인 그들의 어머니 드라호미라가 섭정을 하게 되었다. 그녀는 기독교도들에 대한 혐오감을 곧 드러내어 교회를 폐쇄하는 법령을 곧 선포했으며 예배와 오랜 전통의 기독교 의식을 금지했다. 교회의 사제나 장로들 그리고 어떤 기독교도들도 사람들을 가르칠 수 없게 하였으며 이를 거역하는 사람은 감옥에 가거나 추방되었고 혹은 죽임을 당하기도 했다. 프라하의 총리가 바뀌었을 때, 정부 요직에 있던 모든 기독교인들은 이교도들로 대체되었는데 이들은 잔인한 우상숭배자들로 가톨릭 신앙을 고수하는 사람들에 대한 공공연한 박해와 살인을 서슴지 않았다. 만약 이들 중 누구라도 하나가 보복을 당했을 경우에 기독교인들은 열 명이 그것을 대신해야 했다.

그 후, 드라호미라의 끔찍하고 엄청난 악행 때문에 권력의 변방으로 밀려

나 극진한 할머니의 정성 속에서 학문과 경건한 생활로 어린 시절을 보냈던 바쯜라프는 열여덟 살이 되었을 때 어머니와 일부 귀족들의 훼방에도 불구하고 통치권을 계승하게 되었고 921년에는 모든 귀족과 기사들의 지지 속에서 보헤미아의 공작으로 선출되기에 이른다. 그는 그의 어머니를 스또호프(Stohov)로 추방하고 그곳에서 살도록 명령했다. 그는 통치권을 이양받은 직후 그 유산을 동생 볼레슬라브와 나누기로 하고 엘베 강 이북의 땅을 동생의 통치지역으로 나누어 주었다. 그래서 엘베 강은 두 지역의 경계가 되었다.

바쯜라프는 권좌에 오르자마자 그의 이교도 어머니와 동생에 의해 박해받았던 기독교를 재정비 하고 강화하는 데 힘쓰며 교회와 채플, 다른 여러 성스러운 곳에서 밤낮으로 예배를 드렸다. 매우 진지한 자세로 예배에 임했기 때문에 그는 미사에 그저 참석하여 자리를 빛내는 것뿐 아니라 그 자신 스스로가 예배를 집례하기도 하였다. 그래서 그는 가톨릭 사제들과 성직자들 사이에서 신비한 성배를 들고 있는 모습으로 교회 제단에 묘사되기도 한다. 그는 또한 교회 내에서 성직자들이 사람들을 가르칠 수 있도록 하였으며 학교의 교사들이 젊은이들에게 도덕과 교회 규범의 계율을 심어주도록 허락하였다.

그에게 가장 중요한 것은 기독교 신앙이었기 때문에 가톨릭 신앙을 갖지 않은 어린이들, 소년들, 젊은이들 그리고 이교도의 아이들을 그는 가능한 대로 또 어떤 몸값을 지불하고서라도 데려와 신앙인으로 만들려고 하였다. 그가 데려온 아이들을 그는 기독교 신앙으로 돌아오게 하였고 가톨릭 교회의 기본 신조들을 남녀 모두 학습하게 하였으며 종교의 씨앗으로 삶의 활력을 찾게 하여 올바른 삶을 깨닫게 하고 악마와 악마의 행위를 거부할 수 있게 하였다.

그가 아이들을 성수반으로 데려왔을 때 그는 이교도 아이들을 씻기는 일에 직접 참여했으며 그 스스로가 그 아이들의 대부이자 후견인, 그리고 하느님 앞에서의 보증인이 되었고 실제로 그는 그들의 정신적인 아버지이자 스승의 역할을 했다. 그들이 세례를 받기 전, 그리고 그 후에도 그는 그들에게 신앙의 기본을 가르쳤으며 올바른 삶과 새로운 행동의 법칙들을 받아들이도록 하였다. 그리고 누군가가 아직 기독교 신앙을 고백하고 사탄을 거부할 준비가 안 되어 있더라도 그는 그들의 입장을 이해해 주었다. 그는 그들이 기독교 신앙 안에서 성숙하고 확고한 신앙을 가질 때까지 그들을 특별히 돌보아 주었다.

그는 깊은 밤에 신실한 기도와 찬송을 드리는 것이 습관처럼 되어 있었다. 어느 해 겨울날 밤 차가운 바람이 불어 지독한 찬 서리가 내리는 것에도 아랑곳없이 그는 기도를 드리기 위해 성당의 주위를 돌아가고 있었다. 그가 너무도 기도에 열중했기 때문에 그는 맨발로 길을 걸어갔음에도 불구하고 그 혹독한 추위를 잊은 듯했다. 뽀디벤(Podiven)이라고 하는 그의 시종이 여느 때처럼 역시 맨발로 그를 따르고 있었는데 그는 대공에게 그가 지금 혹독한 추위 때문에 고통스러워하고 있으며 지금 다시 몸을 따뜻이 하지 못한다면 더 이상 그를 따라갈 수 없을 것이라고 불평했다. 대공은 그에게 자신의 발자국을 따라오라고 말했고 뽀디벤이 그의 말대로 하자 다시 몸이 따뜻해져 추위의 고통을 더 받지 않았다.

경건한 신앙심과 자비로운 마음을 갖는 것이 기독교적인 삶의 태도이기 때문에 그는 사람들이 정신적 구원을 얻기를 간절히 원했을 뿐 아니라 육체적 고통 또한 줄어들길 바랐다. 그래서 그는 두 가지 방법으로 자비를 베풀었는데 악한 이들의 잘못을 참고 용서하는 정신적 자비와 가난하고 빈곤하며 병든 이들을 위한 육체적 자비였다. 그는 그들을 위해 음식을 준비했으며 그들의 식탁에서 시중을 들었으며 먹을 것과 마실 것을 가져와 시종의 역할을 했다. 이 경건한 공작은 고통받는 이들에 대한 연민의 정이 너무 강했기 때문에 그들이 만족스러워하는 것을 볼 때면 그 자신 역시 만족함을 느꼈다. 그는 자선을 베푸는 것이 곧 구원에 이르는 길이라고 생각했다.

그는 사람들이 굶주리는 것을 몹시 싫어했기 때문에 굶주린 사람들에게 먹을 것을 주고 목마른 사람들에게 마실 것을 주었으며 가난한 이들에게 입을 것과 순례자들에게 안식처를 주었고 죽은 이와 죽임을 당한 사람들을 묻어주었다. 옥에 갇힌 이들도 내버려두지 않고 그들을 찾아갔을 때 그 죗값을 치러주고 악취 나는 감옥으로부터 그들을 풀어주었다. 그는 또한 병든 이들도 치료하였는데 질병과 여러 가지 장애를 입은 이들을 구해주었으며 그들의 고통을 가라앉히고 이전과 같은 건강을 회복시켜 주었다.

버림받은 불쌍한 과부들을 위해 그는 그의 시종 뽀디벤과 함께 그들이 필요로 하는 땔감을 가져다 주기도 했다. 그런데 숲속 깊이 들어가 나무를

벨 때 숲의 관리인들에게 발각되었다. 그가 공작이라는 것을 알지 못하고 그들은 나무를 가져간 것 때문에 그들은 막대기로 그를 때렸지만 그는 자신이 공작이라는 것을 알리지 않고 그 고통을 견디어 냈다.

기독교 신앙과 가톨릭 교회의 수호자였던 그는 비신앙인이었던 자신의 어머니가 이교 신앙을 거부한 기독교인을 고문하기 위해 세운 고문대와 십자가들을 보고 있을 수가 없었다. 그가 이러한 모든 고문대를 베어내고 없애버렸기 때문에 신앙인들이 더 이상 끔찍한 고문과 처형으로 고통을 당하는 일은 없게 되었다.

어떤 개인이나 공동체도 땅과 농산물 없이 살 수가 없고 또 모든 이에게 양식이 필요하다는 것을 알고 있었기 때문에 그는 농기구를 들고 들에 나가 일하는 것을 부끄럽게 여기지 않았다. 그래서 그는 세련된 새 사냥이나 짐승 사냥보다도 농사에 더 힘썼으며 그것이 대공으로서 신의 창조의 섭리를 따르는 것이라 생각했다. 밀 경작은 그때까지 체코인들에게 도입되지 않았었기 때문에 밀가루로 만들어지는 성찬 빵을 만들기 위해서 바쯸라프는 직접 자신의 손으로 밭에 밀가루 씨를 뿌리고 스스로 밭을 갈았으며 수확을 위한 준비를 했다.

그 후 수확기가 되어 그는 밀을 거두어들였고 밀단을 곡식창고로 가져가 껍질로부터 알곡을 가려내기 위해 그것을 타작했는데 가장 좋은 알곡들을 성스러운 곳에 사용하기 위해 잘 빻아 가루를 만들었다. 그 다음으로 그는 성찬 예식을 드리기 위해 성체 빵을 굽는 일을 했는데 그를 늘 만족스럽게 도와주었던 시종 뽀디벤과 성직자 한 사람이 그가 필요로 하는 것을 가져다 주며 그를 도왔다. 미사 중에 드리는 성찬 예식에는 포도주라는 또 하나의 필요한 것이 있다는 것을 알고 그는 자신이 직접 자기의 포도밭에서 포도를 재배하여 수확철에 무르익은 열매들 거두어들인 후 포도열매들을 가지고 포도주를 만들었다.

그러던 중 거만한 침략자인 꼬우르짐(Kouřim)의 대공 라디슬라브(Ladislav)가 바쯜라프로부터 보헤미아 공작의 지위를 빼앗기 위해 전쟁을 걸어왔다. 바쯜라프는 그에 대항할 군대를 정비했지만 전투보다는 협상을 통해 결정짓기를 원했으며 만약 협상이 결렬될 경우에는 자신들 두 사람만이 직접 싸움에 나서서 무고한 인명피해 없이 승부를 결정지어 누가 상대를 통치할 것인가를 결정할 것을 촉구했다. 공격권 내에 이르렀을 때 바쯜라프는 십자가 표시를 앞으로 꺼내어 들었다. 그런데 라디슬라브가 창을 휘두르기 위해 몸을 움직였을 때 그의 눈앞에 천사들이 나타났고 그 천사들은 그에게 공격하지 말라고 명령했다. 그는 놀랍고도 두려운 마음이 들었고 바쯜라프가 신의 보호를 받고 있다는 것을 알았다. 그는 땅에 엎드려 자신의 무모함을 용서를 빌었고 바쯜라프에게 복종할 것을 약속했다. 바쯜라프는 엎드린 그를 일으켜 세워 잘못을 용서했고 그의 지위를 그대로 인정해 주었으며 그에게 완고한 마음을 버리고 순종하는 마음을 가져 신의 노여움을 더 이상 받지 말 것을 당부하였다. 그는 신을 그토록 적대시했던 이 이교도를 기독교 신앙을 가진 가톨릭 교도로 변화시켰으며 그 자신과 그의 모든 가족들 그리고 그의 통치를 받는 모든 사람에게 세례를 베풀었다.

자신을 위해 합법적으로 마련한 독일 황제의 왕관을 처음으로 독일로 가져온 오토 황제는 각 지역의 대공들에게 소집할 것을 요구했다. 이미 모임에 참석했던 적이 있는 바쫄라프는 지체함이나 망설임 없이 그곳으로 가려고 했으나 그 다음날 자신의 사제가 성례식을 늦게 마쳐서 부득이하게 궁정에 도착하는 것이 지체될 것이라고 알려왔는데 물론 다른 교만한 마음은 없었다. 황제는 이것을 매우 불쾌히 여기고 미리 모인 대공들과 함께 의논하기를 그가 도착하더라도 아무도 자리에서 일어서지 말고 또 함께 앉지 못하게 하기로 합의하였다. 또한 황제는 마치 자신이 모욕이라도 당한 듯 앞으로 체코인들의 명예를 무시할 것이라고 말했다. 그러나 황제는 바쫄라프가 모습을 나타냈을 때 두 천사가 그를 궁정 안까지 인도했다가 즉시 사라지는 것과 눈부시게 빛나는 십자가를 보고 놀라움을 금치 못했다. 그는 곧 자리에서 일어나 서둘러 그를 맞이했으며 그를 환영할 뿐 아니라 그의 손을 이끌고 자리까지 안내한 후 그의 옆에 앉기를 권하였다. 다른 모든 사람이 이러한 황제의 행동에 놀라는 것을 보고 황제는 그들에게 그 이유를 설명했다. 하지만 그들 중 황제가 자기 눈으로 똑똑히 보았던 그 천사들이 나타났다가 사라지는 것을 본 사람이 아무도 없었기 때문에 그것을 더욱 이상하게 여겼다. 그때 마인쯔의 대주교는 자신은 아무것도 보지는 못했지만 그 순간 아주 신비한 경외심에 사로잡혀 있었다는 것을 인정했다. 이렇게 신의 보호하심이 악의에 찬 행동으로부터 바쫄라프를 막아주고 있다는 이야기를 모두가 믿게 되었는데 그것은 바로 그 동일한 능력이 그를 비방하려는 세력으로부터 그를 보호했기 때문이었다. 그래서 그들 모두는 자신들의 잘못된 행동을 용서 빌었다.

천사들이 나타나는 표식을 통해 바쯸라프가 비범한 성스러움을 지닌 대공이라는 것을 알아차린 오토 황제는 그날의 모임이 끝나자마자 그를 저녁 만찬에 초대하여 존경을 표하는 의미로 평소에 자신이 앉던 특별석으로 그를 앉히고 그가 먼저 음식 대접을 받게 하는 것을 주저하지 않았다. 저녁 만찬 후에 황제는 그들이 서로 영구적인 형제애와 우정의 관계를 맺기로 하였다. 그들은 마치 두 개의 몸을 지닌 하나의 영혼처럼 언제나 평화적인 관계로 상호 조화를 이루며 살 것을 또한 다짐했다. 바쯸라프는 매우 기뻐하며 그가 이러한 특별한 동맹과 맹우를 얻게 된 것을 신에게 감사드렸다. 그들의 우정을 확고히 다지는 의미에서 오토 황제는 자신이 가진 보물들 중에 그가 원하는 것이 있으면 무엇이든 주겠다고 말했으나 바쯸라프는 어떤 재물도 취하지 않겠노라고 말했다. 하지만 오토 황제는 바쯸라프에게 자신이 원하는 것을 말하고 어떤 것이든 선택해서 가질 것을 재촉하였다. 황제의 집요한 요구로 바쯸라프는 성 비뜨의 팔을 요구했는데 그것은 경건한 루이왕 치하에서 프랑스로부터 반달 출신으로 한 때 버건디의 왕을 지냈던 지그문트의 성유물로서 색스니의 코베이로 옮겨졌던 것이었다. 황제는 그의 요구를 승낙하였다. 황제는 또 조공을 바치는 일로부터 그를 면제시켜 주었고 자신의 무기인 흰 방패 위의 검은 독수리도 함께 가져갈 것을 요구했다.

바쯸라프가 극구 사양했음에도 불구하고 황제는 그에게 왕의 휘장과 기장을 하사했고 황제와 다른 공작들 모두 그를 왕으로 여기게 되었다. 바쯸라프는 황제의 궁정에 삼일간 머물렀는데 삼일 후에 그는 왕과 공작들에게 작별을 고하고 보헤미아로 돌아왔다.

그러고 나서 그는 성 이르지 성당 안에 그의 할머니 루드밀라를 위한 무덤을 만들게 되었는데 그는 떼띤(Tetín)에서 그곳까지의 유해 이장예식을 사제들이 집전하는 장엄한 예식으로 할 것을 명령했다. 그의 할머니의 시신은 3년 이상이나 땅에 묻혀 있었기 때문에 모두들 그 시신은 이미 부패했을 것이라고 생각했다. 하지만 그들이 관을 열었을 때 가장 향기로운 냄새가 퍼졌으며 그 시신 역시 부패되지 않은 원래의 상태로 보존되어 있었다. 이러한 기적을 목격하고 난 사제들은 공작이 참석한 가운데서 장례예식을 거행했다.

그의 동생 볼레슬라브가 자신의 어린 아들의 세례를 위해 바쯜라프를 초대하였다. 그로서는 처음으로 집안의 문제와 관련된 일이었으나 그는 순교의 때가 다가온 징조를 느끼고 사제에게 고해성사를 한 후 그의 영원한 구원을 보증하는 거룩한 빵을 받았다. 그리고 한밤중에 평소와 다름없이 신께 기도를 드리러 가던 중 어머니 드라호미라의 부추김을 받은 동생 볼레슬라브의 칼에 찔려 목숨을 거두었다. 서기 935년의 일이다.

시신의 가까이에 있던 소경과 귀머거리, 절름발이와 아이를 못 낳는 사람, 열병에 걸린 사람들을 비롯한 질병으로 고통받던 많은 사람들이 치유되는 기적이 일어나고 이상한 환영이 나타나 괴로움을 당하자 형을 죽인 이 동생은 그의 형의 시신을 치워버리라고 명령하고 그의 시신을 한밤중의 어둠을 틈타 프라하로 옮긴 뒤 아무도 보지 못하는 가운데 묻어버리라고 말하였다. 하지만 신의 섭리는 이러한 교활함으로부터 성스러움을 지켜주었다. 왜냐하면 프라하 성 아래에 있는 감옥에서부터 말들이 움직이지 않았는데 그 다음날 날이 밝아 많은 사람들이 바쯸라프의 시신을 옮기는 수레를 똑똑히 볼 수 있을 때까지 아무도 말을 움직이게 하지 못했기 때문이다. 말들은 또한 감옥 안의 모든 죄수가 석방될 때까지 완강하게 움직이기를 거부했다. 무덤에서도 많은 기적들이 일어났다.

이것이 성 바쯸라프의 삶의 장면들을 묘사한 기록이에요. 성인으로서 그의 행적이 다소 과장되거나 미화된 부분이 있다고 하더라도 그의 심성이 착했던 것만은 사실인 것 같아요. 문제는 그가 종교적인 이유로 그의 동생에게 살해되었다는 부분인데 그의 동생 볼레슬라브가 친 형 바쯸라프를 살해했다는 혐의를 받고 있고 그것이 당시 정황으로 상당한 설득력을 지니고 있다고 하더라도 역사적으로 보았을 때 그가 결코 무능력한 왕은 아니었다는 사실이죠. 동생 볼레슬라브 왕은 그가 치세하던 동안 독일의 로마 제국으로부터 상당한 주권을 회복해 나갔고 국가의 조직을 체계화시켰어요. 그는 먼저 바쯸라프가 독일 황제에게 바쳤던 조공을 중단했고 체코 내에서 자신의 지위를 강화함으로써 외부로부터의 침입의 위협을 차단했어요. 바쯸라프가 심성은 고왔을지언정 독일 로마제국에 상당히 의존함으로써 자신과 국가의 지위를 유지하는 스타일이었다면 그의 동생 볼레슬라브는 좀 더 자주적인 성향의 외교를 이룬 사람이라고 할 수 있죠. 바쯸라프가 가톨릭 교세를 확장시키고 선행을 베풀었기 때문에 체코에서 가장 중요한 인물이자 수호성인으로 모셔지고 있지만 종교적 관점에서 평가되는 부분과 역사적 인물로서 평가되는 부분은 다를 수 있다는 것을 기억해야 할 거예요.

어쨌든 성 바쯜라프는 체코의 수호성인이에요. 프라하의 신도시 바쯜라프 광장에는 그의 기마상이 서 있죠. 그는 정복자가 아니었고 특별히 주목할 만한 업적을 남긴 인물이 아니지만 어린아이들과 가난한 이웃들을 위해 선행을 베푼 착하고 어진 왕으로 체코인들로부터 존경받고 있어요.

*매년 9월 26일은 성 바쯜라프의 날로 기념되는 체코의 국경일이에요. 성 비뜨 대성당에서는 특별 미사를 드리는데 그때 미사를 집전하는 사제는 성 바쯜라프의 유골을 꺼내 그 머리 위에 관을 씌우죠. 성인의 유골은 그의 왕관과 함께 체코의 가장 중요한 보물이에요.

성 바쫄라프의 유해

3

베드르지흐 스메따나
(Bedřich Smetana)

베드르지흐 스메따나

스메따나와 「나의 조국」, 그리고 비셰흐라드

　스메따나라는 작곡가 알아요? 사실 전 체코에 오기 전까지 스메따나
가 누군지 몰랐어요. 드보르작의 이름은 알고 있었지만 그가 체코사람인
지는 모르고 있었고요. 하지만 그 사람들이 작곡한 음악은 알고 있었죠.
왜, 다들 그렇잖아요, 클래식 음악 들을 때. 어디서 많이 들어는 봤는데
제목은 잘 모르겠고 드뷔시인지, 드보르작인지, 브람스인지 무지 헷갈리

고 뭐 모짜르트랑 베토벤 대표곡 정도 겨우 구별하는 그런 수준….

클래식 음악 작곡가 이름과 노래 제목 모른다고 창피해할 건 없지만 이 두 사람의 음악을 감상해 보면 체코 여행이 좀 더 풍성해지긴 하겠죠?

제가 클래식 음악 전문가는 아니니까 자세한 설명은 못하겠고 대표곡 하나씩만 말씀드릴게요. 스메따나의 대표작은 교향곡 「나의 조국」이고 드보르작의 대표곡 중 하나는 「신세계로부터」라는 교향곡이죠. 먼저 스메따나와 「나의 조국」에 대해서 먼저 말씀드릴게요.

'베드르지흐 스메따나(Bedřich Smetana)'는 19세기 낭만주의 시대에 활동했던 체코의 대표적인 작곡가예요. 우리나라에서는 '국민악파'의 작곡가라고 소개하고 있는데 그건 좀 잘못된 표현이고 굳이 번역하자면 '민족악파'가 되겠죠. 자기 민족의 전통음악적인 요소들, 민족의 정서를 담은 주제들을 가지고 음악을 만들었기 때문에 그렇게 구분되는 것 같아요. 그의 대표적인 작품이 바로 교향시 「나의 조국」이죠.

스메따나는 1824년 동부 보헤미아의 리또미슐(Litomyšl)이라는 작은 도시에서 태어났어요. 그의 아버지 프란띠셱 스메따나(František Smetana)는 양조업에 종사했던 부유한 사업가였는데 스메따나의 어머니 바르보라(Barbora Smetana)는 그의 세 번째 아내였고 스메따나는 아버지 프란띠셱 스메따나의 열여덟 명의 자녀들 중 열한 번째 아들이었죠.

어떤 설명에 따르면 스메따나의 아버지가 아들이 음악 하는 것을 반대했었다고 나타나 있는데 사실 그의 아버지는 자신 스스로가 아마추어 음악가로서 스메따나에게 바이올린을 직접 가르칠 정도로 예술에 대한 깊은 애정과 재능이 있었던 인물이에요.

네 살 때부터 아버지로부터 음악을 배우기 시작했던 스메따나는 모짜르트처럼 음악에 대한 천부적인 재능을 나타냈고 아버지 프란띠셱은 어린 아들의 음악적 재능을 더 발전시키기 위해 자신보다 훨씬 더 경험이 많은 음악가였던 얀 흐멜릭(Jan Chmelik)에게 아들을 보내서 음악 수업을 받게 했다고 해요. 스메따나는 먼저 피아니스트로서 자신의 음악적 커리어를 쌓아 나갔는데 처음으로 청중 앞에서 연주를 했던 때는 1830년이고 이때 스메따나는 여섯 살이었죠. 이 어린 음악신동은 '리또미슐'의 학생들이 주최한 음악회에서 '아우버(Auber)의 포르티치의 음소거(La Muette de Portici) 서곡'을 연주해서 관객들의 환호를 받았대요.

스메따나는 어린 시절을 부유한 환경 속에서 보냈어요. 그는 사냥을 즐겼던 것으로 알려지는데 그런 취미는 귀족들이나 부유한 사람들만이 즐길 수 있는 오락이었고 그것은 그의 아버지가 성공한 사업가였다는 것을 보여주죠. 당시 체코인들은 오스트리아–헝가리 제국의 국민으로서 독립된 민족

국가를 이루지 못하고 살았어요. 스메따나는 체코인이었지만 오스트리아-헝가리 제국의 국민이었고 어른이 될 때까지 체코어를 하지 못했어요. 19세기에 유럽에서 민족주의 운동이 일어나게 되고 그 영향이 체코인들에게까지 미치게 되면서 스메따나는 뒤늦게 체코인으로서 자신의 정체성을 확립하기 시작했죠. 이러한 자각이 자신의 작품 세계의 성격을 만들어 나갔던 거예요. 어쨌든 이야기를 계속해 보죠.

인드르지후브 흐라데쯔(Jindřichův Hradec)에서 초등학교를 졸업한 스메따나는 이흘라바(Jihlava), 녜메쯔끼 브로드(Německý Brod) 등지에서 공부를 하다가 1839년 프라하에 오게 되었고 1840년 봄에 프란쯔 리스트(Franz Liszt)의 콘서트를 보게 돼요. 당시 스메따나는 음악에 상당히 심취해 있었기 때문에 학업을 등한시했고 결국은 학교를 그만두게 되는데 이 일로 아버지와 상당한 마찰을 빚었죠. 그도 그럴 것이 든든한 사업체를 운영하고 있었던 아버지의 입장에서 볼 때 아들의 선택은 무모하게 보일 수밖에 없었고 자신도 음악을 사랑하는 사람이었지만 그것을 위해 학업까지 포기하는 것이 납득되지 않았던 거예요.

결국 스메따나는 프라하가 아닌 쁠젠(Plzeň)에서 다시 학업을 진행해요. 쁠젠에서 역시 음악활동에 심취했었고 여기서 피아니스트로서 또 작곡가로서 명성을 조금씩 쌓게 되죠. 그는 이곳에서 처음으로 오케스트라를 위한 작품을 쓰기도 했는데 이때 그가 쓴 일기에 보면 이러한 문구가 있어요.

스메따나는 1849년 '까떼르지나 꼴라르죠바(Kateřina Kolářová)'라는 여성과 결혼을 해서 딸 넷 – 브리엘라, 베드르지슈까, 까떼르지나, 조피를 낳았는데 그 중 셋이 먼저 세상을 떠났고 막내딸인 조피만이 생존했죠. 세 딸의 죽음이 모두 비극이었지만 그중에서도 특히 음악적 재능이 가장 뛰어났던 첫째 딸 베드르지슈까의 죽음은 스메따나에게 큰 아픔을 주었고 그 죽음을 슬퍼하며 만든 작품이 「피아노 3중주 G단조」예요.

스메따나는 또 스웨덴의 예테보리에서 오랫동안 활동했는데 그곳에서 피아니스트로서 또 지휘자로 자리를 잡게 되고 예술적인 면에서나 사회적인 면에서 인정받는 음악가가 돼요. 하지만 개인적으로 매우 힘든 경험을 또 한 번 하게 되는데 그건 폐결핵을 앓고 있던 그의 아내 까떼르지나가 북유럽의 혹독한 추위를 견디지 못하고 병을 치료하기 위해 프라하로 돌아오던 중 드레스덴에서 세상을 떠난 것이었어요. 스메따나의 현악 4중주 작품 「나의 삶으로부터(Z mého života)」는 세상을 먼저 떠난 첫 번째 아내를 기억하며 만든 작품이죠.

1860년대에 들어서 체코는 새로운 시대적 변화를 겪게 돼요. 스메따나는 자신의 이상을 고향인 체코에서 펼쳐 보일 수 있다는 가능성을 보고 1861년 다시 체코로 돌아오죠. 그는 작곡가이자 지휘자, 프라하 음악원의 원장, 예술인 협회의 음악 분과장으로서 체코 음악의 발전을 위해 헌신적인 노력을 기울여요.

체코인들에게는 익숙하지 않았던 장르인 오페라로 체코의 정체성이 담긴 작품들을 만들 수 있을 것이라는 가능성을 본 스메따나는 「체코의 브란덴부르크인들(Braniboři v Čechách)」, 「팔려간 신부(Prodaná Nevěsta)」 등의 작품으로 큰 성공을 거두며 체코 음악계의 중추적인 역할을 하게 돼요.

체코의 전설을 소재로 한 또 하나의 작품 「리부셰(Libuše)」는 스메따나가 민족극장 개관기념 공연으로 준비한 작품으로 작품이 완성된 후 9년 동안이나 이 행사를 위해 아껴두었던 작품이에요. 지금도 프라하 민족극장의 주요 공연 레퍼토리로 공연되는 작품이죠.

그런데 1881년 6월 11일로 예정되어 있었던 민족극장의 개관기념행사는 행사를 얼마 앞두고 일어난 화재로 기약 없이 연기되게 돼요. 체코인들의 헌신적인 모금으로 다시 개관되기까지는 약 2년 반이라는 시간을 더 기다려야 했죠. 민족극장의 건립 기금 마련을 위해 스메따나는 악화된 건강에도 불구하고 콘서트를 열었고 1883년 11월 18일 그가 그토록 원했던 그 행사의 오픈 공연으로 오페라 리부셰가 초연되는 것을 볼 수 있었어요.

나의 조국(Má Vlast)

자, 이제 「나의 조국」에 대해 이야기해 볼까요? 총 여섯 개의 악장으로 구성되어 있어 있는 교향시 「나의 조국」은 체코인인 스메따나가 그 자신의 고향인 체코의 유적, 자연, 도시 등을 하나하나 주제로 삼아 작곡한 서사시예요. 그 선율 속에는 체코의 역사와 전설, 풍경이 녹아 있죠.

스메따나가 자신의 고향을 소재로 한 교향곡을 작곡한 이유는 뭘까요? 스메따나가 살던 시대에 체코가 처해 있던 상황, 스메따나가 생각했던 민족의 독립, 그리고 여섯 개의 악장 하나하나가 지니고 있는 배경을 이해한다면 교향시 「나의 조국」이 체코인들에게 얼마나 큰 의미를 지니는지 짐작할 수 있을 거예요.

그가 살았던 시대인 19세기는 체코 민족에게 매우 중요한 변화를 가져다 준 시대예요. 오스트리아의 지배로부터 체코 민족의 정체성을 찾고 그에 따른 민족운동이 곳곳에서 진행되고 있던 시대, 민족박물관의 건립을 추진했고 민족 언어인 체코어를 정립하고자 노력했던 시대, 오스트리아 정부에 체코의 자치권을 요구하며 독립을 성취하려 했던 시대가 바로 1800년대였어요.

스메따나는 나이가 서른이 넘도록 체코어를 잘하지 못했어요. 당시 체코는 오스트리아 제국의 일부였고 모든 공교육은 독일어로 이루어졌죠.

유복한 환경 속에서 자란 스메따나 역시 독일어로 교육을 받았고 그것은 당시 체코인들에게 당연하고 보편적인 것이었어요. 하지만 성인이 되어 가면서 그는 스스로 체코인이라는 정체성을 갖게 됐고 그의 작품들 속에도 이러한 의식이 반영되어 나타나기 시작했죠. 1861년에 쓴 어떤 편지를 보면 그가 자신의 민족에 대한 애정이 얼마나 애틋했는지 짐작할 수 있어요.

자, 한번 읽어볼게요.

"무엇보다 먼저 제 편지에서 당신이 쉽게 발견할 수 있을 모든 문법과 철자의 틀린 부분들에 대해 먼저 사과를 드립니다. 왜냐하면 저는 불행히도 지금껏 제 모국어를 완벽하게 구사할 수 있는 교육을 받을 기회가 없었기 때문입니다. 저는 어릴 때부터 학교나 사회에서 독일어로 교육을 받았고 학생일 때는 제게 강요된 것 외의 다른 어떤 것을 배우려는 노력을 하지 않았습니다.

그리고 그 후에는 음악에 모든 노력과 시간을 들여 전념했기 때문에 부끄럽게도 지금 저는 체코어로 충분한 표현을 하지 못하고 올바르게 쓰지 못한다는 것을 고백할 수밖에 없습니다. 하지만 이러한 부끄러움은 저에게만이 아니라 우리들의 학교에도 해당되는 것입니다.

그럼에도 저는 제가 육체와 정신적인 면에서 체코인이라는 것과 그 영광스러운 사실에 자긍심을 느끼고 있다는 것을 반복해서 강하게 말씀드려야 할 필요가 있습니다. 그렇기 때문에 불완전하긴 하지만 당신에게 저의 모국어로 대답 드리는 것이 부끄럽지 않으며 저에게 있어 제 고향은 다른 어떤 것보다도 더 의미 있다는 것을 보여드리는 것이 기쁠 뿐입니다."

그의 대표작인 「나의 조국」은 그의 생애 말년에 작곡되었어요. 스메따나가의 오페라 〈리부셰〉에서 리부셰라는 인물은 체코의 전설 속에 나오는 여자 족장의 이름이에요. 프라하라는 도시를 만든 인물로 알려져 있고 체코 민족의 어머니로 여겨지는 사람이죠. 스메따나는 1871년에 이 작품을 작곡할 때부터 자신의 고향을 주제로 한 교향시를 작곡하겠다는 구상을 하고 있었어요. 「나의 조국」의 1악장인 비셰흐라드는 리부셰의 전설과 연관이 있는 곳이고 「나의 조국」 1악장 '비셰흐라드'의 모티브가 된 것이 오페라 리부셰죠.

스메따나는 교향시의 첫 두 악장인 비셰흐라드와 블따바를 19일 만에 작곡했다고 해요. 하지만 교향시 전 곡을 완성시키는 데는 그 후로도 몇 년이 더 필요했죠. 또한 그는 1874년부터 점점 청력을 상실해 가기 시작했고 3악장 샤르까부터는 아무 소리도 듣지 못하는 상태가 되었다고 해요.

'비셰흐라드'라는 이름을 대략 번역을 하자면 '높은 성' 정도가 될 거예요. 이곳은 체코의 전설 속에 나오는 족장들이 거주했었다는 전설을 가진 성채죠. 리부셰가 보헤미아 왕국 첫 왕조의 시조가 되는 프르제미슬을 만나 남편으로 삼았던 곳. 그리고 그 성채 아래의 블따바 강변에서 프라하의 영광을 예언했던 장소가 바로 이곳 비셰흐라드예요.

지금도 비셰흐라드에는 웅장한 성채의 흔적이 남아 있고 '성 베드로와 바울 성당'이라는 신고딕 양식의 성당이 세워져 있죠. 그뿐 아니라 프라하에서 가장 오래된 성당 중의 하나인 '성 마르띤 로툰다'도 남아 있어요. 프라하 성과는 다르게 이곳은 숲이 우거진 조용한 공원 같은 곳이죠.

「나의 조국」의 1악장 비셰흐라드는 감미로운 하프 소리로 시작돼요. 리부셰의 이야기를 알고 있던 스메따나는 리부셰의 옛 전설을 떠올리면서 조용한 하프 소리로 그 시작을 묘사했던 것 같아요. 실제로 그는 이 곡을 쓸 때 리부셰의 전설, 위엄을 갖춘 왕의 행렬, 은빛 갑옷을 번쩍이며 검술을 연습하는 기사들, 성의 몰락과 재건 등등의 장면을 머릿속에 그렸다는군요.

2악장 '블따바'는 유명한 곡이죠. 강의 상류에서 작은 두 개의 물줄기가 냇물이 되어 만나고 이 물이 점점 큰 강이 되서 체코의 평야를 흐르는 모습, 물의 요정들이 뛰놀고 결혼식이 열리는 마을을 지나는 강줄기, 그리고 비셰흐라드 성 아래를 지나 라베 강과 만나는 장면들이 이 곡 속에 표현되어 있어요.

외국에서 녹음된 「나의 조국」 교향시의 어떤 것들은 이 곡의 제목을 「몰다우」라고 적어 놓았는데 곡의 원제는 「블따바」예요. 서구 유럽인들이 블따바 강을 몰다우라고 부르기 때문에 우리도 이 곡을 몰다우라는 이름으로 알고 있는데 체코인들에게 이 강의 이름은 몰다우가 아닌 블따바고 스메따나 역시 블따바라는 이름으로 이 곡을 작곡했으니까 우리도 당연히 블따바라고 불러야겠죠.

이 곡의 마지막 부분에 1악장 비셰흐라드의 멜로디가 삽입되어 있는데 분명히 비셰흐라드 아래를 지나는 블따바 강의 모습을 표현한 부분일 거예요. 이러한 디테일을 알고 있다면 이 곡을 작곡한 스메따나의 의도를 좀 더 잘 이해할 수 있겠죠?

3악장의 제목은 '샤르까'예요. 샤르까는 체코의 전설 속에 등장하는 한 여자의 이름이죠. 샤르까의 전설은 이래요. 여자 족장 리부셰가 죽은 후에 여자들의 입지가 크게 약화돼서 여자들은 남자들의 종노릇을 하며 억압받는 생활을 하게 됐대요. 용맹스런 여자 전사들의 군대를 이끌던 블라스따라는 여자가 있었는데 블라스따는 이 여자 군대를 이끌고 남자를 상대로 한 전쟁을 일으켰다는군요.

많은 여성들이 이에 동참했고 남자들은 여자들의 적이 되어 서로 죽고 죽이는 비극적인 상황이 벌어졌어요. 블라스따는 젊은 기사였던 쯔띠라드를 증오하고 있었는데 그를 죽이기 위해 계략을 꾸미게 되죠. 그 계략은 아름다운 한 여인을 나무에 묶어놓고 기사 쯔띠라드를 유인하는 것이었어요.

이 아름다운 여인이 샤르까였어요. 아름다운 샤르까를 보고 불쌍하다고 생각한 쯔띠라드는 샤르까를 풀어주죠. 그러자 샤르까는 감사의 뜻으로 쯔띠라드와 그의 병사들에게 술을 대접해 주었고 병사들은 그녀의 의도대로 술에 취해 잠들어 버려요. 그리고 나서 샤르까는 쯔띠라드에게 나팔을 불어 달라고 부탁을 하죠. 나팔소리를 듣고 달려온 여전사들이 마침내 쯔띠라드와 그의 병사들을 죽였다는군요.

이 특이한 전설을 제3악장의 테마로 삼은 스메따나의 의도가 뭘까요?

이미 그는 그의 전 작품인 달리보르와 리부셰에서 체코인들의 영웅적인 이야기와 그들의 정체성을 묘사한 바 있죠. 약자들이었던 여성들이 남성을 상대로 한 전쟁을 벌였다는 이이야기가 당시 오스트리아에 저항하던 체코인들의 마음에 와닿은 게 아니었을까 짐작해 보게 되네요.

4악장 '체코의 들과 숲으로부터(Z českých luhů a hájů)'는 블따바와 마찬가지로 체코의 자연을 노래한 곡이에요. 이 곡은 체코의 들판과 숲의 아름다움을 묘사하고 있는데 대 자연의 푸르름 속에서 자유롭게 춤추고 뛰노는 체코 사람들을 연상하면서 썼다는군요. 스메따나는 이 곡에서 의도적으로 엇갈리는 음조를 이용해서 다소 산만한 멜로디로 구성했다고 해요.

5악장 '따보르(Tábor)'는 도시의 이름이에요. 체코가 낳은 종교개혁가 얀 후스가 교황청에 의해 처형된 뒤 그의 사상을 따랐던 많은 사람들이 가톨릭를 상대로 한 전쟁을 일으키게 되는데 그 때 새로운 세상을 꿈꾸며 성서적인 공동체를 만들고자 했던 후스교도들이 세운 도시가 따보르죠. 이 따보르라는 도시는 후스파에게 있어 신앙적 중심지였고 정의와 평등의 꿈을 실현시켜 줄 희망의 상징이었어요.

따보르에 모여들었던 사람들은 주로 가난한 농민들이었고 이들은 사회로부터 천대받는 체코인들이었어요. 당시 중세 보헤미아는 체코어를 구사하는 사람들이 주류였던 사회가 아니었죠. 고급언어인 라틴어를 이해하지 못했던 보통 사람들, 체코어밖에 할 줄 몰랐던 가난한 농민들, 도시빈민들은 공동체의 일원으로 받아들여지지 못했어요.

후스가 일반인들을 상대로 체코어 설교를 했다는 것은 당시로서는 상당히 중요한 의미를 지니는 것이었어요. 그것은 소외당했던 계층에 대한 배려와 애정을 드러내는 행위로 권력자들의 손아귀에 있었던 종교를 해방시키겠다는 강한 의지의 표현이었죠. 체코 민족의 독립을 염원했던 스메타나가 이 따보르라는 도시를 소재로 삼은 것은 이 도시가 지니는 이러한 의미 때문이었을 거예요.

「나의 조국」 마지막 악장인 '블라닉(Blaník)'은 체코의 산을 소재로 한 곡이에요. 프라하와 따보르의 중간쯤 위치한 이 산은 체코의 전사들이 잠들어 있다고 알려진 곳이죠. 체코 민족이 위기에 처해 있을 때 이 전사들이 깨어나 민족을 위기로부터 구해준다는 전설을 가진 이곳은 체코인들에 있어서는 희망과 믿음을 주는 성스러운 장소예요.

스메따나는 이곡의 모티브도 5악장 '따보르'의 그것처럼 후스파 전사들의 노래였던 「너 하나님의 전사여」에서 따왔다고 해요. 교향시 「나의 조국」의 대미를 장식하는 이 곡은 체코 민족의 위대한 미래를 상징하는 장엄하고 희망적인 멜로디로 구성되어 있고 이전까지의 각 악장의 주제들이 하나로 어우러져 전 곡이 하나의 완결된 작품으로 완성되죠.

1882년 11월 5일, 「나의 조국」 전곡이 처음 연주되었을 때 체코인들이 느꼈던 감정은 어땠을까요? 교향시 「나의 조국」은 음악적 예술성만으로는 이해될 수 없는 작품이에요. 그가 살았던 시대, 그가 느꼈던 슬픔과 희망, 그가 원했던 민족의 독립, 이러한 것들을 이해할 수 있다면 이 작품이 주는 감동을 몇 배는 더 진하게 느낄 수 있겠죠.

현재 프라하의 시민의 집 건물 내에는 객석규모 1,500석 정도 되는 아름다운 아르누보 스타일의 콘서트홀이 있어요. 그 홀의 이름이 '스메따나 홀'이고 매년 5월 12일, 스메따나의 기일이 되면 그의 작품 「나의 조국」이 연주되면서 '프라하의 봄 국제 음악제'가 시작되죠.

　1946년 제2차 세계대전이 끝나고 체코가 나찌 독일로부터 해방된 후 체코인들은 그들의 해방을 '프라하의 봄(Pražské Jaro)'이라는 음악제로 축하했어요. 이 축제는 지금까지 이어져오고 있는데 음악제의 첫날 저녁 공연에 연주되는 곡은 언제나 스메따나의 「나의 조국」이에요. 그들의 민족적인 위기를 극복한 뒤에 그 기쁨과 희망을 축하하고자 했을 때 그에 가장 잘 어울리는 곡이 「나의 조국」이었다는 건 너무 당연했겠죠.

　까렐 다리 옆, 프라하 성과 블따바 강의 전경이 가장 아름답게 보이는 강변에 스메따나 박물관이 있어요. 스메따나의 삶의 흔적이 남아 있는 박물관에는 그가 사용했던 피아노와 악보들, 지휘봉, 사진과 공연 포스터 등이 전시되어 있죠.

까렐 다리 옆 블따바 강변에 있는 스메따나 박물관

4

모짜르트
(Mozart)

모짜르트

모짜르트와 프라하

영화 〈아마데우스〉 보셨죠? 그 영화와 프라하는 아주 깊은 관계가 있

어요. 먼저 모짜르트는 살아 있을 때 프라하에서 가장 사랑받았던 음악

가였다는 점이고 두 번째는 실제로 그 영화가 프라하에서 촬영되었다는 거, 그리고 마지막으로 그 영화를 만든 밀로쉬 포르만(Miloš Forman) 감독이 체코 사람이라는 거죠.

모짜르트는 1756년 짤스부르크에서 태어난 오스트리아 사람으로 체코인은 아니에요. 하지만 모짜르트에게 열광했던 건 체코 사람들이었어요. 사실 그가 체코에 머물렀던 기간은 그리 길지 않지만 체코인들은 모짜르트가 잠시 살았던 집이며 그가 오르간을 연주했던 성당, 극장들에 그를 기념하는 기록들을 정성스럽게 만들어 놓고 그에 대한 변함없는 사랑을 드러내고 있어요.

프라하 스미호프(Smichov)에는 그가 살았던 집인 베르뜨람까(Bertramka)가 있어서 현재 모짜르트 기념관으로 사용되고 있고 유서 깊은 수도원인 스뜨라호프(Strahov) 수도원에는 그가 연주했던 오르간이 있다는 것을 수도원의 역사와 함께 동판에 기록해 놓았어요. 그가 죽었을 때 소지구의 성 미꿀라쉬 성당에서 대규모의 추모 미사가 열렸었다는 건 이미 말씀드렸고요.

베르뜨람까

그런데 좀 이상하지 않아요? 모짜르트는 전 세계적으로 많은 사랑을 받는 음악가이기 때문에 체코인들도 얼마든지 그를 좋아할 수 있죠. 하지만 독일이나 오스트리아에 별로 좋은 감정을 가지고 있지 않은 이곳 체코에서 이토록 이상하리만큼 열렬한 애정공세를 받고 있는 이유는 뭘까요? 그 이유를 말씀드릴게요.

모짜르트의 3대 오페라인 〈휘가로의 결혼〉, 〈돈 지오반니〉, 〈마술피리〉 중에서 〈돈 지오반니〉는 프라하와 떼어 놓고는 생각할 수 없는 가장 '프라하스러운' 작품이라고 이야기할 수 있을 거예요. 〈돈 지오반니〉의 모체가 되었던 〈휘가로의 결혼〉이 오스트리아 빈의 부르크 극장에서 1786년 5월 1일 초연된 후에 그 내용을 못마땅하게 여기던 빈의 귀족들에 의해 상연 금지되었다는 것은 이미 잘 알려진 사실이죠.

그가 이 작품을 작곡하고 있다는 사실을 알게 된 후 그 경망스럽고 도전적인 내용이 오페라로 만들어지는 것을 반대하던 궁정 음악가들과 황제 요젭 2세를 모짜르트가 설득하는 장면이 영화 아마데우스 속에도 잘 표현되어 있는데 그 훌륭한 음악에도 불구하고 공연이 금지되었을 때 모짜르트가 얼마나 실망했을지는 어렵지 않게 추측할 수 있어요.

풍자와 유머를 감당해 내지 못하는 빈의 꽉 막힌 분위기에 실망한 모짜르트는 이듬해 겨울인 1787년 1월에 자신의 음악을 이해해 줄 수 있으리라 기대했던 프라하에서 이 공연을 다시 한 번 올리게 되는데 그가 기대했던 것처럼 프라하의 관객들은 빈에서와는 다르게 그 신선한 작품에 열광했어요. 그리고 모짜르트는 그해 가을에 다시 프라하를 찾아와서 그의 음악을 이해해 주고 사랑해 주는 프라하의 관객들을 위해 잊을 수 없는 선물을 선사하게 되죠. 1787년 10월 29일 프라하의 스따보브스께 극장(Stavovské divadlo)에서 〈돈 지오반니(Don Giovanni)〉라는 새 작품의 역사적인 초연을 하게 된 거예요. 그가 직접 지휘했던 그 공연에 프라하의 관객들은 너무도 즐거워했고 아낌없는 갈채를 보내줬어요. 모짜르트의 걸작 〈돈 지오반니〉는 이렇게 성공적으로 프라하와 인연을 맺게 된 거죠.

당시 프라하는 빈과 다르게 아주 개방적인 분위기 속에서 예술가들이 활동할 수 있는 활기찬 도시였어요. 물론 지금처럼 프라하라는 도시가 체코어를 사용하는 체코인들이 주류를 이루었던 도시는 아니었고 당시 지배계층은 빈과 마찬가지로 독일어를 쓰는 오스트리아인들이었지만 농담을 좋아하고 낙천적인 다수의 체코인들이 사는 도시였기 때문에 예술 작품을 바라보는 사회적인 분위기가 사뭇 달랐던 거죠.

바람둥이 귀족이 이 여자 저 여자를 건드리다가 자기 하인에게까지 체면을 구기고 복수를 당해 결국 지옥으로 끌려간다는 이야기를 보면서 프라하의 체코인들은 모짜르트가 당시 지배계급을 대변하는 근엄한 음악가가 아니라 자신들과 같이 높은 양반들을 비웃으며 뒤에서 낄낄거릴 수 있는 친구 같은 사람이라고 생각했던 것 같아요.

〈돈 지오반니〉가 초연된 다음 날 프라하 사람들이 거리에서 〈돈 지오반니〉의 아리아를 흥얼거리는 것을 모짜르트가 들을 수 있었다고 이야기할 정도로 이 작품은 프라하 사람들에게 큰 인기를 끌었죠.

스따보브스께 극장

〈돈 지오반니〉가 초연됐던 스따보브스께 극장은 지금도 그 당시의 모습을 그대로 간직한 채로 프라하의 구도시에 남아 있어요. 지금도 프라하의 대표적인 극장 중 하나로 연극과 오페라, 발레, 콘서트를 끊임없이 상연하는 이 극장에는 모짜르트를 기념하는 동판이 건물 모퉁이에 걸려있죠. 지금도 여름이면 〈돈 지오반니〉를 공연하는 이 극장은 실제로 영화 아마데우스가 촬영된 장소였고 프라하 민족극장과 더불어 체코 국립극단의 주공연장으로 쓰이는 곳이기도 해요. 동판에 새겨진 글귀는 이래요.

1787년 1월 이 극장에서 자신의 기념비적인 작품인 〈휘가로의 결혼〉이 성공적으로 공연되는 것을 보았다. 이곳에서 자신의 오페라 〈돈 지오반니〉의 세계 초연을 1787년 10월 29일 지휘했다. 그리고 라 클레멘자 디 티토를 1791년 9월 6일 프라하를 위해 작곡했다.
그는 체코의 환경 속에서 행복해했다. 그의 오케스트라가 프라하에 있으며 프라하 사람들이 그를 이해하고 있노라고 고백했다.

인형극 〈돈 지오반니〉

인형극 〈돈 지오반니〉의 한 장면

　프라하 거리에서 볼 수 있는 각종 공연 포스터들 중 가장 눈에 많이 띄는 것 중의 하나가 인형극 〈돈 지오반니〉의 공연 포스터예요. 체코 민족 인형극단이 공연하는 이 작품은 1991년 초연을 한 뒤 지금까지 3,000회 이상 공연하고 있는 체코의 대표적인 작품이죠. 우리는 인형극이라고 할 때 흔히 어린 아이들이나 보는 눈요깃거리라고 생각하지만 체코인들에게 있어서 인형극은 일반 드라마나 오페라, 뮤지컬 등과 같은 엄연한 공연예술의 한 장르로서 어린이들 뿐 아니라 어른들도 충분히 느끼고 감상할 수 있는 예술의 한 형식이에요.

　최근 들어 한국인 관광객들 사이에선 인형극 〈돈 지오반니〉를 봐야 진정한 프라하 관광을 한 거라고 이야기될 만큼 이 공연은 프라하의 대표적인 문화상품이죠.

다만 조금 안타까운 것은 유머가 넘치고 재미난 상상력으로 가득 찬 이 공연을 대부분의 한국인들이 제대로 즐기지 못하고 있다는 건데 그 가장 큰 이유는 아무래도 〈돈 지오반니〉의 내용을 모르는 상태에서 이 공연을 보기 때문일 거예요.

기본적으로 이 공연은 인형들이 연기하는 〈돈 지오반니〉라고 생각하면 돼요. 물론 인형들이 노래를 하는 것은 아니고 〈돈 지오반니〉 공연의 CD를 틀어놓고 인형들이 립싱크를 하는 거지만 제한된 신체조건에도 불구하고 웬만한 인간들의 연기력을 뛰어 넘는 마리오네뜨들의 환상적인 연기를 보고 있노라면 사람들이 하는 오페라 공연에서는 느낄 수 없는 독특한 재미를 느낄 수 있죠. 사실 저는 개인적으로 이 공연을 수도 없이 볼 수 있는 행운을 누렸는데 이 인형극을 보다가 실제 오페라를 보면 오히려 오페라 배우들의 캐릭터나 연기력보다 이 인형들이 훨씬 더 극중 인물을 잘 묘사하고 있는 것 같고 연기력도 뛰어나다는 느낌을 갖게 돼요.

그럼 〈돈 지오반니〉의 내용에 대한 간단한 설명을 드릴게요.

오페라 〈돈 지오반니〉의 기본적인 내용이야 인터넷을 조금만 뒤지면 쉽게 찾을 수 있을 거예요. 돈 지오반니라는 바람둥이 귀족과 그의 하인 레포렐로, 그의 옛 애인이었던 엘비라, 돈 지오반니에게 욕보이고 아버지조차 잃은 돈나 안나, 돈 지오반니에게 죽음을 당하는 돈나 안나의 아버지이자 유령이 되어 그를 지옥으로 끌고 가는 기사장, 결혼식 날 돈 지오반니의 꾐에 넘어가 신랑을 저버린 시골처녀 체를리나, 결혼식 날 졸지에 신부를 빼앗긴 불쌍한 시골총각 마제토 등등이 이 오페라의 주요 등장인물들이죠.

실제 오페라에서는 볼 수 없는 또 하나의 중요한 인물이 이 인형극에 등장하는데 바로 이 오페라를 작곡한 모짜르트예요. 그는 이 오페라의 지휘자로 막과 막 사이에, 때로는 공연하는 중간에 불쑥불쑥 등장해서 우스꽝스럽고 기괴한 행동을 하고 때론 행패를 부리기도 하면서 오케스트라를 지휘하는데 비록 인형이긴 하지만 이 위대한 예술가가 직접 지휘하는 오페라를 감상한다는 건 대단한 영광이죠.

원작 오페라 〈돈 지오반니〉는 공연 시간만 두 시간이 넘는 긴 작품이지만 인형극 〈돈 지오반니〉는 원작의 중요한 장면들만 발췌해서 1시간 40분 정도로 줄였어요. 하지만 인터미션이 15분 정도 있기 때문에 인형극 〈돈 지오반니〉도 쉬는 시간까지 합하면 두 시간 가량 돼요. 아쉽게도 자막이 나오지 않기 때문에 각 장면의 내용을 모르고 있다면 자칫 공연이 지루하게 느껴질 수도 있으니까 내용을 미리 충분히 숙지하고 가는 게 좋겠죠.

2막으로 구성된 원작과 비교해 봤을 때 인형극의 제1막은 원작의 각 장을 모두 담고 있다는 것을 알 수 있어요. 돈나 안나를 겁탈하려다 그녀의 비명 소리와 함께 밖으로 뛰쳐나온 돈 지오반니, 그를 뒤쫓아 온 기사장의 결투를 받아들이고 결국 그를 죽인 후 하인 레포렐로와 함께 도망가는 장면, 뒤따라 온 애인 오타비오와 함께 복수를 다짐하는 돈나 안나. 오페라 〈돈 지오반니〉는 이렇게 소란스러운 사건으로 시작되죠. 돈 지오반니는 도망가는 와중에서도 한 여자를 만나 수작을 거는데 자신을 배신한 옛 애인을 증오하고 있던 이 여자는 다름 아닌 돈 지오반니의 옛날 애인인 엘비라였어요. 난처한 상황에서 돈 지오반니는 얼렁뚱땅 레포렐로에게 뒤처리를 맡기고 자리를 피하고 하인 레포렐로는 한심한 주인의 못된 행동을 대신 사과하면서 이 가련한 여자를 위로하죠. 이때 레포렐로가 부르는 유명한 아리아가 바로 「카탈로그의 노래」라는 곡이에요. 카탈로그 알죠? 우리가 알고 있는 그 카탈로그가 맞아요. 백화점 상품 같은 것들이 쭉 적혀 있는 그 카탈로그요. 그가 모시는 주인이라는 사람이 얼마나 못된 바람둥이인지 묘사한 이 곡은 돈 지오반니가 사귀었던 각종 다양한 여자의 목록을 쭉 적어놓은 두꺼운 카탈로그의 내용이기 때문에 제목이 카탈로그인 거예요. 오페라에선 대체로 레포렐로가 실제로 두꺼운 책을 들고 나와 내용을 읽는 것으로 장면이 재미없게 묘사되지만 인형극에선 훨씬 강렬하고 기발한 방법으로 이 장면이 표현되고 있으니까 이 부분을 놓치지 말고 감상하세요.

그다음 장면은 오페라와 마찬가지로 마제토와 체를리나의 결혼식 장면이에요. 신랑 마제토를 따돌리는 데 성공한 돈 지오반니는 하객들을 자신의 저택으로 초청한 후에 신부를 유혹하죠. 이 때 부르는 돈 지오반니와 체를리나의 듀엣곡 「라 씨 다렘 라 마노(La ci darem la mano - 저기서 우리

손을 맞잡아요)는 언제 들어도 아름다운, 매우 유명한 곡이죠. 이 곡을 인형들의 멋진 연기와 함께 감상하는 것이 또 하나의 감상 포인트고요. 파티를 준비하며 돈 지오반니와 레포렐로가 부르는 짧은 곡이 또 하나 등장하는데 오페라에선 쉽게 묻혀버릴 수 있는 이 장면을 인형극은 인상 깊게 살려내고 있어요. 바로 돈 지오반니의 올 누드를 감상할 수 있는 목욕 장면인데 비눗방울이 몽글몽글 올라오는 조그만 욕조에서 목욕하는 돈 지오반니와 별로 내키지 않는 듯이 그의 때를 밀어주는 하인 레포렐로가 펼치는 장면도 이 〈돈 지오반니〉의 명장면이죠.

그 이후의 장면들은 오타비오와 돈나 안나, 엘비라가 돈 지오반니의 악행을 알게 되고 그가 돈나 안나를 욕보이고 아버지까지 죽인 범인이라는 것을 알게 된 후 복수의 기회를 엿보는 다소 복잡한 내용이에요. 인형극에서는 이 복잡한 부분이 많이 생략이 되어 있고 마지막에 기사장의 묘비가 서는 장면과 기사장의 석상이 돈 지오반니를 찾아와 지옥으로 끌고 가는 중요한 부분만 묘사되어 있어요.

거대한 석상에게 돈 지오반니가 무자비하게 지옥으로 끌려가는 장면이 일반 오페라에서는 클라이막스지만 이 인형극에서는 이 부분보다 훨씬 더 재미있는 마지막 장면이 공연의 대미를 장식해요. 이 부분을 자세히 이야기하면 스포일러가 될 수 있으니까 이야기하지는 않겠지만 우리들의 상상력을 초월하는 기발한 마무리가 있다는 것 정도만 알아두면 좋을 것 같네요.

지금까지 설명한 부분만 기억하고 공연을 감상한다면 훨씬 더 재미있게 공연을 볼 수 있을 거예요. 사실 우리는 하나의 인형극이 십 년이 넘는 세월 동안 3,000번 넘게 공연을 한다는 것을 쉽게 상상하기 어렵죠. 그런데 인형극의 나라라고 할 수 있는 체코에서는 이런 일이 가능해요. 우리로선 참으로 부러운 일이죠.

체코 민족인형극단의 대표적인 작품 〈돈 지오반니〉는 프라하는 물론 체코의 여러 도시와 유럽의 다른 나라에서도 수십 차례 공연했는데 반갑게도 아시아에서는 최초로 우리나라에서 초연을 했어요. 그래서 극단 관계자들은 한국에 대한 매우 특별하고도 고마운 느낌을 가지고 있죠. 그에 대한 보답인진 모르겠지만 전체 관객의 약 30% 정도를 차지하는 한국 관객들을 위해 특별히 한국어 해설도 붙여 놨으니까 우리나라 사람들도 훨씬 나은 조건에서 공연을 감상할 수 있게 됐어요.

한 가지 유의해야 할 것은 프라하에는 민족인형극단의 〈돈 지오반니〉 외에도 다른 극단에서 하는 소위 짝퉁 〈돈 지오반니〉 인형극이 있다는 사실이에요. 이 공연도 나름 볼 만은 하다고 느끼는 사람이 있겠지만 민족극단의 이 〈돈 지오반니〉와 비교했을 때 수준이 훨씬 못 미치는 것은 사실이니까 예매를 할 때 주의해야 할 거예요.

난 가끔 이런 엉뚱한 상상을 하기도 해요. 모짜르트가 이 인형극을 본다면 어떤 반응을 보일까? 그거야 어느 누구도 정확히 알 수 없는 문제지만 모짜르트와 그의 음악을 잘 이해하고 있는 사람들이라면 모두 비슷한 상상을 하지 않을까 싶어요.

영화 아마데우스와 인형극 〈돈 지오반니〉로 모짜르트와 프라하의 특별한 관계에 대해 얘기해 드렸어요. 프라하가 좀 더 특별하게 느껴지죠? 나중에 한국에 돌아가서도 모짜르트의 음악을 들으면서 프라하의 풍경을 떠올리기 바라요.

5

야로슬라브 하셱(Jaroslav Hašek)과 슈베이크(Švejk)

이번에 소개할 인물은 야로슬라브 하셱(Jaroslav Hašek)이라는 작가예요. 우리에겐 거의 알려져 있지 않은 작가지만 체코인들이라면 누구나 아는 소설가죠. 많은 작품을 남겼지만 세계적으로 알려진 그의 대표 소설이 「훌륭한 병사 슈베이크」인데 이제 작가와 이 작품에 대해서 간단히 소개해 드릴게요.

하셱의 아버지는 알콜중독으로 하셱이 어렸을 때 사망했고 그는 궁핍한 환경 속에서 여러 차례 이사를 다니면서 궁핍하고 힘든 유년시절을 보냈다고 해요. 어렵게 학교를 졸업한 후에는 은행 직원으로도 일했고 잡지사에서도 일하면서 편집장까지 지냈다고 하네요. 제1차 세계대전이 일어났을 때 보병으로 징집돼서 전쟁에도 참여를 했는데 이때의 경험을 바탕으로 쓴 소설이 「세계대전 중 훌륭한 병사 슈베이크의 모험(Osudy dobrého vojáka Švejka za světové války)」이라는 긴 제목의 소설이에요. 하셱은 생전 수많은 작품을 남겼는데 세계인들에게 거의 알려지지 않았고 이 작품이 유일하게 명성을 얻은 작품이죠.

맥주집 우 깔리하 − 슈베이크를 기념하는 그림이 붙어 있다.

훌륭한 병사 슈베이크

훌륭한 병사 슈베이크는 하셱을 설명할 때 빼놓을 수 없는 작가의 분
신 같은 작품이에요. 주인공 슈베이크는 순진한 듯 하면서도 희한한 말
과 행동으로 상대방을 난감하게 만드는 재주를 가진 체코인 개장수였는
데 1차대전이 발발하자 순진하고 바보스러운 애국심(**당시 체코는 독립국이 아니
었고 오스트리아 제국의 한 부분이었음**)을 드러내면서 전쟁에 참가해요. 우여곡절
끝에 부대를 찾아가서 전투에 참여하려고 하지만 의도치 않게 사고를 치

면서 사람들을 곤경에 빠뜨리죠. 세계대전이 벌어지는 상황에서 여러 지역들을 돌아다니면서 의도치 않게 여행을 하게 되는데 그 에피소드들을 엮은 것이 이 소설의 내용이에요. 전쟁이라는 시대적 배경을 소재로 다루고 있지만 무겁거나 우울한 내용의 이야기는 아니에요. 오히려 독특한 뇌 구조를 가진 슈베이크의 말과 행동은 독자들에게 웃음을 선사하죠.

이야기도 꾸며낸 이야기가 아니라 실제로 작가 하셱이 1차대전에 참가했을 때 겪었던 일들을 소재로 했으니 당시 세계대전이라는 상황을 만났던 체코인들의 상황을 충분히 엿볼 수 있어요.

소설의 첫 부분에 슈베이크가 집 근처 맥주집을 찾아가서 맥주도 마시고 가게 주인, 주변 손님들하고 이야기하다가 사복경찰에게 연행되는 장면이 나오는데 그 맥주집은 실제로 프라하 2구역에 있는 '우 깔리하(U Kalicha)'라는 가게예요. 배경 장소뿐만 아니라 등장인물들도 실제 존재했던 사람들이죠. 소설이라고는 하지만 실제로 작가가 경험했던 사건들, 만났던 인물들의 이야기로 꾸며져 있으니 어느 정도는 작가의 경험담이라는 성격이 배어 있는 작품이라고 할 수 있어요.

주인공 슈베이크가 돌아다녔던 모든 장소를 가 볼 수는 없겠지만 슈베이크의 단골 맥주집 우 깔리하는 바쯜라프 광장에서도 멀리 떨어져 있지 않은 가까운 곳이니 문학에 관심 있는 분들이라면 한번 가보는 것도 좋을 것 같네요.

6

안또닌 드보르작
(Antonín Dvořák)

콘서트 홀 루돌피눔과 그 앞에 세워진 드보르작의 동상

　　드보르작은 1841년 프라하의 근교 넬라호제베스(Nelahozeves)라는 마을
에서 태어났어요. 어릴적부터 바이올린을 배웠는데 대부분의 음악가들

이 그랬듯이 10대 때 이미 작곡을 할 만큼 재능을 보였다는군요. 이후엔 오르간을 배워 교회에서 연주자 활동도 했고요. 학교를 졸업한 후 이곳 저곳에서 연주자로 활동을 했고 작곡도 했는데 생활은 늘 궁핍했다고 해요. 예술가들을 지원하는 여러 프로그램을 통해 최소한의 지원을 받으면서 근근이 음악 활동을 이어나갔다네요.

드보르작이 존경했던 음악가는 브람스였어요. 드보르작은 현악 4중주 9번 D단조를 작곡해서 브람스에게 헌정하기도 했고 브람스는 드보르작의 작품들이 출판될 수 있도록 도움을 줬죠. 출판의 힘으로 도움을 받은 드보르작은 그후 여러 곳으로부터 작곡 의뢰를 받게 돼요. 이 시기에 작곡된 드보르작의 대표작품 '슬라브 무곡(Slovanské tance)'은 비평가들에게 좋은 평가를 받았고 대중들로부터도 큰 인기를 끌었죠.

드보르작의 인기는 점점 국제적으로도 커졌고 러시아, 영국 등에서 지휘자, 교수 등으로 일자리를 제안받게 돼요. 가장 큰 성공은 1892년 뉴욕에 있는 국립 음악원의 원장직을 제안받은 거죠. 1895년까지 미국에서 활동하면서 작품도 여럿 남겼는데 그중 가장 대표적인 작품은 교향곡 9번 「신세계로부터」일 거예요. 우리는 「신세계 교향곡」이라고 알고 있는데 정확한 번역은 '신세계로부터(Z Nového světa)'죠. 이 번역에 대해 이야기하는 이유는 '신세계 교향곡'이라고 했을 때 자칫 이 곡이 신세계인 미국을 표현한 작품으로만 오해될 수 있기 때문이에요. 이 작품은 신세계인 미국에서 드보르작이 자신의 고향 체코를 그리워하는 감정, 미국에서 받았던 인상 등을 담은 작품이죠. 비슷하지만 조금은 다른 느낌이죠?

체코를 여행한다고 해서 드보르작의 전 생애를 다 알 필요는 없겠지만 체코를 대표하는 이 음악가의 대략적인 삶이나 대표작품 정도는 알아두고 가면 좋을 거예요. 까렐 다리의 북쪽 옆에는 마네스 다리(마네수브 모스뜨—Mánesův most)가 있는데 그 앞 얀 빨라흐 광장(남몌스띠 야나 빨라하—Náměstí Jana Palacha)에는 콘서트 홀인 루돌피눔(Rudolfinum)이 있어요. 그 앞에 드보르작의 동상이 서 있죠. 클래식 음악을 좋아하는 분들이라면 그냥 지나칠 수 없겠죠? 프라하 성 쪽에서 까렐 다리를 건너왔다면 구도시 광장으로 바로 들어가기 전에 방향을 살짝 바꿔서 이곳 루돌피눔을 보고 가는 것도 괜찮을 거예요. 콘서트 티켓을 구입해서 저녁에 공연을 본다면 더 좋을 거고요.

7

바쯜라브 하벨 대통령
(Václav Havel)

바쯜라프 하벨 대통령

　바쯜라프 하벨은 1989년부터 체코슬로바키아가 체코와 슬로바키아 두
나라로 나뉘기 전까지인 1992년까지 체코슬로바키아의 마지막 대통령

을, 1993년부터 2003년 2월 2일까지 현 체코 공화국의 초대 대통령을 지낸 분이에요.

집안이 부르주아였기 때문에 공산주의 정권 치하에서는 사회활동에 제약을 받았지만 1968년 프라하의 봄 민주화 운동에 참여했고 1989년에 있었던 벨벳혁명—체코어로는 싸메또바 레볼루쩨(sametová revoluce)라고 하는—때는 시민포럼 정당의 대표로서 체코슬로바키아의 비 공산당 출신 첫 번째 대통령이 되었던 분이죠.

하벨은 인문학적 관심이 많은 학생이었지만 당시 부르주아 집안의 학생들은 인문학 계열 학과에 진학할 수 없었기 때문에 체코 공대 경제학부에 입학을 했어요. 하지만 아무래도 적성에 맞지 않았는지 2학년 때 학교를 그만뒀죠. 군복무를 마친 후에 프라하에 있는 ABC 극장과 나 자브라들리(Na zábradli) 극장에서 무대 기술자로 일했어요. 그리고 프라하 공연예술 대학의 연극학부에 진학해서 연극 공부를 했고요. 1963년에 자신의 첫 작품을 써서 공연했는데 이 작품이 지금까지도 하벨의 대표작으로 꼽히는 걸작이었어요.

자흐라드니 슬라브노스뜨(Zahradní slavnost), 즉 「가든파티」라는 작품이죠. 체코 중산층 가정의 이야기를 소재로 한 이 작품은 당시 공산정권의 보조리함을 은근히 비꼬는 문제작이었어요. 이 작품은 국제적으로도 알려져 찬사를 받으면서 하벨은 극작가로서의 명성을 얻게 돼요. 1968년 그의 또 다른 작품인 「비로주메니(Vyrozumění—사전통고, 신고)」가 미국 뉴욕에도 초청돼서 공연되었어요. 이후 하벨의 작품은 체코슬로바키아 내에서 공연되는 것이 금지됐고 하벨 역시 더 이상 작품 활동을 하기 힘들어졌죠. 68년 프라하의 봄 민주화 운동은 하벨이 정치적 지도자로 성장하는 계기가 됐어요. 프라하의 봄 이후 하벨은 기득권 정치세력들로부터 핍박을 받던 많은 사람들을 변호하고 구명하는 것에 앞장섰거든요. 동시에 작품과 에세이를 통해 정권의 부당함을 끊임없이 고발했고요. 그의 반정부 활동으로 인해 1979년부터 1983년까지 장기간 투옥되기도 했어요.

하지만 1989년에 벨벳혁명이 일어났고 그후 12월29일에 체코슬로바키아 의회의 만장일치로 대통령에 선출됐죠. 1992년 체코와 슬로바키아의 정치적 긴장 관계 속에서 체코슬로바키아는 두 나라로 분리되었는데 하벨은 분리를 지지하지는 않았지만 슬로바키아의 분리 독립을 무력으로 막지는 않았고 두 나라가 분리된 후 체코공화국의 대통령에 출마해서 압도적 지지로 당선됐어요. 2003년 퇴임할 때까지 하벨은 체코의 대통령직을 10년 동안 성실하게 수행했죠.

썩 대중적이진 않지만 하벨의 극작품들은 우리나라에도 소개돼서 출간되어 있고 민주화 운동을 함께했던 동지이자 아내인 올가 하블로바에게 보내는 옥중서신 「올가에게 보내는 편지(Dopisy Olze)」가 우리나라에도 소개되어 있으니 나중에라도 한번 읽어보시길 권해요.

8

밀란 꾼데라
(Milan Kundera)

밀란 꾼데라

「참을 수 없는 존재의 가벼움(Nesnesitelná lehkost bytí)」 이 작품 제목은 누구나 한 번쯤 들어봤을 거예요. 책을 읽지는 않았더라도 말이죠. 바로 세계적인 체코의 소설가 밀란 꾼데라의 대표작이니까요.

이 작품을 쓴 밀란 꾼데라는 체코와 프랑스의 작가라고 소개되곤 하죠. 1975년에 프랑스로 망명해서 1981년에 시민권을 취득했거든요. 체코슬로바키아 시민권은 1979년에 취소되었다가 체제가 바뀐 후인 2019년에 다시 복권됐어요.

꾼데라는 교육자 집안의 아들이었어요. 그의 아버지는 브르노의 야나첵 예술 아카데미(Janáčkova akademie múzických umění v Brně)의 교장이었고 피아니스트였어요. 어머니 역시 교육자였고요. 꾼데라도 젊은 시절 아버지로부터 피아노를 배웠어요.

하지만 꾼데라는 사실 젊은 시절 공산주의 사상에 매력을 느끼고 있었어요. 열여덟 살 때인 1947년에 체코슬로바키아 공산당에 입당했죠. 프라하의 까렐 대학에서 작곡에 대한 강의도 들었지만 곧 영화를 공부하기 위해서 프라하 공연예술 아카데미 영화학부로 진학하기도 했죠. 꾼데라는 공산주의 레지스탕스 지도자였던 율리우스 푸칙을 존경해서 그에게 헌정하는 시집을 출간하기도 했어요. 하지만 1968년에 꾼데라의 다른 작품들은 당국에 의해서 금지당했고 꾼데라는 당에서도 제명됐죠. 같은 해 파리를 방문했던 그는 프랑스인 친구의 도움으로 프랑스 이주를 결심하게 돼요. 1975년에 프랑스로 이주한 후에는 체코슬로바키아의 시민권이 박탈됐고 대신 꾼데라는 프랑스 시민권을 취득해서 그곳에서 작품활동을 이어나갔죠.

꾼데라는 많은 시와 희곡들을 발표했어요. 프랑스로 이주하기 전인 1967년에 소설 「농담(Žert)」을 발표했는데 작품은 공산 전체주의를 비판하는 내용이 담겨 있었죠. 68년 프라하의 봄이 좌절된 후엔 작품이 금지됐고 꾼데라 역시 블랙리스트에 오르는 고초를 겪게 돼요. 그의 두 번째 장편 소설 「인생은 다른 곳에 있다(La vie est ailleurs)」는 1973년에, 세 번째 소설 「웃음과 망각의 책(Le Livre du rire et de l'oubli)」은 1979년에 프랑스에서 출간됐어요. 그리고 그의 가장 대표적인 작품 「참을 수 없는 존재의 가벼움(체코어-Nesnesitelná lehkost bytí, 프랑스어-L'insoutenable légèreté de l'être)」은 1984년에 출간됐어요. 이 작품은 2006년에야 체코어로 공식 번역되어 출간될 수 있었는데 1980년대에 이미 캐나다에서 체코 번역본이 출간됐었고요.

그 뒤로 「무지(L'ignorance)」, 「무의미의 축제(La fête de l'insignifiance)」 등의 작품을 남겼죠.

꾼데라의 모든 작품이 다 한국어로 번역되어 있지는 않겠지만 「참을 수 없는 존재의 가벼움」이나 「농담」 같은 작품은 이미 출간돼서 나와 있으니까 꼭 한 번 읽어보면 좋을 것 같아요. 프라하 여행을 떠올리면서 말이죠.

9

또마쉬 가릭 마사릭 대통령
(Tomáš Garrigue Masaryk)

또마쉬 가릭 마사릭 대통령

또마쉬 가릭 마사릭이라는 이름은 아마 대부분의 한국인들에게는 생소한 이름일 거예요. 세계사적으로 그렇게 비중 있게 다루어지는 인물이 아니니 만큼 그 이름이 낯설게 느껴지는 건 사실이죠. 하지만 체코(체코슬로바키아)라는 나라를 여행한다면 한 번쯤은 살펴볼 필요가 있는 분이에요.

위에서 프라하의 유적지들을 설명할 때 프라하 성 앞에 있는 이분의 동상에 대해서 아마 살짝 언급했을 텐데 이제 이분에 대한 더 자세한 설명을 드릴게요.

또마쉬 가릭 마사릭은 제1차 세계대전이 끝나고 오스트리아–헝가리 제국이 붕괴되면서 제국에 속해 있던 지역들이 독립국가가 될 때 신생 체코슬로바키아의 초대 대통령이 되었던 분이에요. 그러니까 체코슬로바키아의 건국의 아버지라고 지칭될 수 있는 분이죠.

체코와 슬로바키아, 오스트리아 세 나라의 접경지역에 있는 호도닌(Hodonín)이라는 곳에서 출생한 마사릭은 비엔나 대학에서 철학박사 학위를 취득하고 프라하 까렐 대학에서 철학교수로 재직했어요. 오스트리아 제국의회 의원으로 정치활동을 시작했는데 세계대전이 발발한 후에 체코슬로바키아의 독립을 위해서 노력을 했죠. 오스트리아, 독일 제국과 맞서기 위한 체코슬로바키아 군단을 조직했고 외교적으로도 지원을 얻기 위해 힘을 썼어요. 세계대전이 끝나고 오스트리아–헝가리 제국이 붕괴되면서 체코슬로바키아도 독립할 수 있었는데 마사릭은 체코슬로바키아의 임시정부 수반을 거쳐 정식 공화국 대통령으로 선출됐어요. 선출된 이후 세 차례나 연임에 성공하면서 1차 세계대전과 2차 세계대전 사이인 1918년부터 1935년까지 체코슬로바키아의 대통령직을 성공적으로 수행했죠. 독일 나찌가 부상할 때 그들의 위험성을 유럽에서 최초로 지적한 정치인이었다는 것을 봐도 알 수 있듯이 마사릭 대통령은 당시 체코슬로바키아를 유럽에서 가장 선진적이고 성숙한 민주주의 국가로 성장시키는 중요한 역할을 했던 분이에요. 위에서 소개한 종교개혁가 얀 후스를 체코슬로바키아 민족주의의 상징으로 홍보했던 사람이고요. 국제적으로 활동하면서 체코슬로바키아뿐 아니라 다른 피억압 민족들의 독립과 자치를 요구했어요. 마사릭 대통령과 당시 조선은 직접적인 교류의 흔적은 없지만 군국주의와 전체주의를 비판했던 그의 입장을 살펴봤을 때 그에게 기회가 있었다면 아마도 일본 제국주의에 의해 억압받고 있던 한민족의 독립을 지지하고 후원하지 않았을까 조심스럽게 예측해 봐요.

PART

5

체코에
흐르는
역사

Czech & Praha

여행을 하면서 그 나라의 모든 역사를 다 알아야 할 필요는 없겠지만 굵직한 역사의 흐름을 이해하고 있다면 여행의 질이 달라질 거라 생각해요. 특히 체코 같은 나라는 우리의 역사와 크게 연관되는 부분이 없기 때문에 먼 나라의 우리와 상관없는 역사라고 생각할 수도 있겠지만 그들이 만들어간 역사가 우리에게 가르침과 울림을 줄 수 있다면 직접적인 관련이 없다고 해도 그 의미는 충분하다고 할 수 있겠죠.

여기서 체코의 역사 전체를 다루진 않겠지만 몇 개의 큰 사건들을 살펴보면서 그 흐름을 대충이라도 맛보면 좋겠어요.

1

간략히 둘러보는
체코의 역사

　역사적 사건이라고 할 수는 없지만 간략하게나마 체코의 역사를 어느 정도 둘러볼 수 있다면 체코의 유적들을 이해하는 데 큰 도움이 될 것 같아서 간단히 설명드리려고 해요.

　보헤미아 왕국을 세운 것은 9세기 프르제미슬 가문이라는 것은 앞에서 살짝 말씀드렸을 거예요. 체코의 수호 성인 성 바쯜라프가 이 가문의 왕이었고요. 9세기부터 14세기 초까지 보헤미아를 통치했던 프르제미슬 가문은 자식이 없었던 바쯜라프 3세가 1306년에 암살당하면서 그 통치를 끝내게 되고 1310년에 바쯜라프 3세의 처남—**여동생 엘리슈까 프르제미슬로브나(Eliška Přemyslovna)의 남편**—이었던 신성 로마 제국의 하인리히 7세의 아들 얀(Jan)이 보헤미아의 왕으로 등극하면서 룩셈부르크 왕조의 통치가 시작돼요. 체코 역사에서 가장 위대한 업적을 남긴 까렐 4세가 얀과 엘리슈까의 아들이었지요. 그렇게 왕조가 바뀌고 까렐 4세의 통치에 번영을 누리던 보헤미아 왕국은 까렐 4세의 대를 이어 왕위에 오른 까렐 4세의 아들 바쯜라프 4세와 그 뒤를 이은 바쯜라프 4세의 동생 지그문트 왕 때 전혀 다른 상황을 맞게 돼요. 바로 후스 전쟁을 시작으로 한 갈등이 시작된 거죠.

전쟁과 종교개혁 흐름의 혼란 속에서 합스부르크 가문의 페르디난드 1세가 1526년에 보헤미아의 왕으로 등극하게 돼요. 그 후로 합스부르크 가문의 왕들이 보헤미아의 왕으로 재위하게 되면서 제1차 세계대전이 끝날 때까지 보헤미아는 약 400년 동안 합스부르크 가문의 지배를 받게 되죠. 합스부르크 왕조의 왕이 보헤미하를 통치한 것이 페르디난드 1세가 처음은 아니었어요. 하지만 앞선 왕들은 그 통치기간이 비교적 짧았고 위대한 업적을 남긴 것도 없었기 때문에 본격적인 합스부르크 왕조 통치의 시작을 페르디난드 1세 때인 1526년으로 설명드려요. 비뜨 대성당을 설명할 때 제단 앞에 만들어져 있는 합스부르크 왕의 묘를 언급했는데 그 사람이 페르디난드 1세지요. 유별난 애처가였던 페르디난드 1세는 아내인 야겔론 가문의 안나 왕비, 그리고 그들의 아들이었던 막시밀리안과 함께 묻혀 있고요. 막시밀리안 왕이 아버지 얀의 뒤를 이어 합스부르크 가문 출신의 두 번째 왕으로 등극해요.(정확히는 네 번째 왕) 그리고 막시밀리안의 아들 루돌프 2세가 그 다음 왕으로 등극하게 되는데 이 루돌프 2세는 역사적으로 그렇게 훌륭한 왕으로 평가를 받거나 많은 업적을 남겼다고 평가받지는 못하고 있고 오히려 무능하고 나태했다고 평가를 받지만 문화 예술적인 취향이 강했고 그 분야에서는 어느정도 업적을 남긴 부분이 있어서 프라하를 둘러볼 때 이 사람의 이름이 종종 등장하는 것을 확인할 수 있을 거예요. 이 루돌프 2세 때 프라하에서는 많은 천문학자, 수학자들이 활동을 했고 연금술사들도 다수 활동했죠. 예술에 대한 관심도 높아서 유명한 화가들을 궁정에서 활동할 수 있도록 후원하기도 했고요.

이탈리아의 화가 주세페 아르침볼도(Giuseppe Arcimboldo)가 그린 루돌프 2세의 베르툼누스(Vertumnus)라는 제목의 초상화

하지만 정치력이 약했던 루돌프 2세는 동생 마띠아쉬에게 밀려 프라하 성에서 유폐생활을 했고 1612년에 세상을 뜨게 되죠. 그 뒤를 이은 것이 마띠아쉬 왕. 프라하 성의 1궁정과 2궁정을 연결해주는 마띠아쉬 문을 설명할 때 언급되었던 왕이에요. 이 마띠아쉬 왕 때 프라하에서 30년 전쟁이 발발하고요. 그 후에 30년 전쟁에서 보헤미아의 개신교 세력은 패배하고 가톨릭의 힘을 업고 있던 합스부르크 왕조는 계속해서 보헤미아의 왕위를 이어가게 돼요. 이후 약 100년 동안의 합스부르크 가문 출신 왕들에 대해서는 딱히 기억해야 할 자취가 남아 있진 않아요. 대신 1743년에 보헤미아의 왕이 된 이 사람은 기억할 필요가 있죠. 바로 마리아 떼레지아(Maria Theresia) 여황제예요. 합스부르크 가문의 유일한 여자 황제이면서 프랑스 혁명 때 단두대에서 처형당한 마리 앙뜨와네뜨(Marie Antoinette d'Autriche)의 어머니죠. 마리아 떼레지아 여황제는 남편과의 애정이 깊었고 그 때문인지 많은 자식을 출산한 것으로도 유명해요. 5남 11녀, 그러니까 총 16명의 자식을 낳았죠. 당연하게도 자식들 대부분은 주변 국가의 왕족들과 정략결혼을 했고 장남이었던 요제프 2세(Joseph II)가 어머니의 뒤를 이어 신성 로마 제국의 황제, 보헤미아 왕국의 왕이 돼요. 이 요제프 2세의 모습을 볼 수 있는 영상이 있어요. 바로 영화 아마데우스죠. 신동 모짜르트의 음악을 듣고 만족해하는 오스트리아의 황제, 그 사람이 바로 요제프 2세예요. 당연히 진짜 요제프 2세는 아니지만 영화 속에서나마 이 사람의 모습을 볼 수 있다는 것이 재미있죠. 그런데 이 요제프 2세 황제는 모짜르트의 후견인으로서만이 아니라 당시 오스트리아 합스부르크 제국에서 계몽주의 개혁을 실시해서 성공시킨 지도자로 평가받아야 할 인물이에요. 물론 계몽주의가 요제프 2세 만의 사상은 아니었고 당시 전 유럽을 휩쓴 문화적, 철학적 흐름이었지만 어쨌든 막강한 힘을 가지고 대 제국을 이끌었던 전제군주가 진보적이고 혁신적인 계몽주의 사상을 받아들여 그것을 정치적으로 실현시켰다는 점은 높이 평가받아야 할 거예요. 요제프 2세의 계몽주의는 관료주의와 반교황주의적인 성격을 띠고 있었어요. 농노제를 폐지했고 법 앞에서 모든 종교가 평등하다는 원칙을 가지고 있었죠. 언론의 자유도 보장했고 막강한 세력을 형성하고 있던 제국 내의 가톨릭 예수회 교단을 해체시켰다고 하니 이 사람의 개혁이 얼마나 많은 사회적 변화를 가져왔을지 충분히 짐작할 수 있겠죠. 이런 개혁적인 정책들 때문에 기득권이었던 가톨릭 세력과도 결코 원만한 관계를 유지하지 않았고 제국 내에서 종교의 자유를 보장했을 뿐 아니라 정치권에 남아 있던 가톨릭 세력을 종교적 영역에서만 활동하도록 제한했지요. 빠뜨릴 수 없는 개혁은 지방 영주들의 권한을 약화시키고 중앙집권화를 추진했었다는 거예요. 지방 영주들의 반발이 없는 것은 아니었지만 절대군주였던 황제의 의지를 꺾을 수는 없었죠. 어떻게 보면 황제의 개혁의지로 보헤미아가 포함되어 있던 신성 로마 제국은 본격적인 근대화를 이뤘다고 할 수도 있을 것 같아요.

요제프 2세는 자기 어머니와는 달리 자식이 많지 않았어요. 그래서 왕위는 동생 레오폴드 2세(Leopold II)에게 넘어가죠. 레오폴드의 통치 기간은 짧았고 그 이후에도 합스부르크 왕조의 군주들이 19세기 보헤미아를 통치했지만 딱히 기억해야 할 인물은 없어요. 다만 보헤미아에서 합스부르크 왕조의 마지막(정확히는 마지막에서 두 번째 황제지만 1차 대전 당시의 국왕을 짧게 지낸 카를1세를 제외하면 제국의 실질적인 마지막 황제)을 장식한 요제프 1세(Josef I)는 기억을 해야겠죠. 1848년에 보헤미아의 왕이 돼서 1916년까지 재위했으니 무려 거의 70년 동안 왕좌에 있었던 양반이에요. 아내가 엘리자베스 씨씨로 알려진, 당시 유럽에서 가장 예쁜 여자로 평가받았던 엘리자베스 인 바이에른 여공작(Elisabeth Amalie Eugenie, Herzogin in Bayern)이었죠. 젊었던 요제프 1세는 자신과 결혼하기로 했던 헬레네라는 여공작을 따라온 그녀의 동생 엘리자베스를 보고 첫눈에 반해서 언니와의 결혼을 취소하고 동생인 엘리자베스와 결혼을 해요. 대체 얼마나 예뻤길래 그랬을까 궁금하시다면 인터넷에서 한번 검색해보세요. 남아 있는 초상화나 사진들을 통해 엘리자베스의 미모를 확인하실 수 있을 거예요. 암튼 요제프 1세 황제의 황후가 된 엘리자베스 씨씨는 결혼생활이 썩 행복하진 않았던 것 같아요. 자유분방한 성격과 황실의 꽉 막힌, 보수적인 분위기가 맞지 않았을 뿐더러 젊은 나이에 출산했던 첫 두 딸을 모두 자신의 할머니였던 조피 대공비에게 뺏기고 말았거든요. 더욱이 첫째 딸은 엘리자베스가 잠시 데려와 여행을 하던 중 어린 나이로 사망했고 아들 루돌프도 젊은 나이에 애인과 동반 자살을 하는, 끔찍한 경험을 하게 돼요. 뿐만 아니라 남편인 요제프 1세마저 외도를 하는 등, 행복과는 거리가 먼 삶을 살게 되죠.

엘리자베스의 이야기가 길어졌네요. 엘리자베스는 체코의 역사에 직접적인 영향을 끼친 부분이 거의 없지만 워낙 유명한 사람이어서 조금 자세히 설명드렸어요.

어쨌든 요제프 1세의 뒤를 이을 아들 루돌프가 사망했기 때문에 왕위는 조카인 프란츠 페르디난드(Franz Ferdinand)에게 계승될 계획이었지만 이 사람마저도 사라예보에서 암살당하면서 1차 세계대전이 발발하게 되고 합스부르크 가문의 보헤미아 통치는 사실상 막을 내리게 되죠. 제1차 세계대전이 1918년에 끝나게 되면서 당시의 오스트리아-헝가리 제국은 붕괴됐고 제국은 오스트리아 공화국, 폴란드, 헝가리, 우크라이나, 유고슬라비아, 루마니아 등으로 해체됐어요. 물론 체코슬로바키아 공화국도 이때 독립을 했고요.

간략하게나마 합스부르크 가문의 통치 시절 체코에 대해서 설명드렸어요. 더 정확하고 자세한 역사에 관심 있는 분들은 더 많은 자료들을 찾아보시기 바라요. 체코를 여행하면서 대략적으로라도 알아두면 좋을 법한 내용들만 간략히 말씀드렸으니까요.

2

후스 전쟁

첫 번째로 소개할 역사는 후스 전쟁이에요. 종교개혁가 얀 후스에 대해서는 앞에서도 설명했으니 다시 설명하진 않을게요.

후스의 처형 이후 후스의 가르침을 따르던 체코의 민중들과 보헤미아 체코 귀족들이 지배세력이었던 가톨릭 세력을 상대로 일으킨 전쟁이 후스 전쟁이라고 간단히 정리할 수 있겠죠.

연도로 따져보자면 후스가 처형된 것이 1415년이고 후스 전쟁이 시작된 것은 1419년이니까 후스 처형 후 4년 뒤에 일어난 사건이죠. 1415년에 후스는 화형을 당했지만 후스의 가르침을 따르던 다수의 체코 민중들과 일부 체코 귀족들은 점차 세력을 확장해 나갔어요. 당연히 기득권 세력이었던 가톨릭 교회와 왕권에 대립하는 입장을 취하고 있었고 통치세력이었던 그들 역시 후스파 귀족들을 적대시하고 있었죠. 왕권에 비판적이었던 체코의 후스파 귀족들 일부가 감금당해 있었는데 후스파의 일부 세력이 1419년 7월에 그들의 석방을 요구하러 시청사로 갔다가 석방 요구를 들어주지 않는 시의회 의원들 7명을 창밖으로 던져버리는 사건이 발생하게 돼요. 던져진 7명은 모두 즉사했고 당시 왕이었던 바쫄라프 4세도 이 소식을 듣고 충격을 받아 얼마 뒤 사망했죠. 이 사건이 일어난 얼마 후에 후스파는 다음의 4개 조항을 발표하면서 대대적인 반란을 시작했어요. 후스파가 내세운 4개의 요구사항은 다음과 같아요.

첫째. 영성체를 할 적에 신부와 일반 신도가 동등하게 예수의 성체와 보혈을 뜻하는 빵과 포도주를 먹을 것.

둘째. 하나님의 말씀에 대한 자유로운 설교의 권리를 가질 것.

셋째. 교회 소유 재산을 몰수하고 교회의 세속 정치에 대한 영향력을 배제할 것.

넷째. 성직자든 일반인이든 용서받지 못할 죄에는 엄중히 처벌할 것.

어떻게 보면 무척 당연하고 평이한 요구라고 볼 수도 있겠지만 지배세력이었던 가톨릭 교회와 왕권 및 일부 귀족들에겐 받아들이기 힘든 도전이라고 여겨졌나 봐요. 사망한 바쫄라프 4세의 뒤를 이어 보헤미아의 왕위를 계승한 바쫄라프 4세의 동생 지그문트는 군대를 동원해서 후스파를 제압하려고 했지만 대부분의 체코 민중은 후스파였기 때문에 쉽게 제압되지 않았죠. 더욱이 후스파 군대를 지휘했던 사람이 앞서 소개한 지쥬까 장군이었는데 그의 뛰어난 지도력으로 후스파 농민군은 정규군이었던 가톨릭 십자군들을 다섯 차례나 대패시켜요.

가톨릭 세력은 후스파를 제압하는 것에 실패하고 결국 1436년에 화평 조약을 맺게 되죠. 다만 기억해야 할 것은 후스파도 적절한 상태에서 가톨릭과 타협을 하려는 온건파와 절대 타협하지 말고 끝까지 싸워야 한다는 급진파가 대립했다는 거예요. 온건파는 가톨릭과 손을 잡고 급진파를 상대로 싸우죠. 급진파가 패배하고 승리한 온건파와 가톨릭 세력이 평화 조약을 맺었던 거예요. 조약의 결과로 후스파는 지그문트 국왕의 왕위를 인정했고 국왕과 교회의 권위에 복종한다는 약속을 했어요. 대신 후스파의 양종 성찬을 인정받아서 그들의 의례 형식으로 예배를 볼 수 있게 됐고 가톨릭 교회가 정치에 간섭하는 것을 약화시키면서 체코 귀족들의 세력이 커나가는 발판을 마련하게 되죠. 그리고 이후 벌어지는 30년 전쟁의 발발 전까지 체코에는 보헤미아 후스파 세력과 독일계 가톨릭 세력이 공존하는 상황을 맞게 돼요. 유럽에 민족국가가 나타나는 것은 20세기 들어서이고 15세기 중세시대에는 국가의 개념이 지금과 많이 달랐지만 후스가 종교개혁을 이끌었던 당시나 이 후스 전쟁 시기에도 후스파=보헤미아(체코) 민족=피억압 세력이라는 인식이 어느 정도는 형성되어 있었던 것 같아요.

후스 전쟁이 끝난 후 얼마간은 보헤미아 민족 세력과 가톨릭 세력이 공존하는 시기를 보냈지만 1600년대에 들어서면서 두 세력의 갈등은 다시 한 번 폭발했고 그건 30년 전쟁이라는 사건으로 이어져요. 이 30년 전쟁에 대해서는 따로 또 설명드릴게요.

3

30년 전쟁

　30년 전쟁을 한 마디로 정리하면 '유럽에서 30년 동안 진행되었던 로마 가톨릭 세력과 프로테스탄트(개신교) 사이의 전쟁'이라고 할 수 있을 거예요. 전쟁이 시작된 것이 1618년이고 종식된 것이 1648년이니까 정확히 30년이 되죠. 당시 보헤미아(체코)에서는 개신교가 후스파 개신교를 지칭하는 것이었지만 전 유럽에서 가톨릭과 대립했던 개신교 세력이라고 했을 때 개신교=후스파는 아니에요. 후스의 종교 개혁 이후에 독일에서 마르틴 루터가 종교개혁을 일으킨 것은 아마 대부분 알고 계실 거예요. 다만 독일뿐 아니라 유럽 전역에서 가톨릭 교회를 개혁해야 한다는 목소리들이 높아졌고 루터뿐 아니라 많은 종교개혁가들이 활동했다는 건 알고 있어야겠죠. 물론 루터 이전엔 보헤미아의 얀 후스가 있었고요. 후스가 종교개혁을 일으킨 뒤 100년 정도 후에 유럽 전역에서 대대적인 종교개혁 운동이 시작됐고 종교가 정치와 깊이 연관되어 있었던 당시 유럽에서는 로마 가톨릭을 반대하는 귀족세력이 이 흐름 속에서 개신교를 표방하면서 자신들을 세력화한 거예요.

아무튼 30년 전쟁은 유럽의 로마 가톨릭과 프로테스탄트의 싸움이라고 쉽게 이해하면 되겠죠. 그런데 이 길고 엄청난 규모의 전쟁이 시작된 곳이 바로 보헤미아, 체코였어요.

당시 보헤미아의 왕은 페르디난드 2세(Ferdinand II)였어요. 1617년부터 보헤미아의 왕으로 재위했죠. 그런데 페르디난드 2세는 가톨릭의 권위를 강조하면서 보헤미아의 개신교 세력을 약화시키려는 정책을 펼치고 있었고 그것에 항의하는 보헤미아 귀족들이 프라하 성을 찾아갔을 때 이들을 상대하던 황제의 대표단 3명을 창문 밖으로 던져버리는 사건이 일어나게 돼요. 후스 전쟁 때도 창문 밖 투척 사건이 있었는데 이번에도 같은 일이 또 벌어진 거죠. 물론 이 사건 하나로 전쟁이 벌어진 건 아니고 보헤미아 귀족 세력을 견제하려는 합스부르크 왕가와 가톨릭 세력, 그리고 개신교를 앞세워 세력을 형성하고 있었던 귀족 세력 간의 갈등이 배경에 깔려있었기 때문이지만 어쨌든 이 창문 밖 투척 사건은 본격적인 갈등의 시작이 되는 사건이었어요. 1620년에 프라하 외곽에 있는 빌라 호라((Bílá hora—백산) 전투에서 보헤미아 개신교 세력이 패배하면서 보헤미아의 개신교 세력은 철저하게 축출됐고 합스부르크 왕가의 가톨릭 세력이 프라하를 장악하게 돼죠. 그 역사의 흔적들에 대해서는 앞에서도 살짝 언급했으니 이걸 기억하고 유적들을 살펴보면 좋을 것 같아요. 30년 전쟁은 이후 전 유럽에 걸쳐 가톨릭과 프로테스탄트 세력이 치열하게 싸운 전쟁으로 유럽 역사에도 큰 획을 긋는 사건으로 남아 있으니 이후 벌어진 전쟁의 과정에 대해서는 여기서 자세히 언급하지 않을게요. 프라하를 여행하면서 30년 전쟁의 역사와 관련 깊은 장소들이 있다는 것을 기억하면 좋겠어요. 이 전쟁을 자세히 들여다보고 싶은 분들은 인터넷이나 기존에 나와 있는 자료들을 통해서 확인하실 수 있을 거예요.

4

민족부흥운동

　체코의 민족부흥운동은 하나의 역사적인 사건은 아니에요. 18세기 후반부터 형성되어 갔던, 체코인들의 민족적 자각에 기반한 범 사회적 움직임이었죠. 우리는 단일한 민족으로 수천 년 동안 한 나라를 형성해서 살아왔기 때문에 국가=민족이라는 등식이 자연스럽게 받아들여지지만 세계의 많은 국가들은 꼭 그렇지 않아요. 체코도 마찬가지였죠. 체코어를 사용하는 슬라브 민족인 체코는 슬라브 체코인들만의 단일한 국가를 형성했던 경험이 없었어요. 제1차 세계대전이 끝나고 체코슬로바키아가 독립하기 전까지 체코인들이 속해 있던 국가는 오스트리아-헝가리 제국, 신성 로마 제국 등의 큰 나라였고 그 나라들의 정체성은 슬라브 체코인들의 그것이 아닌, 게르만계 독일인들의 언어와 사상을 기반으로 하고 있었죠. 그 나라들의 공식 언어는 독일어였고 라틴어를 병행해서 사용했어요. 제국 내에는 많은 민족들이 포함되어 있었기 때문에 그들의 언어도 쓰였고 문화적으로도 다양했지만 그것들이 국가를 대표하지는 않았죠.

18세기 말, 앞서 설명드릴 때 언급했던 요제프 2세가 계몽주의를 기반으로 한 정책들을 펼쳐나가기 시작하면서 제국 내의 각 민족들은 자신들의 정체성을 찾아가기 시작해요. 하지만 유럽의 민족들이 자신들의 주권과 민족적 자율성을 가지려는 흐름은 황제 한 사람의 정책 때문만은 아니었고 모든 사람의 인식 속에 내재되어 있던 정체성의 표출이었죠. 같은 시기에 일어났던 프랑스 혁명 역시 이러한 민족적 자각을 구체화하는 계기가 되었고요. 이 시기에 나폴레옹은 전 유럽을 정복하면서 대 제국을 건설하려고 했지만 이에 반발하는 민족적 결사의 흐름을 막을 수는 없었어요. 이런 흐름 속에서 체코인들의 땅 보헤미아에서도 이런 움직임이 나타났고 1차 대전에서 오스트리아가 패하면서 제국이 붕괴되자 이와 맞물려 체코의 민족부흥 운동은 본격적으로 나타나기 시작해요. 물론 앞서 설명드린 후스의 종교개혁과 뒤 이은 후스 전쟁 역시 체코의 민족독립적 성격이 강했고 체코의 역사가들도 체코 민족의식의 시작을 이때로 잡는 경향이 있지만 세계사적 흐름 속에서 체코 민족의 독립을 본격화한 것은 19세기부터 20세기까지라고 하는 것이 맞을 것 같아요.

체코의 민족부흥운동은 역사학자인 프란띠셱 빨라쯔끼(František Palacký)라는 분의 영향을 크게 받았어요. 이분은 체코의 역사를 고증하고 정리하는 데 큰 노력을 기울였고 정치적 활동에도 참여하면서 체코 민족의 입지를 확립하려는 노력을 병행했죠. 현재 사용하고 있는 체코의 화폐인 꼬룬(korun)화의 1,000꼬룬짜리 화폐에 이분의 얼굴이 그려져 있는데 빨라쯔끼는 국가의 아버지라고 지칭될 만큼 체코 민족의 정체성 확립에 큰 역할을 한 분이에요.

체코의 통화인 꼬룬(korun)화에 그려져 있는 프란띠섹 빨라쯔끼

    체코슬로바키아라는 나라로 체코가 독립할 때까지 이런 민족부흥운동이 전 사회적으로 벌어졌어요. 역사뿐 아니라 체코어를 재정비하여 연구하려는 움직임도 있었고 예술 분야에서도 체코인들의 정체성을 확립하려는 경향이 나타났죠. 스메따나 역시 그런 의식을 가지고 창작활동을 했던 음악가였고요. 이 시기에 체코어를 재정비하면서 체코 민족부흥 운동의 큰 역할을 했던 또 한 사람을 꼽아야 할 텐데 요제프 융만(Josef Jungmann)이라는 분이에요. 철학과 법학을 공부했던 이분은 체코어를 가르치면서 문법학교의 교사로, 번역가로, 언어학자로 활약했어요. 독일어-체코어 사전을 편찬했고 체코어 철자법을 확립하는 역할도 했어요. 한 민족이 자신들의 정체성을 확립하는 데 언어만큼 중요한 것도 없죠. 민족 구성원들이 사용하는 언어를 재정비하고 체계화시켜서 자신들의

정체성을 세우는 데 큰 역할을 했던 언어학자 융만은 그런 의미에서 체코인들의 스승이라고 할 수 있어요. 체코슬로바키아라는 나라가 독립을 하기 전까지 이렇게 다양한 분야에서 체코인들은 자신들의 정체성을 확립해 나갔어요.

5

프라하의 봄

　프라하의 봄—체코어로 쁘라쥬스께 야로(Pražské jaro)라고 발음 함—이라는 말을 들어보신 분들이 계실 거예요. 앞서 말씀드린 프라하의 봄 국제음악제의 이름이기도 하지만 1968년에 일어났던 체코슬로바키아의 민주화 운동으로 우리에게 더 잘 알려져 있죠. 냉전으로 서방 자유주의 국가들과 공산주의 진영이 대립하던 시기에 체코슬로바키아는 서방과 마주하고 있던 공산권 국가였어요. 그런데 1968년에 개혁파였던 알렉산데르 두브첵(Alexander Dubček)이 서기장으로 집권하면서 체코슬로바키아에서 개혁의 움직임이 일어나요. 검열을 완화시키고 시민들의 자유를 보장하는 입법 활동을 하는 등, 시민들에게는 지지를 얻었지만 공산권 지배세력들에겐 불안감을 주는 개혁을 시작하죠. 소련은 그의 개혁을 경고하면서 자유화의 움직임을 막으려고 했지만 두브첵은 그의 개혁 정책을 철회하지 않았어요. 결국 1968년 8월에 소련과 바르샤바 조약기구의 회원국들은 체코슬로바키아의 프라하를 침공했고 두브첵을 서기장 자리에서 끌어내리죠. 두브첵이 서기장이 돼서 소련의 침공 전까지 개혁을 이끌어 나갔던 시기를 프라하의 봄이라고 불러요. 두브첵은 자신이 지향하던 노선을 '인간의 얼굴을 한 사회주의'라고 지칭했는데 프라하의 봄을 생각할 때 함께 떠올리면 좋을 말이죠. 프라하의 봄 민주화 운동을 이끌었던 사람이 두브첵만은 물론 아니었어요. 두브첵의 개혁을 지지하고 협력했던 사람들이 많이 있었지만 체코 대통령인 바쯜라프 하벨도 그중 한 사람이었어요. 당시엔 정치인이 아닌 작가였지만요. 밀란 꾼데라 역시 프라하의 봄 민주화 시기에 공산 전체주의를 비판했죠. 이후 하벨처럼 작품이 금지되고 활동을 제약받고 1975년 프랑스로 망명했다는 건 잘 알려져 있고요. 또 앞서 바쯜라프 광장을 소개할 때 언급해드린 청년 얀 빨라흐의 분신도 이때 일어났던 사건이에요.

1969년 4월에 실각한 두브첵의 뒤를 이어 서기장에 오른 사람은 구스따프 후사크(Gustáv Husák)였어요. 이 사람은 소련의 억압에 전적으로 협조하면서 민주화 운동을 막는 데 앞장섰고 두브첵이 실시했던 개혁 정책을 그 전으로 되돌려 무산시키는 정책을 폈어요. 이렇게 체코슬로바키아의 민주화 운동은 실패하고 말죠. 프라하의 봄 민주화 운동은 소련의 침공과 그 후 이루어진 소위 '정상화' 정책으로 즉각적인 성공을 이루지는 못했지만 당시의 체코슬로바키아 국민들과 주변 공산국가들에도 영향을 주어 자유와 개혁에 대한 열망이 체코인들의 마음속에 자리 잡게 되고 1989년에 벨벳혁명(Sametová revoluce)이라는 또 한 번의 변화를 이루어내게 하면서 체코의 민주주의를 앞당기게 하는 밑거름이 돼요. 1989년 체제가 바뀐 후 1990년 3월에 우리나라와 국교를 맺고 이후 좋은 관계를 유지하고 있죠. 1993년 체코와 슬로바키아가 분리되었을 때 당연히 신생 체코 공화국과 다시 수교를 맺었고요.

프라하의 봄 역시 역사적 사건이긴 하지만 아직 당시 냉전시대를 기억하는 많은 분들이 생존해 계시고 현 체코의 위상에도 큰 영향을 끼쳤던 사건이니 체코를 여행하면서 반드시 기억해 주셨으면 좋겠어요.

프라하의 봄 당시의 모습

부록
이미지 출처

Czech&Praha

* QR을 스캔하시면 이 책에 수록된 모든 이미지의 출처를 확인하실 수 있습니다.